흔한일들

흔한 일들

신재형 장편소설

한스미디어

차례

Chapter 1 밀도가 다른 삶 009

Chapter 2 흔한 일들 023

Chapter 3 사진의 의미 043

Chapter 4 당위와 허상 069

Chapter 5 목격자 087

Chapter 6 자수 105

Chapter 7 평범한 생활 119

Chapter 8 그때의 기억 151

Chapter 9 다른 이야기 175

Chapter 10 의심과 의혹 191

Chapter 11 실수 203

Chapter 12 예기치 못한 답변 225

Chapter 13 살인의 이유 251

Chapter 14 끝, 그리고 시작 277

에필로그 305

작가의 말 309

그들은 묻는다. 어떻게 잡았느냐고.

모두가 묻는다. 범행 동기는 무엇이냐고.

그리고 경악한다.

그런 새끼가 인간이냐고.

어떻게 사람을 죽일 수 있느냐고.

나는 간혹 모두에게 묻고 싶어진다.

"정말 몰라서 묻는 거예요?"

Chapter 1

밀도가 다른 삶

특별전담팀 형사들이 유기훈을 검거했을 땐 이미 다섯 명의 여성이 살해된 후였다. 그가 본격적으로 범행을 시작한 건 불과 4개월 전, 어두운 골목을 혼자 걷던 아홉 살 김혜인이 바로 첫 대상이었다. 그는 아이의 입을 단단히 틀어막고 자신의 지하 쪽 방으로 납치해온 뒤 곧바로 침대에 눕혔다. 누군가를 자신의 방에 데려온 건 그때가 처음이었다.

얌전히 있으면 집에 보내줄게.

그는 태연한 척 나지막이 속삭였다. 의도와는 다르게 목소리가 흔들렸다. 자신이 긴장했다는 걸 아이가 눈치챌까 봐 신경 쓰였다. 하지만 그것도 잠시, 그는 아이의 등 뒤로 손을 밀어 넣어 부드럽게 살결을 쓰다듬었다. 아직 봉긋하게 솟아오르지 못한 두 가슴을 억지로 움켜쥔 채 목덜미를 훑았다. 귓불을 훑고 젖살이 통통하게 오른 양 볼을 빨고 입술을 포갰다. 자릿한 땀 냄새가 코를 자극했다. 따뜻하면서도 격앙된 숨결이 자신의 입 주변을 간질이기를 기대했다. 허나 예상과는 다르게 그의 입가에 감도는 건 서늘한 기운뿐이었다.

이상한 낌새를 챈 그는 재빨리 형광등을 켜고 아이의 상태를 살폈다. 너무 세게 막았던 탓인지 입가에 손가락 모양의 붉은 호가 패여 있었다. 입과 코에서는 조금씩 분비물이 흘러나왔다. 당황한 나머지 휴지를 마구 뜯어 틀어막은 후 인공호흡을 시도했다. 가슴을 몇 차례 압박하고 몸을 흔들었다. 그러나 아이는 끝내 아무런 반응이 없었다. 알몸으로 트렁크 가방에 담겨 인근 공원 화장실에 유기된 뒤에도, 어느 대학생에게 발견돼 병원으로 급히 후송된 뒤에도 마찬가지였다. 그저 두 눈만 멀뚱히 뜬채 어딘가를 가만히 응시할 뿐이었다.

"사망 후에는 성폭행을 하지 않았다는 겁니까?"

강의실에 앉아 있는 형사 중 한 명이 물었다. 스크린 외에는 모든 실내등이 꺼져 있어서 누구인지 알아볼 수 없었다.

"엄밀히 말하면 더 이상의 성폭행은 없었어요. 다만 아이의 속옷을 얼굴에 품은 채 자위를 했다고 하더군요."

실내를 무겁게 감싸고 있는 정적 위에서 감정의 동요가 파문처럼 일었다. 나는 개의치 않고 다음 사건의 현장 사진을 스크린에 띄웠다. 27세의 편집기자 이지현, 두 번째 피해자였다.

사건 현장은 김혜인의 사체가 발견된 공원에서 불과 일 킬로미터밖에 떨어지지 않은 다세대주택이었다. 그는 2층으로 연결된 가스 배관을 타고 올라가 창문을 통해 침입했다. 일주일 전부터 관찰해온 터라 아무도 없을 거라는 걸 확신했지만 어느 순간 갑자기 문이 열릴지 몰라 초조했다. 다시 나갈까, 문고리를 잡고 고민했다. 하지만 처음 맡아본 여자의 방 냄새를 외면하고 돌아간다는 건 쉬운 일이 아니었다. 게다가 그 냄새는 그를 점점 더 과감하게 만들었다. 결국 다시 한 번 마음을 다잡은 그는 조심스럽게 집 안 전체를 둘러봤다. 그녀의 모습으로 추정되는 사진들이 한쪽 벽면에 가지런히 붙어 있었고, 책상 위에는 여권이 보란 듯이 놓여 있었다. 이지현, 그가 낮은 목소리로 되뇌었다. 이제껏 창문 너머로 봐왔던 어렴풋한 모습의 젊은 여자가 드디어 제 이름과 얼굴을 되찾은 순간이었다. 불현듯 강한 성욕과 함께 참을 수 없는 요의가 밀려들었다. 화장실 문을 열었다. 수건걸이에 걸린 한 세트의 브래지어와 팬티가 보였다. 당장이라도 자위하고 싶었다. 그러나 애써 참았다. 얼마 후면 만나게 될 테니까. 그는 빳빳하게 발기된 채 소변을 보고 부엌으로 가 식칼을 꺼내 들었다. 그러고는 거실 소파에 앉아 잠긴 현관문을 주시했다. 더 이상 누구의 침입도 두렵지 않았다.

"이번에도 성폭행 흔적은 발견되지 않았는데 왜 굳이 성과 관련해서 사건을 해석해야 합니까?"

또 다른 목소리의 형사가 물었다. 그의 말대로 이번 사건에서도, 그리고 다음 사건에서도 성폭행 흔적은 나타나지 않았다. 나는 말없이 다음 사진을 스크린에 띄웠다. 얼굴 전체가 암갈색으로 변한 데다 안구에 일혈점 반점처럼 나타난 작은 출혈. 결막의 일혈점은 질식사의 대표적인 특징이다 이 생긴 채 숨진 이지현의 모습이었다. 목의 오른쪽 부분에는 액흔 손으로 조른 자국이 넓게 번져 있었고, 반대편은 절창 切創. 벤 상처 과 자창 刺創. 찔린 상처 으로 인해 상처가 크게 벌어진 상태였다.

"피해자의 사인은 경부 압박 질식사예요. 그 밖에 구타로 인한 골절과 피하출혈도 몸 곳곳에 나타나 있죠. 강간하려던 애초의 목적이 과도한 폭력으로 전이되어 나타난 경우라고 볼 수 있어요. 이유는 여러 가지가 있을 수 있겠지만, 이 상황에서 가장 신빙성 있다고 추정되는 건 콤플렉스로 인한 자존감의 박탈이에요. 그럴 경우 아홉 살짜리 김혜인을 첫 번째 범행 대상으로 택한 점도 단순한 소아기호증이 아니라 자신의 콤플렉스에서 기인한 거라고 해석될 수 있죠. 정상적인 관계에서는 되레 위축될 수밖에 없는, 예를 들어 조루나 작은 성기, 남에게 보이기 싫은 외적 상처 등을 감추기 위해 자각이 없는 여자아이를 택했고, 그다음은 성인 여성을 상대로 시도했지만 어쩐지 자신의 콤플렉스를 속으로 비웃는다는 느낌을 받은 거죠. 그 상황을 부정하고 싶어서, 또 자신의 힘을 과시해 서로의 위치를 확실히 돌

12

려놓고 싶어서 과도한 폭력을 행사한 거구요. 그런데 그 점이 오히려 예기치 못한 범죄적 진화의 국면으로 작용하게 된 거예요. 실제로 자신을 더욱 흥분시키는 건 성관계가 아니라 고통을 당하는 피해자의 괴로움이었다는 걸 깨닫게 된 거죠. 그로 인한 자존감의 회복은 이제껏 느껴보지 못했던 희열이었구요."

그 후로 벌어진 사건들은 점차 진화를 거듭했다. 자신의 거주지를 중심으로 피해자를 물색하던 과거_{Hunter}와는 달리 거주지와 멀리 떨어진 장소에서 피해자를 물색하는 방식_{Poacher}으로 변모했다. 범행 수법 역시 치밀해졌다. 피해자를 고문할 도구들을 미리 준비하고 증거 인멸 또한 철저하게 진행했다. 훔친 피해자의 신용카드를 일부러 청량리역 광장에 버려 수사의 혼선을 초래하게 만들기도 했다. 피해자에게 고통을 가하는 방식 또한 다양해졌다. 양 볼을 관통하도록 송곳을 깊숙이 찔러 넣는가 하면 두 손을 뒤로 묶고 가슴 사이에 의자 다리를 놓은 다음 바늘과 실로 젖꼭지를 서로 꿰매기까지 했다. 그렇게 세 명의 여성이 잔인하게 고문당한 뒤 목숨을 잃었다. 외모와 연령대 모두 제각각이었다.

"외국의 통계에도 나타나 있듯이 가장 나이 많은 성폭력 피해자는 93세이고 가장 어린 피해자는 2세예요. 그만큼 외모나 연령대는 중요한 문제가 아니라는 거죠. 누군가를 제압하고 고문하는 게 우선순위인 거예요. 이러한 성향으로 볼 때 피의자는 어린 시절 학대를 받았을 가능성이 크다고 추정할 수 있어요. 정상적인 사람은 다른 사람을 고문하지 않는다. 고문을 당한 사람만이 고문자가 된다는 칼 융의 말처럼 그는 과거 자신이 받았던 학대를 피해자들에게 그대로 분출한 것일 수도 있죠. 억압으로의 회귀, 저는 이 점을 염두에 두고 범인상을 추정하기 시작했어요."

그동안 보여줬던 사진들을 다시 맨 앞으로 돌려 김혜인의 사체를 스크린에 띄웠다. 최대한 가까이에서 얼굴을 담은 사진이었다.

"최초 발견 시 아이의 코는 아무렇게나 뜯은 휴지로 꽉 막혀 있는 상태였어요. 범행 당시 범인이 매우 조급했다는 걸 말해주는 증거죠. 만약 범인의 성격이 대담하고 시간적 여유마저 있었다면 아마 돌돌 말아서 막았을 거예요."

이번에는 몸 뒷면을 전체적으로 찍은 사진으로 넘겼다.

"지면과 닿은 양쪽 등허리와 엉덩이, 그리고 종아리에만 시반尸班. 사망 후 적혈구가 중력에 의해 사체 아래쪽에 모이면서 생기는 외표의 색 변화이 형성되어 있지 않아요. 피해자는 숨진 후에도 오랫동안 같은 자세를 유지한 거죠. 그만큼 피의자에게는 시간이 많았구요. 그런데 왜 휴지를 아무렇게나 틀어막았느냐, 그건 아마도 절박했기 때문일 거예요. 살아 있는 사람과 성관계를 하지 못할 수도 있다는 위기에서 오는 절박감, 아이가 완전히 숨을 거두기 전에 어떻게든 자신의 욕망을 채워야 했던 절박감이요. 그의 변태적인 성향이 잘 드러나는 대목이라고 할 수 있죠."

강의실 안이 조용해졌다. 지금까지 수많은 살인사건을 수사한 형사들도 이런 경우는 처음 접해보는 듯했다. 그런 집중된 반응은 두 번째 피해자인 이지현의 사진을 보여줬을 때도 마찬가지였다.

"앞서 말했듯이 이지현의 사인은 경부 압박 질식사예요. 오른쪽 목 부위에 액흔이 넓게 번져 있는 걸 보면 알 수 있죠. 그런데 주목해야 할 부분은 왼쪽 목 부위예요. 칼에 베인 상처가 크게 벌어져 있어요. 목을 졸라 죽여놓고 다시 목을 자른 거죠. 이러한 범행수법은 혈욕血欲을 지닌 살인범들의 전형적인 패턴과 매우 흡사해요. 그들의 특징은 피 냄새를 맡을 때 더 큰 만족을 얻는다는 거구요. 따라서 피의자는 시각이 아닌 다른 감각들에 더욱 의존하는, 다시 말해 눈과 관련해서 일종의 장애가 있는 사람일 거라고 추정할 수 있었죠. 그래서 피해 지역 인근 안과에서 치료를 받은 이십대 중반부터 사십대 초반의 남성들을 탐문해볼 필요가 있다고 수사본부에 제안한 거예요."

설명을 끝내고 다음 사건들의 피해자 사진을 연이어 띄웠다. 45세의 주부 최영미와 21세의 임희숙, 그리고 31세의 우연아였다.

"최영미는 거주지인 경기도 일산의 원룸에서 잔인하게 살해당했어요. 온갖 고문을 다 겪고 난 후였죠. 임희숙과 우연아는 경기도 양주의 한 창고에서 함께 숨진 채 발견됐구요. 사실 사건 발생 초기에는 위 두 사건과 앞의 두 사건 간의 연관성을 찾을 수 없었어요. 발생 지역도 다르고 범행수법 또한 달랐으니까요. 그러다 사건 현장에서 발견된 머리카락으로 동일한 사람의 DNA라는 걸 알게 됐고, 때마침 임희숙과 우연아의 부검 결과를 받아볼 수 있었죠. 특이한 건 둘 다 같은 음식을 먹고 두 시간에서 네 시간 후에 사망했는데 위와 십이지장에 남아 있던 음식물의 소화 상태가 서로 달랐다는 거예요. 임희숙은 소화가 전혀 되지 않은 상태였고, 반대로 우연아는 거의 다 비워져 있었죠."

바닥에 비닐을 깔고 그 위에 임희숙과 우연아의 사체를 올려놓은 사진을 띄웠다. 둘은 사인과 상처, 시반의 상태 모두 큰 차이를 보였다.

"주변 사람들을 탐문한 담당형사의 말에 따르면 임희숙과 우연아는 일면식조차 없는 사이였대요. 서로 연락을 주고받았던 적도 없었구요. 그런 그들이 왜 같은 현장에서 나란히 살해된 채 발견됐을까요. 그리고 왜 둘의 사인과 상처, 소화 상태가 판이하게 다른 걸까요. 이 점에 대한 제 판단은 이랬어요. 둘은 현장에 도착할 당시만 해도 입장이 서로 달랐다, 즉 둘 중 한 명은 피의자와 공범이었다."

나는 마이크의 위치를 다잡은 뒤 말을 이어나갔다.

"그 가설이 성립될 경우 당연히 공범으로 추정 가능한 사람은 우연아였죠. 유흥업소를 전전하던 자신의 생활을 청산하기 위해서 이동이 불편한 피의자의 발이 되어주기로 한 거예요. 그래서 함께 저녁을 먹고 난 두 시간에서 네 시간 후에도 우연아는 심리적으로 안정된 상태라 소화가 정상적으로 진행된 거죠. 반대로 임희숙은 이 사람들이 언제 자신을 해칠지 몰라 극도로 긴장한 탓에 소화기관이 멈춰버린 거구요."

형사들이 웅성거리는 소리가 여기저기서 들려왔다. 그러다 누군가 목을 가다듬고는 물었다.

"그럼 우연아는 왜 살해한 겁니까?"

"약속한 금액을 준비하지 못했거나 지불할 의사가 없었던 걸 수도 있겠지만, 제 생각에는 임희숙에게 더욱 큰 괴로움을 주고 싶었기 때문인 거 같아요. 그녀가 보는 앞에서 우연아의 머리를 둔기로 내려친 다음 잔인하게 고문했다면 당연히 두려움이 극에 달했겠죠. 그는 비명을 지르고 눈물을 흘리고 소변을 지리는 임희숙의 모습을 보면서 이제껏 느껴보지 못했던 만족감을 얻었을 거예요."

설명을 마치고 다시 화면을 맨 처음으로 돌렸다. '유기훈 연쇄살인사건 행동분석 및 프로파일링'이라는 타이틀이 스크린에 떠올랐다.

"저는 이 가설들을 토대로 보고서를 작성했어요. 이십대 후반부터 사십대 초반의 내성적이며 말주변 없는 왜소한 남성일 거다, 성과 관련된 콤플렉스나 외적 상처를 지니고 있고 눈과 관련된 일종의 장애가 있을 거다, 그래서 평소 색이 들어간 안경을 쓰거나 알이 두꺼운 안경을 착용하고 다닐 거다, 탐문 도중 시선을 피하거나 사시인 사람이 있다면 주목해야 한다, 무채색 옷을 즐겨 입고 상의에 단추가 달려 있다면 모두 잠글 거다, 김혜인과 이지현이 살해당한 현장에서 도보로 이동 가능한 곳에 혼자 거주할 거다, 이후 사체를 유기하고 수사망을 피할 생각으로 조력자인 우연아를 돈으로 매수했을 가능성이 크다, 우연아의 은행 계좌 입출금 내역을 확인해볼 필요가 있다, 라구요. 그렇게 추정해낸 피의자가 바로 유기훈이었죠."

스크린에 그의 사진을 띄웠다. 웅성거리는 소리가 순식간에 잦아들었다. 선천성 백내장으로 희뿌예진 눈동자에 왜소한 체격, 짙은 갈색으로 코팅된 두꺼운 안경알, 단추를 다 잠근 검은색 셔츠, 손가락 두 개가 잘린 왼손을 세심하게 훑어보는 형사들의 시선을 느낄 수 있었다.

"특별전담팀 형사들은 최영미가 살해당한 다음날 우연아의 통장에 5백만원이 입금된 사실을 확인해냈고, 계좌추적을 통해 입금자가 유기훈이라는 걸 밝혀냈어요. 그는 사건 현장 인근 안과에서 치료를 받은 사람들 중 한 명이었죠. 검거 후에 실시한 DNA 판정 결과도 동일범으로 확인됐구요."

아직도 사진에서 눈을 떼지 않는 형사들을 위해 잠시 설명을 멈췄다. 시계를 보니 어느새 교육을 마칠 시간이었다.

"더 궁금한 점 있으신가요?"

내가 물었다. 그러자 곳곳에서 질문들이 이어졌다.

"혹시 전과가 있었나요?"

"아니요. 없었어요."

"초범치고는 너무 치밀한 거 같지 않나요?"

"주로 미국 수사 드라마를 보면서 학습했다고 하더군요. 물론 인터넷 검색도 한몫했구요."

"여죄나 또 다른 공범이 있을 가능성은요?"

"저희가 조사한 바로는 없습니다. 검찰 조사 결과도 마찬가지였구요."

"자백은 순순히 했나요? 심문할 때 애 좀 먹었을 거 같은데."

"예상 외로 협조적이었어요. 덕분에 자백도, 현장검증도 순조롭게 진행됐죠. 다만 혈액 채취는 강력하게 거부했어요. 바늘이 몸에 닿는 게 싫다면서."

또 한 번 형사들이 수군거리는 소리가 들렸다. 그러다 누군가 질문을 던졌다.

"그런 새끼가 왜 애꿎은 사람들을 죽였답니까?"

격앙된 기색이 짙게 배어 있는 목소리였다. 형사들은 지금처럼 필요 이상으로 피해자에게 몰입할 때가 있다. 흔한 일이다.

나는 잠시 뜸을 들였다가 대답했다.

"범행동기에 대해서는 아무런 진술도 하지 않았기 때문에 저로서도 딱히 드릴 말씀이 없어요. 다만 그동안 벌인 행동과 주변인들의 진술을 토대로 추정해볼 수는 있죠. 어린 시절 어머니에게 당한 학대의 경험이나 공장에서 사고로 잘린 손가락, 선천성 백내장이라는 지병 등이 원만한 사회생활을 불가능하게 만들었고, 결국 그런 요소들이 이제껏 억눌렸던 성적 욕망과 결합돼 분노로 표출됐다는 식으로요. ……다른 질문 있으신가요?"

한동안 형사들의 반응을 기다렸다. 더 이상의 질문은 없는 듯했다.

"없으면 마치겠습니다."

여기저기서 박수소리가 들려왔다. 간단한 고갯짓으로 화답한 뒤 프로젝터와 노트북의 전원을 껐다. 그나마 강의실을 밝혔던 불빛들이 전부 사라졌다. 더듬거려 장비를 챙기려는데 어디선가 또 다른 목소리가 들려왔다.

"최 형사님은 어떻게 생각하시죠?"

고개를 들어 소리가 난 방향을 쳐다봤다. 아무것도 보이지 않았다. 그럼에도 형사들의 시선이 일제히 그에게 향하고 있음을 느낄 수 있었다.

"유기훈이 살인을 결심한 이유, 뭐라고 생각하십니까?"

나는 잠시 망설이며 그 질문에 답해야 할지 말아야 할지를 고민했다. 하지만 결국 어떠한 대답도 하지 않았다. 강의는 끝났고, 실내의 조명은 켜졌다. 더 이상 대답할 이유가 내게는 없었다.

Chapter 2

흔한 일들

경찰수사연수원 과학수사 담당 안광훈 교수는 2년 전까지만 해도 내가 속한 서울청 현장 감식반의 반장이었다. 그래서인지 기회가 생길 때마다 내게 강의할 자리를 마련해주거나 도움이 될 만한 사람들을 소개시켜 주려고 애쓴다. 하지만 나는 그런 호의가 매번 불편하다.

"어이, 최 형사."

강의실을 빠져나오자마자 그가 어김없이 나를 불렀다. 매번 이런 식이다. 나름대로 내색을 하는데도 전혀 개의치 않는다. 하는 수 없이 강의 도중 꺼냈던 휴대폰을 켜고 그에게 다가갔다. 한눈에 봐도 예순 살은 족히 돼 보이는 노인 두 명이 벌써부터 웃어 보일 준비를 하고 있었다.

"인사드려. 이쪽은 김삼주 전 총경님이시고, 이쪽은 내 사수이자 스승이신 이상화 선생님."

"최재준입니다."

나는 그들이 내민 손을 번갈아 잡고 인사했다.

"강의 잘 들었어요. 아주 인상적이던데."

연회색 맞춤 정장에 검은색 넥타이를 맨 노인이 웃으며 말했다. 제 것이 아닌 앞니가 묘한 이질감을 느끼게 했다.

"별 말씀을요."

"저도 인상 깊게 들었어요. 특히 마지막에……."

벙거지를 깊숙이 눌러쓴 노인이 별안간 밭은기침을 내뱉었다. 그가 상체를 외틀고 손수건을 꺼내는 동안 캐치콜 메시지와 문자 메시지가 연달아 수신됐다. 발신인은 같은 팀 소속인 나원학 형사.

"여기서 이럴 게 아니라 다 같이 저녁이나 먹으러 가죠."

매번 그렇듯 안 교수가 또 한 번 일을 벌였다.

"오랜만에 젊은 친구랑 얘기하면 우리야 좋지. 안 그래요, 이 선생?"

"좋다마다요."

손수건으로 입 주변을 닦아낸 노인이 서둘러 대답했다.

"그럼 다들 찬성하셨으니까 이제부터는 제가 모시겠습니다. 자, 가시죠."

한 손을 자연스럽게 앞으로 내밀며 안 교수가 말했다. 나머지 손으로는 내 어깨를 가볍게 잡아끌었다.

"죄송합니다."

몇 걸음 더 나아간 그들이 어리둥절한 표정으로 돌아봤다. 나는 시선을 피한 채 조용히 덧붙였다.

"살인사건이에요. 가봐야겠어요."

내 말에 그들은 별일 아니라는 듯 가볍게 웃어 보였다.

"에이, 강의가 길어졌다고 하면 되지. 도 반장도 이곳 사정 뻔히 아는데 설마 이런 거 하나 이해 못 할까 봐?"

"그래요. 하루 종일 걸리는 것도 아닌데, 뭘."

"이참에 같이 얘기도 하고 그러면 좀 좋나요."

"그래, 신경 쓸 거 없어. 부담 갖지 말고 같이 가."

"죄송합니다."

"어허, 최 형사."

안 교수의 목소리가 다소 높아졌다.

"벌써 팀원들 다 임장했을 텐데 뭘 그리 서둘러. 지금 이 분들이 어떤 분들인지나 알고 이러는 거야?"

나는 대답하지 않았다. 그러자 벙거지를 쓴 노인이 무거운 분위기 속으로 중재하듯 끼어들었다.

"이러지 말고 간단하게 밥만 먹고 갑시다. 흔한 일들에 연연하면 형사 생활 오래 못 해요."

"오래 할 생각 없습니다."

내가 잘라 말했다. 안 교수의 난처한 입장이 마음에 걸렸지만 그래도 할 말은 해야 했다.

"듣고 싶은 이야기도 없구요. 그러니까, 오늘은 그냥 가보겠습니다. 그럼, 다음에 뵙겠습니다."

고개를 숙여 양해를 표하고 출입문을 향해 걸어갔다. 강의가 막 끝난 시간이라 복도 곳곳에 형사들이 몰려나와 있었다. 그들 사이로 비집고 지나가는데 멀리서 자판기 커피를 마시던 낯익은 형사가 나를 발견하고는 친근한 미소를 띠며 다가왔다.

"이야, 여기서 보게 되네. 이게 얼마 만이야?"

내가 그냥 지나쳐 가자 그가 뒤따라왔다.

"어이, 최 형사. 나 기억 안 나?"

"네. 안 나요."

건물 밖으로 빠져나와서야 비로소 비가 쏟아지고 있다는 걸 알았다. 차에 올라타자마자 담배에 불을 붙였다. 다시 한 번 문자 메시지를 확인했다. 장소는 용산구 보광동의 한 단독주택, 시동을 걸고 사이드브레이크를 내렸다. 방금 내게 다가왔던 낯익은 형사의 모습이 룸미러에 비쳤다. 그를 뒤로하고 천천히 액셀러레이터를 밟아 장안교로 진입했다. 어느새 중랑천의 수위는 몰라보게 높아져 있었다.

사건 현장을 찾는 건 그리 어려운 일이 아니었다. 멀리서도 눈에 띌 만큼 벌써부터 각양각색의 우산들이 음음한 현장 앞에 점재해 있었다. 한 블록쯤 떨어진 자리에 주차한 뒤 조용히 인파 속으로 스며들었다. 적어도 이 중에는 피해자의 죽음으로 비탄에 빠진 사람들은 없어 보였다. 오히려 그녀의 죽음이 초래할 아주 작은 뒤틀림에 근심하는 사람들, 범죄의 몰입성과 희귀성에 이끌린 호기심 많은 자들이 대부분이었다. 그들은 이번 일을 계기로 행여나 땅값이 떨어질까 봐 걱정했고, 그러면서도 피해자의 평소 행실에 대한 근거 없는 소문들을 점차 불려나갔다.

무리에서 빠져나와 현장 주변을 둘러봤다. 지대가 높은 경사지에 건설된 주택의 특성상 전체적으로 약간 기울어져 있어 뒤쪽 창문의 높이가 170센티미터 정도에 불과했다. 또한 가스 배관마저 낮게 설치돼 있어서 밟고 올라가기에도 용이했다. 한 마디로 마음만 먹는다면 언제든 쉽게 넘어갈 수 있는 구조였다. 게다가 비까지 내린 상황이라 먼지로 침입 여부를 가늠하는 것조차 불가능한 상황이었다.

폴리스라인을 걷어내고 조심스럽게 현관문을 열었다. 바닥에 깔린 통행판을 밟고 안으로 들어서자 시큼한 피비린내가 코를 찔렀다. 겨우 한 걸음 내딛었을 뿐인데도 현관 안쪽과 바닥에 튄 혈흔들이 시선을 압도했다. 나는 천천히 움직이며 그 혈흔들이 어디로 이어져 있는지를 살폈다. 그러다 화장실 앞에 떨어진 묽은 핏자국을 발견했다. 설마 여기서 씻고 나간 걸까?

그런 생각을 하고 있는데 갑자기 문이 열렸다. 하얀색 방호복 차림의 나원학 형사였다.

"일찍 왔네."

마스크를 턱 밑으로 끌어내리며 그가 말했다. 한 손에 분무기가 들려 있는 걸 보니 잠재혈흔을 찾기 위해 블루스타를 뿌리고 있었던 듯했다.

"안 교수가 밥 안 사주든? 뭐라도 먹고 오지 그랬어. 천천히 와도 되는데."

예상대로 유류遺留된 혈흔들이 그의 뒤에서 점차 푸른빛으로 피어올랐다.

"철 지난 활약상 듣는 것보단 여기가 낫다고 생각돼서요. 반 장님은요?"

"들어올 때 못 봤어? 담배 피우러 나가던데."

고개를 돌려 밖을 내다봤다. 아직도 주민들이 의문에 찬 표정으로 이쪽을 바라보고 있었다.

"어떻게 된 사건이에요?"

"모녀 살해. 퇴근한 남편이 최초 발견자야."

"출입문은요?"

"잠긴 상태였대. 저쪽에 가면 사체 있을 거야. 가서 봐봐."

깨진 꽃병의 파편과 피해자의 혈흔이 어지럽게 흩뿌려진 거실을 지나 작은 방으로 향했다. 가는 내내 몇 군데 노란색 번호판으로 증거 표식을 해둔 걸 제외하고는 온통 분사혈흔들로 가득했다. 오른편에는 캐스트오프 흉기를 휘두를 때 생기는 선상 형태의 혈흔가 주를 이뤘고, 왼편에는 동맥에서 뿜어져 나온 아치형의 혈흔들이 드문드문 새겨져 있었다. 나는 문턱 앞에 서서 바닥을 내려다보았다. 상당량 고인 직하혈흔 위로 여러 개의 손바닥 자국과 방향성을 띤 흔적들이 고스란히 남아 있었다. 피해자는 치명상을 입은 상황에서도 어떻게든 방 안으로 들어가려고 했던 것이다.

"어, 왔구나."

등 뒤에서 오진환 검시관의 목소리가 들렸다. 장갑을 낀 손으로 허리를 두드리며 다가왔다.

"아이고, 뻐근해라. 어떻게, 강의는 잘 했어?"

"그냥 그랬어요. 사체는요?"

"감식 끝나서 저쪽으로 옮겨놨어."

그의 손끝이 가리키는 방향으로 고개를 돌렸다. 커다란 비닐 위에 중년 여성의 사체가 발가벗겨진 채 눕혀져 있었다. 양손은 손톱의 오염을 막기 위해 종이로 포장된 상태였다.

"사인이 뭐예요?"

"다발성 자창에 의한 장기 손상. 실혈사라고 봐야지."

"사망 추정시간은요?"

"여섯 시간 전."

가까이 다가가서 사체를 살펴봤다. 칼에 찔리거나 찢긴 상처들은 대부분 상체에 집중돼 있었다. 아무래도 옆구리에 깊게 찔린 두 번의 공격이 치명상인 듯했다. 그 밖에도 왼쪽 눈동자의 파열된 상처와 코 오른쪽의 베인 자국, 절단된 발목과 인대가 눈에 띄었다.

"모녀라던데, 딸은 안 보이네요."

그는 턱을 약간 움직여 작은 방을 가리켰다. 인대가 손상된 상태에서도 어머니가 왜 그토록 방 안으로 들어가려고 했는지를 이제야 알 수 있었다.

"상태가 조금 심각해."

그를 지나쳐 방 안으로 들어섰다. 침대 머리판 위의 새하얀 벽지와 디즈니 캐릭터들이 프린트된 매트커버, 트럼곰인형까지 전부 붉게 물들어 있었다. 그중에서도 가장 눈에 띄는 건 역시 아이의 사체였다. 날카로운 흉기에 베인 목이 커다란 입처럼 넓게 벌어져 있었다. 이미 초점을 잃어버린 눈동자에는 수많은 의혹이 가득해 보였다. 아이는 자신이 왜 죽어야 하는지를 알지 못했던 듯했다. 궁금했을 거다, 그 무엇보다 더.

"몇 살이에요?"

"여덟 살."

그는 깊은 한숨을 내쉬고 중년 여성의 사체가 눕혀진 곳으로 걸어갔다. 나는 혼자 남아 방 안 곳곳을 둘러봤다. 서랍이나 장롱을 뒤진 흔적은 찾아볼 수 없었다. 이렇게 주택이 밀집한 장소에, 그것도 대낮에 침입해 오로지 살인만을 행하고 떠나버렸다는 건 비교적 범행동기와 목적이 뚜렷하다는 의미였다. 평소 원한을 품었던 면식범의 소행일까? 아직 속단하기에는 일렀다.

팀원들이 챙겨온 감식 세트에서 장갑과 신발 커버를 꺼내 착용하고 부엌으로 향했다. 분말 붓으로 조심스럽게 머그컵을 쓸어내리던 김민정 형사가 인기척을 느끼고 돌아보았다.

"이야, 선배. 정장 입으니까 엄청 달라 보이네요."

그녀는 위아래로 내 모습을 훑어보다가 이내 표정을 찡그렸다.

"근데 검은색 셔츠랑 넥타이는 너무 칙칙하다. 기왕 입는 거 좀 밝게 입으면 안 되나."

"우리가 밝은 걸 입을 일이 없잖아."

"가뜩이나 칙칙한 인생들인데 옷이라도 밝게 입어야죠. 현장은 돌아봤어요?"

"둘러보는 중이야. 지문은?"

"요즘 같은 시대에 누가 남기겠어요."

그녀가 고개를 숙이자 뒤편으로 싱크대가 보였다. 양념장에 재워놓은 소고기와 잡채, 손질하지 않은 해물들이 커다란 그릇에 각각 담겨 있었다.

"저녁 준비 중이었나 보네."

"좋은 일이라도 있었나 봐요. 거하게 준비하려던 걸 보면."

머그컵에서 현출된 장갑흔을 전사판으로 채취하며 그녀가 대답했다. 도마 위에는 썰다 만 채소와 식칼도 그대로 놓여 있었다. 그녀는 살해당하기 직전까지 이 자리에 서 있었던 게 분명하다.

나는 왔던 동선으로 되돌아가 담배를 꺼내 물었다. 몸속에 쌓인 현장의 불쾌감을 연기와 함께 내뱉었다. 그리고 생각했다.

그녀는 왜 칼을 집어 들지 않았을까? 그럴 만한 여유조차 없었기 때문에? 그럴 리 없다. 정황상 현관문을 열어준 건 그녀였다. 그런데 왜 아무런 방어 태세도 갖추지 않은 걸까? 상대에게 위화감이 느껴지지 않아서? 자신을 살해할 거라고는 생각조차 할 수 없는 인물이었기 때문에?

연기를 들이마신 다음 최대한 길게 내뱉었다. 제멋대로 구부러지는 연기 사이로 검은색 우산을 쓰고 걸어오는 도진웅 반장의 모습이 보였다.

"둘러봤어?"

우산살을 접어 물기를 바닥에 탁탁 털며 그가 물었다.

"네, 방금."

"어때?"

"이직이요."

"그렇겠지."

그는 여느 때와 다를 바 없이 현장에 들어서자마자 목소리를 높여 모두를 주목시켰다.

"자, 일단 멈추고 다들 모여봐. 바닥 조심하고. 이쪽은 감식 다 끝난 거야?"

"네."

"그럼 여기서 간단하게 정리한 다음 다시 진행하자고."

그의 뒤를 따라 들어가기 전에 다시 한 번 현관문을 살폈다. 잠금 장치는 멀쩡했다. 문고리에도 검은색 분말을 제외하고는 아무런 흔적도 묻어 있지 않았다. 담배를 빗물에 적셔 끄고 안으로 들어갔다. 팀원들도 하던 작업을 멈추고 하나둘씩 모여들었다. 도 반장은 잠시 기다렸다가 점퍼 안주머니에서 투명한 증거물 봉투를 꺼내 들었다.

"파출소 직원이 요 앞 골목에서 발견한 거야."

봉투에 담긴 건 반창고로 둘둘 말아 만든 칼집이었다. 비에 흠뻑 젖어 증거물로서는 효용가치가 떨어져 보였지만, 그래도 덕분에 범인이 흉기를 준비해 왔다는 사실과 대략적인 도피 경로쯤은 미루어 짐작할 수 있었다.

"칼은 없었대요?"

"응, 이 칼집뿐이었대. 결국 우리가 가진 패는 여기가 전부야."

현장을 둘러보며 도 반장이 말했다. 그러고는 증거물을 김 형사에게 넘긴 뒤 점퍼 주머니에 양손을 찔러 넣었다.

"말해봐, 그동안 뭘 찾아냈는지."

머뭇거리는 팀원들 사이에서 나원학 형사가 가장 먼저 말문을 열었다.

"화장실에서 블루스타 반응이 있었어요. 문 앞에서 묽은 적하 혈흔이 몇 방울 발견되기도 했구요. 어쩌면……."

"씻고 나갔다?"

"정황상으로는요."

도 반장의 미간에 짙은 주름이 잡혔다가 금세 사라졌다.

"일단 채취해서 STR-DNA 검사 의뢰해봐. 다른 건?"

"불상자의 모발이 몇 점 발견됐어요. 살해된 피해자들은 전부 긴 머리인데, 이건 커트 머리네요. 염색도 안 했구요."

"여자 머리카락인가?"

"길이로 볼 때는요. 그리고 소파 사이에서 특이한 걸 발견했어요."

김 형사가 증거물 봉투를 꺼내 들고 말했다. 윗부분이 찢어진 하얀 봉지가 담겨 있었다.

"약?"

"네. 정신과 진료 처방약이에요."

"피해자들 중에 정신과 진료 받은 사람은?"

"남편 말로는 없대요."

"그래…… 또?"

"전 아까 말씀드린 게 다예요."

오진환 검시관이 눈치를 살피고 말했다. 도 반장은 고개를 끄덕였다. 그러고는 고개를 돌려 나를 바라보았다.

"이제 정리됐어?"

나는 팀원들이 발견한 증거를 토대로 범인의 동선을 떠올리며 천천히 입을 열었다.

"우선 범인이 침입한 경로는 현관문이에요. 문이 열리자마자 피해자의 상체를 찔렀고, 그게 치명상이 됐어요. 그사이 딸은 비명을 지르면서 방 안으로 도망쳤을 거예요. 쓰러진 피해자가 어떻게든 방 안으로 들어가려고 했던 이유도 그 때문이었구요. 범인은 그런 피해자의 발목 인대를 잘라서 방으로 기어가는 걸 막았어요. 그다음 딸을 찌른 거죠. 어머니가 보는 앞에서요."

"개자식."

김 형사가 중얼거렸다. 나는 개의치 않고 말을 이어나갔다.

"파열된 눈동자나 코 옆을 벤 자국들, 내장 적출 등은 매우 흥분한 상태에서 과도하게 행동했다는 걸 의미해요. 분열 행동의 전형적인 패턴이죠. 그런데 이상하게도 증거 인멸 시에는 너무나 차분하게 행동했어요. 마치 다른 사람인 것처럼."

"살인을 하고 난 후에 급격한 심경의 변화를 겪었다?"

"네, 제 생각에는 카그라스증후군_{상대방에 대한 감정을 느끼지 못하여 그 사람을 진짜와 꼭 닮은 가짜 존재라고 믿는 망상}일 가능성도 있는 거 같아요."

"자, 그럼 한번 종합해보자."

도 반장은 주머니에서 손을 빼고 제스처를 바꿔가며 말을 이었다.

"범인은 카그라스증후군이 의심될 정도의 과도한 살상을 범한 후 갑자기 차분하게 돌변했어. 소파 사이에서는 정신과 진료 처방약이 발견됐고. 당연히 살인을 저지르고 나서 소파에 앉아 약을 먹었다고 봐야겠지."

"아, 맞다, 반장님."

무언가 떠올랐다는 표정으로 김 형사가 끼어들었다.

"제가 방금 머그컵에서 장갑흔을 채취했거든요. 그럼 그 컵에 물을 따라 마신 걸 수도 있겠네요?"

"그럴 수도 있지. 어쨌든 우리가 놓치지 말아야 할 곳은 소파야. 범인이 만약 우리의 추정대로 움직였다면 바지 섬유가 묻어 있을 수도 있어. 나 형사가 책임지고 감식해봐. 김 형사는 컵 가장자리에서 타액이 검출되는지 확인해보고. 자, 빨리 시작해."

"하나 더요."

내가 말했다. 현관문 밖으로 돌아 나가 팀원들을 정면으로 바라보고 서서 덧붙였다.

"피해자는 저녁을 준비하다 말고 문을 열어줬어요. 이 자리에는 극도로 흥분한 범인이 서 있었구요. 만약 이제까지의 재구성이 맞는다면 그는 이곳에서도 결코 침착함을 유지할 수 없었을 거예요."

도 반장이 고갯짓을 하자 김 형사가 분말 붓으로 현관문 전체를 쓸어내렸다. 잠시 후 문 중간에 정확하게 찍힌 족적이 그 형태를 드러냈다.

"240밀리미터, 이런 발 사이즈는 가족 중에 아무도 없어요."

눈금자로 크기를 잰 김 형사가 말했다.

"좋아. 용산서 지역형사1팀장한테는 내가 직접 전달할 테니까 빠짐없이 증거 채취해서 사무실로 복귀해. 최 형사는 내일까지 1차 보고서 제출하고."

고개를 끄덕였다. 도 반장은 서둘러 인파를 뚫고 멀어져갔다. 팀원들이 내 어깨를 가볍게 툭 치고 제자리로 돌아갔다. 나는 멀뚱히 선 채 주위를 둘러봤다. 스케치나 사진, 비디오 촬영 모두 이미 끝난 상황인 듯했다.

"선배, 아직 촬영할 거 남았어요?"

내가 물었다.

"아니, 왜?"

"안 쓸 거면 캠코더랑 카메라 가져가게요."

"벌써 가게?"

"네, 더 계실 거예요?"

"난 아직 혈흔형태도 못 봤어. 진환이는 나 도와준다 그랬고. 김 형사도 갈 거야?"

"전 사무실 가서 AFIS지문 자동 검색 시스템랑 장갑흔 데이터베이스

돌려봐야 해요."

"그럼 뭐, 별 수 없네. 나머지는 우리가 정리하고 갈 테니까 먼저들 들어가. 내일 회의 때 보자고."

폴리스라인을 걷어내고 김 형사와 함께 현장을 빠져나왔다. 걸음을 내딛을 때마다 몸 전체에 엉겨붙었던 불길한 기운들이 점차 씻겨나가는 기분이었다.

"금방 잡을 수 있겠죠?"

김 형사가 물었다. 나는 아무런 대답도 하지 않았다.

"정말 매 순간도 방심할 수 없는 세상인 거 같아요. 어떻게 알았겠어요, 상황이 이렇게 될 거라고."

그녀가 바라보는 곳을 따라 시선을 옮겼다. 눈이 빨갛게 충혈된 남자가 계단에 홀로 앉아 담배를 피우고 있었다. 비에 젖지 않도록 무릎 위에 케이크를 올려놓은 채였다. 문득 오늘이 저들에겐 어떤 의미였을까 궁금해졌다.

인파를 뚫고 지나가는데 누군가 우리 사이를 비집고 들어왔다. 핑크색 공책을 겨드랑이에 낀 남자아이였다.

"저리 안 가!"

수첩에 탐문조서를 받던 용산서 형사가 귀찮다는 듯이 나무랐다.

"개가 내 숙제공책 가져갔단 말이에요. 그거 없으면 나 집에 못 가요."

"숙제공책이고 나발이고 지금은 안 된다니까!"

"엄마한테 혼난단 말이에요."

아이의 눈에는 눈물이 그렁그렁 맺혀 있었다. 조금이라도 흔들리면 금방 뚝 하고 떨어질 것처럼 위태로워 보였다.

"걱정 마세요. 제가 잘 다독여서 보낼게요."

김 형사가 다가가서 말했다. 그녀는 이런 일을 절대로 지나치는 법이 없었다.

"이건 누구 거야?"

"선영이 거요."

"선영이가 실수로 바꿔 갔구나. 그치?"

"몰라요."

우려했던 대로 아이의 눈에서 눈물이 떨어지기 시작했다. 김 형사가 바닥에 쭈그리고 앉아 엄지손가락으로 아이의 눈가를 쓸어냈다.

"뚝, 울지 마. 누나가 금방 갖다 줄게. 알았지?"

"……네."

"먼저 가세요. 전 애 공책 찾아주고 갈게요."

김 형사는 우산도 없이 현장으로 뛰어 들어갔다. 그런 그녀에게 아이는 목청껏 소리쳤다.

"내거 파란색이에요!"

나는 그들을 뒤로하고 차를 세워둔 곳으로 걸어갔다. 선영이라…… 생각해보니 나는 아직 피해자들의 이름조차 모르고 있었다.

차 문을 여는데 별안간 스트로보 불빛이 눈을 찔렀다. 누군가 마구잡이로 셔터를 눌러댔다.

"최 형사님, 어떻게 된 사건인지 말씀 좀 해주세요."

커다란 카메라 뒤에서 한 남자의 얼굴이 드러났다. 나는 한 손으로 렌즈를 가리고 그에게 점잖이 말했다.

"사진 지워요."

"증거는 발견됐나요? 범인은 누군가요?"

시동을 걸고 출발하는 와중에도 그는 치근덕대며 달라붙었다.

"네? 말씀 좀 해주세요."

"사진 지우라구요."

차창을 내리고 다시 한 번 말한 뒤 차를 몰았다. 집으로 가는 내내 도로는 한산했다. 도착하자마자 현장 스케치와 보고서들을 책상 위에 던져두고 카메라를 컴퓨터와 연결했다. 전경과 근경, 변화 유무, 사체의 특징에 이르기까지 꼼꼼하게 찍어둔 현장의 모습들이 모니터에 떠올랐다. 현장에 있을 때 맡았던 불쾌한 냄새가 코끝에서 희미하게 감도는 기분이었다.

외부에서 내부로, 멀리서부터 가까운 거리까지 빠짐없이 검토하고 나서 용산서 지역형사팀 직원들이 작성한 탐문 보고서를 읽었다. 피해자의 이름은 임미숙, 딸아이의 이름은 추선영,

사건 발생 추정시간대는 오후 1시였고, 목격자는 없었다. 다만 평소 피해자들에게 반드시 죽여버리겠다고 떠벌리며 다닌 불상의 젊은 여성이 어제 저녁 현장을 배회했다는 탐문 내용이 기재돼 있었다. 정황상 증거들이 그녀에게로 집중되고 있다고 해도 과언이 아니었다.

범인상에 대한 보고서를 작성하고 나서 침대에 드러누웠다. 내일 아침부터 시작될 회의와 앞으로의 수사를 위해서는 미리 자둬야 했다. 하지만 눈을 감아도 현장의 모습은 좀처럼 사그라지지 않았다. 상체를 수십 회 찔린 어머니와 목과 복부를 베인 딸, 처절하게 새겨진 문턱 앞의 흔적들, 충혈된 눈으로 담배를 피우던 남편, 케이크, 그리고 의문 가득한 아이의 눈동자. 그런 각각의 장면들이 서로 차례를 바꿔가며 자꾸만 눈앞에서 아른거렸다.

범인은 왜 그들을 살해한 걸까. 피해자와는 어떤 관계일까. 정말 카그라스증후군을 겪고 있는 걸까. 만약 그렇다면 그의 눈에 비친 건 대체 무엇이었을까. 얼마나 증오스러운 것이었기에 그토록 잔인하게 피해자들을 살해한 걸까.

그런 생각에 잠겨 있다가 눈을 떴을 때는 벌써 새벽 4시가 넘어 있었다. 물을 한 잔 마시고 다시 눈을 감았다. 또다시 그들의 모습이 떠오르기 시작했다. 문득 박 교수와 함께 있던 노인의 말이 기억났다.

'흔한 일들에 연연하면 형사 생활 오래 못 해요.'

그의 말대로 과연 이런 게 흔한 일들일까. 물론 우리에게는 흔한 일들임에 틀림없다. 적어도 우리에게는.

Chapter 3

사진의 의미

　이른 아침부터 책상 앞에 앉아 사건 파일을 펼쳐 든 채 심각한 표정을 짓고 있으리라 생각했던 수사과장은 예상 외로 여유로운 모습이었다. 나는 그에게 어젯밤 정리한 보고서를 조심스럽게 내밀었다.

　"이번에도 문제없겠지?"

　그의 입가에 옅은 웃음기가 번졌다. 평소답지 않은 반응이라 어쩐지 석연찮았지만 그래도 불필요한 질의가 오가지 않았다는 점에 의의를 두고 돌아섰다. 새벽까지 근무했을 텐데도 팀원들은 꽤나 활기차 보였다. 그들은 나원학 형사의 책상 앞에 모여 시시덕대느라 정신없었다. 정말 살인사건 발생 다음날이 맞나 의심스러울 정도였다.

"어쩜, 야유회 가서도 사진 한 장 안 찍는 사람이 웬일이래요."

김 형사가 실눈으로 나를 흘겨보며 웃었다. 영문을 몰라 어리 둥절하고 있자 손가락 끝으로 모니터를 가리켰다. 인터넷 기사에 내 사진이 커다랗게 실려 있었다. 제목은 '유기훈 검거한 프로파일러, 보광동 모녀 살해 현장에 투입'.

"근데 표정이랑 의상이 너무 칙칙하지 않냐? 형사가 아니라 무슨 상조 직원 같다."

나 형사가 고개를 흔들면서 말했다.

"거봐요, 평소에 밝은 옷 좀 챙겨 입으라니까. 이게 뭐예요, 이게."

"누가 이럴 줄 알았나."

"어때? 첫 인터뷰한 기분이?"

"인터뷰한 적 없어요."

"그럼?"

"기자의 횡포요. 그나저나 증거 자료 결과는 어떻게 나왔어요?"

내 말에 둘의 표정이 동시에 경직되었다. 눈동자만이 좌우를 오갔다.

"아, 김빠져."

이윽고 김 형사는 어깨를 축 늘어뜨리고 제자리로 돌아갔다. 나 형사도 바닥에서 두 다리를 떼고 원상태로 의자를 돌려 앉앗다.

"그래, 우리가 네 앞에서 무슨 말을 하겠냐. 애초에 말을 말아야지."

그러고는 보고서 사본을 집어 등 뒤로 건넸다.

"STR-DNA 검사는 조금 더 기다려야 해. 장갑은 흔히 구할 수 있는 목장갑이고, 지문은 관계자랑 가족들 말고는 없었어. 타액도 없었고. 소파에서 채취한 미세 섬유는 제3자의 것으로 밝혀졌어."

"족적은요?"

"240밀리미터 컨버스. 마름모꼴 밑창. 너무 흔하지?"

"그러네요. 다른 건 없죠?"

"조금 의아한 게 하나 있긴 있어. 이거 한번 봐봐."

그는 마우스로 보광동 모녀 살해사건 폴더를 더블클릭했다. 못 보던 현장 사진들이 모니터에 떠올랐다. 아마도 김 형사와 내가 돌아가고 나서 개인 카메라로 찍은 듯했다.

"잠깐만, 여기 어디 있을 텐데……."

마우스 스크롤을 몇 번 아래로 내리자 '혈흔형태분석'이라는 이름으로 저장된 사진들이 나열된 게 보였다.

"이거 봐봐. 여기가 컨버전스Convergence. 혈흔이 모여 있는 부위고, 여기서부터 여기까지가 혈흔이 튄 거리거든. 그러면 이곳이 오리진Origin. 혈흔이 시작된 부위이 되는데, 네가 생각해도 이건 너무 높지 않아?"

현장의 혈흔그룹에서 몇 개의 비산혈흔을 골라 공격 당시의 임팩트 각도를 계산한 다음 방향과 컨버전스에 따라 레이저 각도기로 비추어 발혈점을 찾아낸 사진이었다.

"만약 우리 생각대로 여자가 범인이라면 키가 최소 173센티미터 이상은 될 거야."

"그렇군요."

예상보다 큰 키였다. 이 정도면 155센티미터에 호리호리한 체격인 피해자를 별 무리 없이 제압할 수 있었을 것이다.

"출근했구나!"

실험실 문을 열고 나온 오진환 선배가 나를 보자마자 화색을 띠고 반겼다. 이런 분위기를 대체 어떻게 받아들여야 할지 도통 알 수가 없었다.

"최 형사, 나 부탁이 하나 있는데……."

그가 내 어깨에 팔을 올리고 말했다.

"뭔데요?"

"그거 한 번만 해줘."

"그거라니요?"

"……자위."

"네?"

나도 모르게 목소리 톤이 높아졌다. 그러자 오진환 선배가 다급하게 태도를 바꿨다.

"한 번만 해줘. 지금 시약 테스트 중이거든. 샘플이 필요해서 그래."

"됐어요."

"아, 한 번만."

"됐다니까요."

"그러지 말고 휴게실 가서 한 번만 해줘, 응? 싸고 나면 숙연해지고 좋잖아. 사건 집중도 잘 되고."

"아, 싫어요. 선배 거로 해요."

"……난 더 이상 안 나와."

"그럼, 저기, 저 선배."

나 형사를 가리켰다. 그는 갑자기 사진 분석에 열을 올리는 척 모니터만 뚫어져라 쳐다봤다.

"쟨 이미 38년간 충분히 숙연했어. 더 이상은 안 돼."

"아니면 반장님."

"나이 먹어서 무리하면 쓰러지셔."

"그럼…… 아, 몰라요. 아무튼 전 안 돼요."

"왜? 왜 너만 안 돼?"

"싫어요, 그냥."

"왜 싫어? 네 건 뭐 고귀하냐?"

"아무튼 싫다구요."

"같은 팀원끼리 이런 거 하나 못 해주냐? 그거 한 번 못 싸

쥐?"

"아, 정말 시끄러운 새끼들. 야, 그냥 내가 해줄게."

참다못한 나 형사가 자리에서 일어섰다. 당장이라도 지퍼를 내릴 것 같은 대찬 기세였다.

"그럴래?"

오진환 선배가 밝은 표정으로 말했다.

"대신, 원기 보충해야 되니까 점심은 네가 사."

그들의 손바닥이 포개지자 나도 모르게 안도의 한숨이 새어 나왔다.

"그럼 정액은 됐고, 이제 질액을 채취해야 되는데……."

멀리서 전화벨이 울렸다. 오진환 선배는 엄지손톱을 잘근거리며 수화기를 집어드는 김 형사를 흘겨봤다.

"해줄까?"

"안 돼!"

나 형사가 대뜸 소리쳤다.

"뭐가 안 돼?"

"절대 안 돼!"

"네가 뭔데 안 돼?"

"어쨌든 안 돼."

"뭐야, 너 수상하다."

"수상할 거 없어. 안 된다면 안 돼."

"뭐야, 얘. 재준아, 얘 뭔데? 네가 행동분석 좀 해봐라. 이거 어떻게 해석해야 되는 거냐?"

나 형사의 얼굴이 점점 붉게 달아올랐다. 가만 보니 진짜 수상하긴 했다.

"최 선배."

멀리 떨어진 자리에서 김 형사가 수화기를 내미는 시늉을 했다.

"받아보세요. 용의자 잡았대요."

전화를 건 사람은 용산경찰서 지역형사1팀장이었다. 오늘 새벽에 검거한 용의자가 범행 사실을 극구 부인하고 있으니 대신 신문을 맡아달라는 내용이었다. 나는 알았다고, 곧장 가겠다고 대답했다.

"가봐야겠어요. 반장님한테는 대신 말해줘요."

"어, 어. 그래. 걱정 말고 갔다 와."

"다녀오세요."

날은 흐리고 추웠으며 가는 비가 내렸다. 용산경찰서 지역형사팀 사무실은 일선서답게 아침부터 수많은 출석인들로 북적였다. 누군가에게 얻어맞아 얼굴이 빨갛게 부어오른 사람, 그런 적 없다고 생떼 쓰는 사람, 고개 숙인 채 흐느껴 우는 사람들까지 말 그대로 북새통을 이뤘다. 물론 사정이야 다르겠지만 그들은 하나같이 지난밤 벌인 자신의 과오를 덮기 위해 필사적으로 목소리를 높여댔다.

"좀 소란스럽죠?"

지역형사1팀 소속 정 형사가 내게 다가와 물었다. 밤을 새운 탓인지 피곤한 기색이 역력했다.

"앉아서 기다려요. 팀장님 곧 나올 테니까."

"신문 중이에요?"

"답답하다고 직접 들어갔어요. 커피라도 한 잔 하실래요?"

"보고서나 좀 봤으면 하는데요."

"그래요, 그럼."

정 형사가 보고서를 출력해서 내게 건넸다. 나는 간단한 설명을 부탁했다.

"새벽 4신가, 현장 앞에서 어슬렁어슬렁대더라구요. 그렇잖아도 찾던 중이었는데 잘됐다 싶어서 곧바로 임의동행해 왔죠."

"평소에 죽여버리겠다며 소리치고 다니던 그 여자예요?"

"잘 아시네. 발 사이즈도 똑같고 머리 길이도 똑같고 성격까지 지랄맞은 거 보면 딱 범인인데 시인을 안 해요. 죽겠어요, 진짜."

그가 하품을 하며 크게 기지개를 켰다.

"가택수사는 해봤어요?"

"곧 수색영장 나올 거예요. 벌써 팀원들 몇 명 가서 대기하고 있어요."

"그럼 이미 시작된 지 한참 됐겠네요."

"어떻게 알지? 우리 애들 성격 급한 거."

정 형사가 웃으면서 대답했다. 나는 결과가 나오는 즉시 알려 달라고 말한 뒤 꼼꼼히 보고서를 읽어 내려갔다. 현장 주변 쓰레기 더미 속에서 용의자의 것으로 추정되는 컨버스 한 켤레가 발견됐고, 인근 병원의 정신과에서 진정제 처방을 받은 사실 또한 확인됐다고 기재되어 있었다.

"아, 미치겠네, 진짜. 성질 같아선 그냥 확……."

문을 힘껏 닫는 소리와 함께 1팀장이 모습을 드러냈다. 그는 좀처럼 화가 풀리지 않는 모양이었다. 나와 눈이 마주쳤는데도 간단한 고갯짓만 할 뿐 아무런 말도 없이 담배를 물고 밖으로 나가버렸다.

"용의자 이름이 뭐예요?"

"차아령이요. 들어가시게요?"

네임펜을 빌려 책상에 놓인 서류철에다 큰 글씨로 용의자의 이름을 적었다. 그런 다음 A4용지를 손에 잡히는 대로 가득 담았다. 용의자에게 이미 모든 조사를 끝마쳤다는 인상을 심어주기 위해서였다. 현장 인근에서 발견된 신발 한 켤레와 사무실에서 가져온 증거사진들도 함께 챙겨서 진술녹화실로 향했다. 반투명 유리창을 통해 용의자의 모습이 보였다. 그녀는 회색 후드를 머리에 덮어쓰고 앞주머니에 양손을 찔러 넣은 채 고개를 푹 숙이고 있었다. 나이는 이십대 초반쯤으로 가늠했다.

안으로 들어서자마자 그녀가 고개를 돌리면 시선이 가 닿을 위치에 증거물들을 내려놓고 자리에 앉았다. 그녀는 내 얼굴을 한 번 슬쩍 올려다볼 뿐 별다른 반응을 보이지 않았다. 주머니에 넣어둔 녹음기의 레코드 버튼을 눌렀다.

"차아령 씨, 맞죠?"

두툼한 서류철을 만지작거리며 물었다. 예상대로 그녀는 커다랗게 적힌 자신의 이름을 바라본 후 고개를 끄덕였다.

"서울청 소속 최재준 형사입니다. 지금부터 몇 가지 질문만 하고 끝낼 테니까 부담 갖지 말고 편하게 답해주세요."

"편하게요?"

"네, 편하게요."

"제발 부탁이니까 그렇게 좀 해주시죠."

"그럴게요. 가족 관계가 어떻게 되죠?"

입을 열지 않았다. 나는 재차 물었다.

"차아령 씨?"

"왜요."

"가족 관계가 어떻게 되죠?"

"거기 다 쓰여 있을 거 아니에요. 뭐하러 물어봐요."

그녀가 고갯짓으로 서류철을 가리켰다. 목소리에 잔뜩 날이 서 있었다.

"전 차아령 씨의 잘못을 들추러 온 게 아니에요. 그러니까 마음 편히 가져요."

"그럼 왜 온 건데요?"

"얘기 좀 나눠보려고 왔어요."

"그 잘난 가족 얘기?"

"아니요. 차아령 씨 본인 얘기요."

"그래요. 어디 한 번 해봐요. 가족 관계부터 말해주면 돼요?"

그녀는 앞주머니에서 두 손을 빼고 말을 이었다.

"나 혼자예요. 아빠 죽고 엄마 도망가고, 나 혼자 살아요. 됐어요? 당신네들은 이미 다 아는 내용 또 한 번 들먹여야 직성이 풀리죠?"

"그렇지 않아요. 진정해요."

"당신 같은 사람 입장에서는 이해가 잘 안 되겠죠. 그러니 남일 쉽게 묻고 쉽게 생각하는 거겠죠. 안 그래요?"

"한 번도 쉽게 생각한 적 없어요. ……나도 혼자예요."

그녀의 눈동자가 미세하게 흔들리다 이내 멈췄다. 나는 계속 덧붙였다.

"거짓말하거나 당신 괴롭힐 생각 추호도 없어요. 진정하고 내말 들어요. 우리는 당신이 범인이라고 생각하지 않아요. 그런데 여러 정황들이 당신의 이야기를 듣지 않으면 안 되게끔 흘러가고 있어요. 사람 사는 게 원래 그렇잖아요, 자신도 모르는 사이에 여러 일들과 얽히고설키고. 그래서 우리는 당신이 범인인지

아닌지보다 당신이 누구인지, 그때 왜 그곳에 있었는지를 알고
싶은 것뿐이에요. 내 말 뜻 알겠어요?"

"알았어요. 알았으니까 빨리 묻고 끝내요."

서류철 맨 위에 올려놓은 보고서를 꺼내 훑어보며 질문을 시
작했다.

"어제 하루 종일 집에 있었나요?"

"네."

그녀는 다시 앞주머니에 두 손을 찔러 넣었다.

"혹시 같이 계셨던 분이나 집에 있었다는 걸 입증할 만한 게
있나요?"

"없어요."

"편의점 아르바이트를 한다고요?"

"네."

"몇 시부터 몇 시까지 근무하죠?"

"오전 9시부터 오후 5시까지요."

"어제는 휴일이었겠네요."

"네, 일주일에 한 번씩 쉬어요."

"집에서 뭐 했어요?"

"잤어요."

"그 외에는?"

"밥 먹고 책 읽고 뒹굴다가 아이스크림 먹고 또 뒹굴다가 다

시 책 읽고 그랬어요."

"무슨 책이요?"

"시모어 서문."

"샐린저 좋아해요?"

"그냥 읽었어요. 손에 잡혀서."

"평소에도 쉬는 날에는 집에 있어요?"

"네, 나다니는 거 안 좋아해요. 만날 사람도 없고."

"이웃 주민들 중에 아는 사람은요?"

"없어요."

"한 명도요?"

"네."

"이 사람도 몰라요?"

서류철에서 피해자 남편의 증명사진을 꺼내 내밀었다. 그리고 그녀의 반응을 면밀히 살피기 위해 집중했다. 예상 외로 반응은 즉각적이었다.

"이 아저씨도 죽었어요?"

"아는 분이에요?"

"알진 못해요. 근데 매일 봐요."

"어디서요?"

"편의점에서요. 회사 잘린 뒤로 점심때마다 와서 끼니 때우거든요."

"회사에서 잘렸다구요?"

"자기 말로는 그랬어요. 어제도 왔었구요."

처음 듣는 정보였다. 남편은 퇴근 후 바로 집에 돌아왔다고 진술했다. 만약 그녀의 말이 사실이라면 대체 왜 그는 이 사실을 우리에게 숨긴 걸까.

"이 아저씨가 살해당한 거예요? 아까 다른 형사들은 내가 아줌마 죽였다던데? 이 아저씨도 내가 죽였대요?"

"살해당한 건 이 사람의 아내와 딸이에요."

"그럼 이 아저씨가 죽였겠네."

"그럴 수도 있죠. 그렇지 않을 수도 있구요."

"형사님도 내가 죽였다고 생각하죠?"

"그렇게 생각한 적 없어요."

"근데 왜 날 붙잡아 왔어요? 집에 처박혀 있어서? 아빠 죽고 엄마 도망간 년이라서? 대학도 못 간 년이라서?"

"진정해요. 그렇게 생각한 적 없다고 했잖아요."

"그럼 그만 놔달라구요. 날 여기 붙잡아놓고 대체 뭘 어쩌겠다는 거예요!"

나는 그녀의 치솟아 오른 감정이 가라앉기를 가만히 기다렸다. 그러면서 그녀가 이토록 감정의 기복을 보이는 이유에 대해 곰곰이 생각했다. 거칠어진 숨소리가 다소 진정될 무렵 그녀는 고개를 돌렸다. 그러다 내가 갖다놓은 증거물들에 시선을 고정했다. 무언가 반응이 나타날 거다, 나는 기대했다.

"이거 설마 내 신발이에요?"

"알아보네요."

"잃어버렸는데……."

"잃어버렸다구요?"

"네, 이틀 전에요."

"어디서요?"

"집에 놔뒀는데 없어졌어요."

"이것도 이틀 전에 잃어버렸어요?"

약봉지를 보자마자 그녀의 표정이 서서히 바뀌기 시작했다. 코 언저리와 입술 양 끝에 미세한 경련이 일었다.

"당신들, 혹시 내 집 뒤졌어?"

"그런 적 없어요."

"야! 야, 이 미친 새끼야!"

"진정해요."

"누가 네 마음대로 내 집에 들어가래? 어? 누가 네들 멋대로 그러래!"

"그런 적 없다고 말했잖아요."

"그런 적 없는데 이게 다 어디서 나? 어디서 났냐고! 다 봤냐? 내 거실, 내 방, 내 옷장, 내 서랍 다 봤냐고!"

"현장에서 발견된 거예요. 진정해요."

"이게 왜 그 집에서 발견돼? 그게 말이 돼? 너네들 나 미치는 거 보고 싶어? 어? 나 죽는 거 보고 싶냐고, 이 미친 새끼들아!"

"그건 피차 묻고 싶은 질문이에요. ……자리에 앉아요. 흥분 가라앉히구요."

잠시 기다렸다가 그녀에게 물병을 건넸다. 호흡을 고르고 나더니 물을 벌컥 들이켰다. 그녀의 반응을 도저히 이해할 수가 없었다. 이렇게 지나칠 거라고는 예상조차 못 했다. 이런 행동들은 대체 어떻게 해석해야 되는 걸까.

"차아령 씨, 다시 한 번 말하지만 우리는 당신 집에 무단으로 침입한 적 없어요. 이 신발과 약봉지는 당신의 이웃들이 살해당한 현장에서 발견한 거예요. 대체 왜 그곳에서 발견됐는지는 우리도 아직 몰라요. 그러니까 서로 대화를 통해 알아가자구요. 내 말 이해하겠어요?"

"……전 모르는 일이에요."

"주변 사람들 말로는 이틀 전쯤에 차아령 씨가 그 집 주변을 배회하면서 죽여버리겠다며 소리를 질렀다고 했어요. 사실이에요?"

"누가 그래요?"

"사실인지 아닌지만 말해요."

"……사실이에요."

그녀가 한숨을 내쉬고 말했다.

"왜 그런 거예요?"

"걔들이 먼저 날 건드렸어요."

"어떻게요?"

"근데 나, 그 사람들 안 죽였어요. 진짜 안 죽였어요."

"묻잖아요. 어떻게요?"

그녀가 이야기를 시작할 수 있도록 조용히 기다렸지만 입을 열지 않아서 다시 질문했다. 입술을 잘근잘근 깨물었다. 좀처럼 고개를 똑바로 들지 않았다.

"대답 안 하면 시간만 길어질 뿐이에요."

"실은…… 나 그 아줌마 알아요. 만난 적도 있구요. 그 아저씨가 매일 편의점 찾아와서 나한테 찝쩍대길래, 그래서 그냥 남편 간수 잘 하라고 말해주려고 갔었어요. 근데 우리 남편이 그럴 리가 없다느니, 직장 다니는데 그럴 시간이 어디 있냐느니 하면서 바로 삿대질을 해댔어요. 돈 뜯어내려고 그러냐, 네가 창녀냐, 호로년이냐 하면서……."

미세하게 떨리는 그녀의 눈동자가 점차 멀어지기 시작했다. 그때의 상황으로 되돌아가 있다는 걸 알 수 있었다. 광치의 조짐마저 희미하게 드러났다.

"그래서요?"

"그년은 개년이에요. 진짜 개년이에요. 진짜 미친 씨발년이에요, 그년."

얼굴을 감싼 두 손이 파르르 떨렸다. 이윽고 자신의 머리를 쥐어뜯었다. 얼른 그녀의 팔을 붙잡았다.

"진정해요. 이러지 마요."

"그년, 진짜 죽어도 싸요. 근데 내가 죽이진 않았어요. 난 그냥 죽이겠다고만 했어요. 죽인 적 없어요. 진짜예요. 안 믿겨요? 진짠데 이게 안 믿겨요? 네?"

"믿겨요. 그러니까 진정해요. 알았어요?"

"나 안 죽였어요. 내가 안 죽였어요, 내가……. 내가 안 죽였다구요!"

그녀를 조심스럽게 자리에 앉혔다. 어깨에 손을 올렸을 뿐인데도 가빠진 심장 박동이 온전히 느껴졌다. 그녀는 의자 등받이에 몸을 기댄 채 힘없이 고개를 숙였다. 더 이상 면담을 진행하기란 어려워 보였다. 나는 그녀가 눈치채지 못하도록 손바닥으로 책상 위에 떨어진 머리카락을 쓸어 담았다. 그리고 말했다.

"제 질문이 거북했다면 사과할게요. 더 이상 괴롭히지 않을 테니까 마음 편히 가져요."

"……죄송해요."

증거물들과 서류철을 챙겨 일어서며 죄송할 거 없다고 대답했다. 문을 열고 나가려다가 문득 사무실에서 본 레이저 발혈점 사진이 떠올랐다. 그녀의 키는 아무리 크게 잡아도 170센티미터에 턱없이 모자라 보였다.

"형사님."

그녀가 나를 불렀다. 처음으로 내 눈을 똑바로 바라보았다.

"담배 한 개비만 주고 가시면 안 돼요?"

나는 셔츠 주머니에서 담배를 꺼내 건네줬다. 그녀는 두 손을 내밀어 받더니 고개를 숙였다.

"저, 형사님 봤어요."

불도 붙이지 않은 담배를 입술 사이로 돌리며 그녀가 말했다.

"어디서요?"

"어제 신문기사에서…… 검은색 셔츠에 검은색 넥타이……."

"기억해줘서 고마워요. 하지만 다시 만나는 일은 없었으면 좋겠네요."

진술녹화실을 빠져나오자마자 1팀장의 기분을 이해할 수 있었다. 당장이라도 담배를 문 채 나가고 싶었지만, 일단 해야 할 일이 있었다. 정 형사에게 그녀의 머리카락을 건네며 말했다.

"국과수에 의뢰할 때 이거 쓰세요. 그리고, 남편 퇴직한 지 한참 됐대요."

"네?"

"알리바이, 거짓말이라구요."

팀장의 귀에 들릴 만한 성량으로 대답했다. 물론 정 형사만 들을 수 있도록 작게 말해줄 수도 있었다. 그러나 피해자 유가족들의 알리바이 확보는 기본 중의 기본인 사항이었다. 안타까운 감정에 휩쓸려 확인도 안 해보고 남편의 진술을 쉽게 믿어버린 건 결과 여부를 떠나 크나큰 실수였다.

반응은 곧바로 나타났다.

"얼른 안 일어나, 이 새끼들아. 빨리 빨리 안 움직여!"

1팀장이 소리쳤다.

"어제 뭐 했는지 확실하게 알아 와. 알아낼 때까지 밥도 처먹지 마. 알았어?"

그의 호령에 팀원들이 분주하게 움직였다. 정신없이 뛰쳐나가는 정 형사에게 남편이 발견되면 나에게도 꼭 알려달라고 부탁했다. 그리고 퇴직한 후 감정적으로 행동한 적이 있었는지 주변인들에게 물어봐달라고도 했다. 그런 다음 녹음기를 꺼내 팀장에게 보여줬다.

"드릴까요?"

"필요 없어. 당신 면담할 때 우리도 녹취 떴으니까."

담배를 문 채 건물 밖으로 빠져나왔다. 거세진 비바람 때문에 라이터가 제대로 켜지지 않았다. 코트 자락과 손바닥으로 최대한 바람을 차단하고 불을 붙였다. 이제야 조금 숨통이 트였다.

대낮인데도 날은 어두웠다. 차에 올라타 라이트를 커니 빗방울들이 불빛에 반사돼 하나하나 뚜렷하게 보였다. 이대로 사무실에 들어갈까도 생각해봤지만 역시 미심쩍은 걸 남겨두고 갈 수는 없었다. 곧장 모녀가 살해된 현장으로 차를 몰았다. 삼각지 부근에서 조금 정체된 걸 제외하면 도로 상황은 대체로 원활했다.

어제 세워뒀던 자리에는 안타깝게도 다른 차량이 주차되어 있었다. 하는 수 없이 인근 빌라에 양해를 구한 다음 현장으로 찾아갔다. 벨을 눌렀다. 인기척이 없었다. 장갑을 끼고 문고리를 돌렸다. 현관문은 잠겨 있지 않았다. 안을 들여다보았다. 어두컴컴한 실내에서 피비린내가 새어 나왔다. 손전등을 비추자 벽면에 새겨진 핏자국들이 눈에 들어왔다. 그 혈흔들은 마치 오래전부터 그래왔던 것처럼 몇 년간 생활했던 그들의 흔적 위에 자연스럽게 눌어붙어 있었다.

손전등으로 꼼꼼히 비추며 집 안 전체를 둘러봤다. 커튼은 전부 내려진 상태였다. 누군가 안을 들여다보는 걸 원치 않은 남편의 행동으로 짐작됐다. 차아령의 말이 사실이라면 남편 역시 범죄 혐의점은 충분히 짙었다. 아무런 무리 없이 침입할 수 있었고 피해자들이 전혀 예측할 수 없게끔 행동할 수도 있었다. 오리진 또한 그의 신장과 유사했다. 그런데 만약 그가 가족을 살해했다면 두 가지 의문이 생긴다. 왜 죽였을까, 그리고 왜 이곳에서 차아령과 연관된 증거물들이 발견된 걸까.

다른 곳으로 이동하려는데 바닥에 놓인 케이크 상자가 눈에 띄었다. 귀퉁이가 찌그러진 걸로 봐서는 놓았다기보다 내팽개친 것에 가까웠다. 화가 나서 집어던진 걸까, 아니면 힘이 빠져서 떨어뜨린 걸까. 그전에 케이크는 왜 준비해온 걸까. 나는 그 의문을 확인하기 위해 안방으로 향했다. 먼저 화장대 위에 놓인 탁상달력을 살폈다. 어제 날짜 아래에 작은 글씨로 결혼기념일 5주년이라고 적혀 있었다. 벽면에 걸린 커다란 액자에는 그들의 결혼식 사진이 담겨 있었다. 턱시도와 드레스를 걸친 부부 사이에 딸아이가 부케를 쥔 채 서 있었다. 대략 서너 살쯤 돼 보였다. 아이를 낳은 후에 결혼식을 올린 게 분명했다. 가만히 그 사진을 들여다보았다. 모두가 웃고 있었다. 환한 웃음이 얼굴 전체에 번져 있었다. 의심할 여지 없이 행복한 표정이었다.

침대 모서리에 걸터앉아 사진 속 남편을 바라보며 그의 범죄 가능성에 대해 생각했다. 만약 그가 살해한 게 맞다면 차아령의 소지품들을 몰래 훔쳐 집 안 곳곳에 가져다놓았다는 말이 된다. 게다가 훔친 신발로 현관문 중앙에 족적을 남겨놓은 다음 발견되기 쉽도록 칼집과 함께 인근 쓰레기 더미에 버렸다는 말이 된다. 모든 걸 인멸하고 싶었겠지만 공격으로 인한 피의 흔적까지 조작할 수는 없었을 터. 그렇다면 가족은 왜 죽이고자 했던 걸까. 경제적인 어려움 때문에 동반자살을 꾀했던 걸까? 아니면 보험금을 받아내기 위해? 홧김에? 능력도 없는 놈이 한눈팔고 다닌다면서 아내가 몰아붙이기라도 했을까? 그래서 쉽게 누명을 씌울 수 있는 차아령을 택했을까? 그런 건가?

여러 가능성을 수첩에 적고 있는데 전화벨이 울렸다. 지역형사1팀 정 형사였다.

"찾았어요, 남편……."

"어디서요?"

"현장에서 한 블록쯤 떨어진 곳이에요. 그런데, 문제가 생겼어요."

"문제요?"

"그게…… 잠시만요."

한동안 수화기 너머로 빗방울 떨어지는 소리만 들려왔다. 그 단조로운 소리들이 점차 잠잠해질 무렵 다시 정 형사의 목소리가 들렸다. 조용한 곳으로 장소를 옮긴 듯했다.

"문제가 뭔데요?"

다시 물었다. 정 형사는 머뭇거리다 이내 대답했다. 전혀 예상치 못한 결과였다. 곧바로 수첩을 접었다. 더 이상 기재할 이유가 없었다.

급히 그가 말한 곳으로 달려갔다. 남편의 차량이 주차된 곳은 어제 내가 차를 세워뒀던 바로 그 자리였다. 언덕 아래에서 응급차가 올라오는 게 보였다. 차 안을 들여다봤다. 좌석을 완전히 뒤로 젖힌 채 남편이 누워 있었다. 열려진 차창으로 팔을 집어넣어 그의 목덜미를 짚었다. 구급요원들이 달려왔다. 나는 한 손을 뻗어 그들을 정지시켰다.

"돌아가요. 여긴 우리가 알아서 처리할 테니까."

어리둥절한 표정으로 나를 바라보는 구급요원들 사이로 정 형사가 비집고 들어왔다.

"최 형사님."

가쁜 호흡을 몰아쉬는 그의 얼굴 위로 빗물이 불안정하게 흘러내렸다. 차마 그다음 말을 입에 올리지 못하는 그의 심정을 충분히 이해할 수 있었다. 아무 말 없이 주머니에서 손전등을 꺼내 차 안을 비췄다. 조심스럽게 남편의 겉옷을 들췄다. 흘러내린 피가 상체에 들러붙어 있었다. 심장이 관통된 것이다.

"당신들, 형사예요?"

참다못한 구급요원들이 물었다. 지역형사1팀원들이 신분증을 보여주며 따로 설명했다.

"내가 애초부터 감시를 잘 했어야 했는데……."

두 손으로 얼굴을 감싼 채 정 형사가 말했다. 그는 진심으로 어찌할 바를 몰라 했다.

"당신 탓 아니에요. 자책하지 마요."

차 안 곳곳을 살피며 말했다. 조수석 아래에 떨어진 한 자루의 칼이 내 시선을 잡아끌었다.

"내 잘못이에요. 일찍 눈치챘으면 자살하는 일은 막았을 텐데……."

"당신 탓 아니라구요. 그리고 이 사람, 자살한 거 아니에요. ……살해당한 거예요."

"네?"

정 형사가 놀란 표정으로 나를 바라보았다. 다른 형사들도 내 말을 듣고 몰려들었다. 나는 손전등으로 남편의 왼쪽 가슴을 비췄다. 검은색 셔츠 위로 피가 흘러내려 한 번에 알아볼 수 없었지만 분명 옷은 뚫려 있지 않았다.

"심장이 관통돼서 죽었는데 겉옷이 그대로예요. 심장을 찌르고 옷을 갈아입을 수는 없잖아요. 게다가 셔츠에 넥타이까지……."

순간 불길한 예상이 머릿속을 스치고 지나갔다. 셔츠와 넥타이를 다시 한 번 살펴봤다. 익숙했다. 생각해보니 그가 살해당한 이곳도 마찬가지였다. 어제 내가 주차했던 곳, 기자에게 사진을 찍혔던 곳, 그리고 내가 입었던 옷.

모든 게 사진 속 어제의 내 모습 그대로였다.

Chapter 4

당위와 허상

일가족 모두가 살해됐다는 소식이 전해지자마자 용산경찰서에 긴급히 수사본부가 창설됐다. 소속된 형사들은 하나같이 어두운 낯빛을 띤 채 무거운 걸음으로 회의실에 들어섰다. 앞으로 쉬는 날 없이 사건에만 매달려야 하는 부담감과 언제 끝날지 모른다는 막막함이 벌써부터 그들을 옥죄었다. 도진웅 반장은 그런 형사들 앞에서 꿋꿋하게 현장 감식 내용을 발표했다.

"남편 추석원의 사망 추정시간은 새벽 2~3시경이에요. 보시는 것처럼 심장을 관통한 칼날에 대동맥이 끊어져서 숨진 거죠. 용산서 지역형사1팀 정 형사가 오후 1시에 사체를 발견하기 전까지 그는 이번 모녀 살해 사건의 유력한 용의자였어요. 허위로 알리바이를 진술했고 현장의 오리진과도 유사한 신장인 데다가 또 다른 용의자인 차아령에게 치근덕댔던 혐의마저 확인할 수 있었거든요."

"자살 아니야?"

수사본부의 총 지휘를 맡은 용산서장이 의문을 제기했다. 도 반장은 누군가 꾸민 사건이라고 대답했다.

"조수석에서 발견된 칼에는 피해자 임미숙의 유전자와 동일한 혈흔이 묻어 있었어요. 한마디로 이전 사건에 쓰인 칼이 그가 숨진 곳에서 발견됐다는 거죠. 자살로 위장해서 사건을 마무리 지으려고 한 거예요."

"그럼 남편을 찌른 칼은?"

"아직 발견되지 않았어요."

"공범이 있을 가능성은 없나?"

말없이 지켜보던 형사과장이 입을 열었다. 가능성을 배제할 순 없지만 지금으로서는 확실한 게 없다고 도 반장이 대답했다.

"다른 용의자도 없고?"

"아직까지는 차아령뿐인데 증거가 부족해요. 소파에서 발견된 미세섬유와 동일한 옷이 그녀의 집에서 발견될 거라고 기대했는데, 안타깝게도 찾지 못했어요."

"허언탐지기 결과는?"

"통과했구요."

용산서장의 헛기침 소리가 실내에 울려 퍼졌다. 그 소리는 금세 사라졌지만 여운만은 무겁게 남아 형사들의 마음을 짓눌렀다.

"임의동행 시간이 얼마나 남았지?"

"아홉 시간이요."

지역형사1팀장이 손목시계를 들여다본 후 초조한 기색을 띠며 대답했다. 그러자 형사과장이 손짓으로 관리반장을 불러들였다. 그들은 한참 동안 대화를 나눴고, 우리는 멀뚱히 앉아 그 모습을 지켜봐야만 했다.

잠시 후 형사과장이 우리를 향해 목소리를 높였다.

"지금부터 무엇이든 닥치는 대로 찾아내. 남편, 아내, 딸, 차아령 할 것 없이 뭐든 닥치는 대로. 그전까지 누구도 내 허락 없이 눈 붙일 생각 하지 마. 알았어?"

형사들이 일제히 대답했다. 목소리만큼은 의기양양했다. 그럼에도 용산서장과 형사과장은 불만스러운 표정으로 회의실을 떠났다. 곧이어 관리반장이 단상에 올라가 각 팀에게 수사명과를 상세히 하달했다. 그의 이야기가 마무리되고 나서야 비로소 형사들도 하나둘씩 자리에서 일어섰다.

"아, 진짜 미치겠네, 씨발."

누군가 의자를 걷어차며 뇌까렸다. 어떠한 수사명과를 받느냐에 따라 범인을 검거할 수 있는 가능성도 달라지기 때문에 좋지 않은 명과를 받은 팀원들에게는 항상 이러한 불만이 뒤따르기 마련이었다. 우리는 개의치 않고 복도로 나섰다. 김 형사가 내게 다가와 아직도 신경 쓰이느냐고 물었다. 걱정스러워하는 말투였다. 아마도 피해자의 의복 상태가 거슬리는 모양이었다.

"신경 안 쓰여. 걱정하지 마."

그러나 신경 쓰이는 게 사실이었다. 도 반장은 남편의 죽음을 자살로 위장해 사건을 끝마치려는 범인의 술수라고 말했지만, 내 생각은 달랐다. 범인은 직접적으로 나를 겨냥했고, 범행에 쓰인 흉기 대신 이전 사건에 쓰인 칼을 일부러 놓고 떠남으로써 다음 사건을 예고했다. 쉽게 떨쳐낼 문제가 아니었다.

"너무 민감하게 반응하는 걸 수도 있어. 검은색 셔츠와 넥타이는 누구든 멜 수 있으니까."

나 형사가 내 어깨에 손을 얹고 말했다. 나를 안심시키고자 하는 얘기라는 걸 알기에 별다른 대꾸는 하지 않았다.

"그나저나 차아령이는 어떻게 할 거야?"

"글쎄요. 일단 취약한 부분을 찾아서 건드려봐야죠."

"취약한 부분이라…… 뭐가 있을까?"

"가족관계나 사생활에 관련된 질문을 하면 유독 과민반응을 보였거든요. 그쪽에 해답이 있을지도 몰라요."

"외톨이라고 했지?"

"네."

"그래서 가족을 살해한 건가?"

"허황된 얘기는 아니죠."

"아무튼 너만 믿을게. 잘 꼬드겨서 자백 좀 받아내라. 당최 휴일이 없다, 휴일이. 이러니 내가 장가를 갈 수가 있나."

김 형사가 피식 웃었다. 그 모습을 보고 나 형사도 덩달아 웃었다. 나는 어찌할 바를 몰라 그들을 번갈아 쳐다봤다. 그때 누군가 뒤에서 내 이름을 불렀다.

"어이, 최재준 씨."

처음 보는 사내였다. 짧은 머리에 검게 그을린 피부, 큰 키에 날렵한 몸매가 꽤나 인상적이었다. 그는 천천히 다가와 내게 명함을 내밀었다. 마포경찰서 강력3팀 소속 윤재길 형사라고 새겨져 있었다.

"담배 피워요?"

"그런데요?"

"잠깐 나랑 얘기 좀 합시다."

"전 할 말 없는데요."

"거 참 사람하고는. 까칠하게시리……."

그가 셔츠 주머니에서 담배를 꺼냈다. 내가 받지 않자 혼자서 입에 물었다. 가뜩이나 신경 쓸 일이 많은 지금 그와 말을 섞어봐야 이로울 게 없었다. 나는 별다른 대꾸 없이 계단을 내려갔다.

"아까 행동분석 보고서 봤습니다."

그가 말했다. 뒤이어 부싯돌 돌아가는 소리가 들렸다.

"그거 다 개소리던데."

"뭐라구요?"

김 형사가 돌아보며 소리쳤다. 그는 담배를 한 모금 깊게 빨아들이고 나서 덧붙였다.

"리액션이 유별난 아가씨네. 원래 사람 말을 잘 못 알아듣나?"

"기왕이면 사람답게 말해줘요. 개소리로 지껄이니까 알아들을 수가 없어요."

내 말에 그의 한쪽 입꼬리가 이상한 각도로 꺾여 올라갔다.

"어이, 당신. 초면에 너무하는 거 아니야?"

참다못한 나 형사도 끼어들었다. 자칫하면 성가신 일이 발생할 거 같았다.

"너무하기는. 대충 넘겨짚어서 이래라 저래라 상부에 보고하면 당신들은 땡이지만 우리는 그거 때문에 얼마나 빵이치는 줄 알아? 우리도 바쁜 사람이야, 할 일 많은 사람들이라고. 그러니까 제발 뭘 좀 알고 쓰시라고. 응? 괜히 애꿎은 형사들 방해하지 말고. 아셨어?"

그는 말을 끝내고 나서 흡연실 쪽으로 사라졌다. 지나가던 형사들이 무슨 일인가 싶어 우리를 쳐다봤다.

"그냥 가자. 저런 새끼까지 일일이 신경 쓰면 골치만 아파."

"그래요, 선배. 대충 흘려버려요."

김 형사가 내 팔을 붙들었다. 계단을 내려갔다. 중앙 복도까지 함께 가다가 그곳에서 흩어졌다. 나 형사는 서울청으로, 김 형사는 본청으로 향했다. 나는 잠시 멈춰 서서 어디로 가야 할지 생각했다. 그러다 지역형사팀 사무실의 문을 열었다. 차아령, 지금으로서는 그녀가 가장 사건과 밀접해 있기 때문이었다.

마땅한 자리를 찾기 위해 두리번거리다가 책상 귀퉁이에 밀쳐진 정 형사의 명패를 발견했다. 그 자리에 앉아 차아령과 관련된 서류들을 전부 펼쳤다. 임의동행 시간은 이제 아홉 시간밖에 남지 않은 상황, 그동안 그녀에 관한 모든 걸 파헤쳐내야 했다. 그렇지 않으면 수사가 장기화될 가능성이 컸다. 어떻게 자백을 받아내야 할까. 나는 그 생각만을 하며 앞에 쌓인 서류들을 하나도 남김없이 꼼꼼하게 읽어나갔다.

첫 번째 면담 결과 그녀는 자신의 과거를 감추기 위해 무진 애를 쓰고 있음을 알 수 있었다. 감추기 위해서라기보다는 철저히 보호하기 위해 과도한 공격성을 띠고 있다고 봐도 무방했다. 그녀는 무슨 일을 겪었던 걸까. 대체 어떤 일이 있었기에 그토록 지나친 반응을 보이는 걸까. 그 물음에 대한 답을 찾기 위해 거주지를 수색했던 형사1팀원에게 전화를 걸었다. 그리고 물었다.

"차아령 씨 거주지 수색 결과 좀 자세히 알 수 있을까요?"

그는 수사에 보탬이 되는 일이라면 적극적으로 도와주고 싶은데 무엇을 알려줘야 할지 모르겠다고 대답했다.

"그럼 제가 물어볼게요."

"그래요. 그게 훨씬 편하겠네요."

내가 질문을 시작했다.

"혹시 집 안에 가족사진이 있던가요?"

"아니요. 사진 자체가 없던데요."

"본인 사진도요?"

"네."

"쓰레기통도 뒤져봤어요?"

"그럼요."

"뭐가 있던가요?"

"글쎄요…… 잠시만요. 어이, 김 형사! 차아령이네 쓰레기통
에 뭐가 있었지? 어, 그래. ……여보세요?"

"듣고 있어요."

"아이스크림 포장지랑 귤껍질만 있었다네요."

"화장실에는요?"

"휴지통 말하는 거죠?"

"네."

"휴지랑 생리대밖에 없었어요."

간혹 생리 때만 되면 범죄 욕구가 생긴다는 피의자들도 있었
지만 그렇게까지 비약해서 생각하기에는 아무래도 무리가 있

었다.

"방 상태는 어땠나요? 정돈이 잘 된 편이던가요?"

"정돈이요? 말도 마세요. 혼자 사는 여자가 더 심하다더니, 딱 그 꼴이었어요."

"가족들과 관련된 물품은요?"

"가족들과 관련된 거라…… 딱히 떠오르는 게 없네요."

"탐문하면서 수집한 정보도 없구요?"

"다들 그 애에 대해서 아는 게 없더라구요. 원래 말수가 적고 사람 만나기를 꺼려한대요. 세 달 동안 같이 아르바이트한 애는 아직 차아령의 나이도 모르던데요."

그녀는 주변인들에게도 철저히 자신을 드러내지 않고 있었다. 전화를 끊고 다른 형사들이 면담한 보고서를 다시 한 번 훑어봤다. 인적사항, 학력 및 전과, 피의자 성격 및 심리검사 결과, 행동 관찰과 현재 생활, 개인 경력, 사회관계에 대한 기록은 빠짐없이 기재되어 있는 반면 성장배경과 가정환경에 대한 내용은 상대적으로 부실했다. 다들 이 부분에서 난항을 겪은 것이다.

사무실에 혼자 남아 있을 오진환 선배에게 전화를 걸어 차아령 부모의 전과조회를 부탁했다. 이름은 각각 차송필, 주아순이었다.

"알았어. 연락해줄께. 근데 어째 들어본 이름 같다."

"워낙 특이해서 그런 거 아닐까요? 차아령도 그렇고."

"그렇겠지? 아무튼. 참, 너 전화받았냐? 아까 강남서 형사1팀 신 형사한테 네 번호 알려줬는데."

"누구요?"

"신재형 형사. 몰라?"

"내가 강남서 형사를 알 리가 없죠. 아는 사람이에요?"

"나도 모르지. 번호 남겨놨는데, 알려줄까?"

"됐어요."

"급한 일이라던데."

"그럼 문자로 보내줘요."

전화를 끊고 주위를 둘러봤다. 어느새 사무실에 남아 있는 건 나 혼자뿐이었다. 문자가 도착했지만 확인하지 않고 창가로 다가갔다. 오후 늦게까지 내린 비로 여기저기 물웅덩이가 고여 있었다. 습기를 잔뜩 머금은 바람이 가볍게 수면을 흔들고 지나갔다. 둥그런 일렁임이 점차 넓게 번지는 모습을 바라보며 담배에 불을 붙인 다음 녹음기를 꺼내 들었다. 잠시 만지작거리다 재생 버튼을 눌렀다. 오늘 하루 동안만 수십 번 넘게 들은 목소리가 또다시 흘러나왔다.

"저, 형사님 봤어요. 어제 신문기사에서…… 검은색 셔츠에 검은색 넥타이……."

손목시계는 오후 열한 시를 가리키고 있었다. 취조하기에 딱 좋은 시간이었다. 나는 그녀가 감정적으로 취약해져 있기를 무엇보다 바랐다.

서류를 집어 들고 그녀가 있는 진술녹화실로 향하는데 전화벨이 울렸다. 오진환 선배였다.

"재준아, 생각났어. 우리 올해 초에 세미나 갔던 거 기억나지?"

"올해 초요?"

"응, 그때 이광호 경정 나와서 사건 브리핑한 거, 기억 안 나?"

"글쎄요. 근데 선배, 나 이제 취조 시작해야……."

"마스칸희랍어로 '야망'이라는 뜻파 사건, 진짜 기억 안 나?"

그가 내 말을 가로막았다. 이 시점에서 왜 그 사건을 끄집어내는지 도통 이해가 되지 않았다.

"기억나요. 그게 왜요?"

"그 사람들이야, 피해자들. 그때 살아남은 애가 차아령이었어."

문고리를 돌리다 말고 멈춰 섰다. 그의 말이 끝나자마자 이제껏 감춰져 있던 여러 조각들이 저마다의 당위성을 갖고 빠르게 한곳으로 모여들었다. 17년 전, 오로지 살인만을 위해 만들어진 공간에 반년간 감금됐던 아이, 수많은 유골 앞에서 아버지의 신체 일부를 강제로 씹어 삼켜야만 했던 그 아이가 바로 차아령이었던 것이다.

전화를 끊고 진술녹화실로 들어섰다. 다시 전화벨이 울렸다. 이번에는 도진웅 반장이었다.

"그만두고 나와."

"네?"

"취조 그만두고 나오라고."

"갑자기 그게 무슨 말씀이세요?"

"살인사건이야. 빨리 출동해. 장소는 논현초등학교 부근
……."

"반장님, 잠시만요. 이제 거의 다 알아냈어요. 조금만 더 시간 주시면……."

"잔말 말고 빨리 출동하라고! 내 말 못 알아들어?"

반투명 유리 너머로 그녀를 바라보았다. 내 시선이 자신을 향하고 있다는 사실을 모를 텐데도 그녀 역시 이쪽을 바라보고 있었다. 우리는 그렇게 몇 걸음 떨어지지 않은 곳에서 서로를, 혹은 서로가 서 있는 곳을 응시한 채 한동안 말없이 멈춰 있었다. 그리고 이내 멀어졌다.

한남대교를 건너고 있을 때 무언가 차창을 가볍게 두드렸다. 비가 오려는 걸까, 잠시 하늘을 올려다보았다. 먹구름이 가득 차 있었다. 당장 장대비가 쏟아져도 이상할 게 없어 보였다. 길게 늘어진 미등을 따라 직진하다가 왼쪽으로 방향을 틀었다. 술

취한 회사원들로 북적이는 영동시장을 피해 학동역 방향으로 나아가다가 다시 오른쪽으로 선회했다. 논현초등학교 부근의 한 다세대주택 앞에 사람들이 몰려나와 있었다. 현장은 이미 외부부터 폴리스라인을 쳐서 철저히 봉쇄된 상태였다.

"어떻게 된 거예요?"

육안으로 현장을 관찰하고 나온 형사들에게 물었다. 참혹한 현장을 수없이 목격했을 베테랑들인데도 무엇부터 진행해야 할지 몰라 허둥지둥댔다. 예사롭지 않은 사건임이 틀림없었다.

"저도 모르겠어요, 뭐가 뭔지."

"신고한 사람은요?"

"그것도 몰라요. 듣기로는 익명이라던데⋯⋯."

거실에는 혈흔만 난무할 뿐 사체가 없었다. 팀원들은 벌써 임장한 상태였다. 김 형사는 현장 스케치와 지문 감식을, 나 형사는 사진 촬영과 혈흔형태분석을 맡아서 진행하고 있었다. 아무리 찾아봐도 도 반장의 모습은 보이지 않았다.

"반장님 안 계세요?"

"아까 거실에서 흉기 발견하자마자 국과수로 뛰어가던데."

무언가 감을 잡은 모양이었다. 그래서 나를 급하게 부른 걸 수도 있다. 이제 남은 임의동행 시간은 네 시간 남짓. 최대한 빨리 감식을 끝낸다고 해도 차아령을 추궁할 시간은 턱없이 부족했다. 어차피 이렇게 된 바에야 현장에 치중하는 수밖에 없었다.

사체는 장롱 속에서 발견됐다. 이불과 베개로 몸 전체를 덮어놓은 상태였다. 과학수사요원들이 조심스럽게 사체를 꺼내 바닥에 내려놓았다. 빨간 미니스커트에 검은색 레깅스, 거기다 벨트까지 착용하고 있는 것으로 봤을 때 외출했다가 돌아오자마자 살해된 걸로 판단됐다.

"상처가 너무 많은데요?"

강남경찰서 과학수사요원이 인상을 찡그리며 말했다.

"그런데 깊은 상처가 없어요. 전부 다 얕은 절창이에요."

오진환 선배가 대꾸했다. 그의 말대로 사체에는 약 서른여 군데의 상처가 나 있었는데 대부분이 흉기에 베인 절창이었다. 뿐만 아니라 머리는 검은색 비닐로 덮어씌운 다음 노란색 테이프로 돌려 묶은 상태였다. 양손과 양 발목 또한 마찬가지였다.

"은폐하려다가 도중에 포기한 걸까요?"

내가 물었다. 아직은 알 수 없다고 오진환 선배가 대답했다.

사체의 입과 목에 감긴 테이프를 조심스럽게 잘라내고 검은색 비닐을 벗겨내자 피해자의 얼굴이 드러났다. 땀에 번진 색조화장과 뒤집힌 눈꺼풀, 테이프에 눌린 윗입술 탓에 생전의 모습을 떠올리기가 쉽지 않았다. 더구나 입은 기괴하리만치 크게 벌어져 있었다. 마지막 순간까지 어떻게든 살아보려고, 호흡해보려고 안간힘을 쓴 것으로밖에 볼 수 없었다.

"살아 있었어. 비구폐색 코와 입이 닫혀서 막힘이야."

오진환 선배가 씁쓸하게 혀를 찼다. 그러고는 고개를 돌려 옷장에 새겨진 덩굴 무늬를 바라봤다. 마땅히 어디에 시선을 둬야 할지 몰라 아무 곳에나 내맡겨둔 것 같았다. 그러다 다시 사체를 마주하고는 귓속체온계로 사망 추정시간을 계산했다. 길어야 두 시간 이내야, 멀리 도주하진 못했을 거야, 그가 소견을 말하자 곧바로 강력계 형사들이 바쁘게 움직이기 시작했다.

그녀가 감금됐던 장롱 속을 살펴봤다. 귀퉁이를 잡고 피에 젖은 이불을 들추자 휴대폰이 바닥으로 굴러 떨어졌다. 대기화면에는 커피숍에서 입술을 약간 내밀고 찍은 그녀의 얼굴이 담겨져 있었다.

"신원 확인은 어렵지 않겠네요."

터치패드를 잠그고 말했다. 어느새 방 안으로 들어온 김 형사가 내 쪽으로 다가왔다.

"유가족에게 먼저 알려야겠죠?"

"그래야겠지."

김 형사에게 휴대폰을 넘긴 뒤 무릎을 굽히고 앉아 휴대용 가변광선기 빛을 이용하여 지문과 족흔적 등을 채취하는 장비로 바닥을 비췄다. 범인의 것으로 추정되는 족적들이 희미하게 도드라졌다. 그 자국들은 방 안에서 다시 거실로 쭉 이어지고 있었다. 자리에서 일어나 그 움직임을 따라갔다. 거실에서는 나 형사가 분사된 혈흔들에 맞춰 레이저 각도기를 설치하고 있었다.

"1번을 길게 누르면 되려나."

김 형사가 피해자의 휴대폰을 만지작거리며 말했다. 그렇다
고 대답해주려는 순간 무언가 이상한 점을 발견했다. 일정한 크
기와 간격으로 찍혀 있는 범인의 족적이 한 발 한 발 내딛을 때
마다 점차 커지고 있었던 것이다. 일반 성인 남성의 발 사이즈
에서 시작된 족적은 가면 갈수록 거대한 크기로 변해갔다. 때마
침 레이저 각도기 설치를 끝낸 나 형사가 거실에 스모그 스프레
이를 뿌렸다. 육안으로도 확인할 수 있을 만큼 레이저가 붉게
빛났다. 그 가늘고 얇은 선들은 모두 범인이 피해자를 공격한
지점으로 이어졌다. 흔히 예측할 수 있는 높이가 아니었다. 다
른 현장보다 30센티미터, 아니 적어도 40센티미터는 높은 곳이
었다. 현장에 있던 누구도 그 광경을 보고 입을 다물지 못할 정
도였다. 마치 보이지 않는 거대한 형상의 사내가 우리를 내려다
보고 있는 듯했다.

머릿속이 멈춘 탓인지 아무런 생각도 할 수 없었다. 다행히
어디선가 울린 전화벨이 내 신경을 일깨웠다. 뒤를 돌아봤다.
피해자의 휴대폰 단축번호 1번을 길게 누른 김 형사가 입을 벌
린 채 이쪽을 쳐다보고 있었다. 정확히 말하면 나를 쳐다보고
있었다.

"선배……"

그녀가 말했다. 그런 그녀에게 나는 아무런 대답도 해줄 수가 없었다. 벨이 울린 건 바로 내 휴대폰이었기 때문이다.

Chapter 5

목격자

　세 시간에 걸친 현장 감식이 끝나자 사체는 정밀검사를 위해 인근 병원으로 옮겨졌다. 그녀의 이름은 이은경, 22세의 S예대 휴학생이었다. 등록금과 용돈을 마련하기 위해 여성전용대출을 끌어다 쇼핑몰 사업을 시작했다가 감당치 못할 이자 계산법에 휘말려 유흥업소 생활을 전전하던 중이었다. 뒤늦게 부음을 듣고 찾아온 부모들은 이 사실에 대해 전혀 아는 바가 없었다. 이에 아버지는 오열했고, 어머니는 고개를 돌렸다. 경제권을 쥔 어머니에게는 오로지 유학 보낸 맏아들만이 중요했고 앞으로도 그럴 것이기 때문이었다.

　먼저 살해당한 일가족과의 연관성을 찾기 위해 수사본부 형사들은 발 빠르게 탐문을 시작했다. 그녀가 몸담았던 업소와 자주 다니던 미용실 직원들을 대상으로 평소 생활에 대해 질문했다. 그들은 그녀가 가족과 친구들에게 자신의 생활이 발각될까 봐 두려워했고 하루 빨리 평범했던 학생 시절로 돌아가기만을 고대했다고 입을 모아 말했다. 누구에게 흠 잡힐 만한 행동도 하지 않았고 내연관계 역시 깨끗한 편이었다고 했다. 게다가 보광동에서 살해당한 일가족과는 아무런 연관도 없는 사이로 밝혀졌다. 그럼에도 그녀는 무참히 살해당하고 말았다. 아무도 그 이유에 대해서는 짐작조차 하지 못했다.

연쇄 사건으로 봐야 할지 아니면 개별 사건으로 처리할지 고민하고 있던 무렵, 수사의 초점을 한곳으로 집중시키는 결과가 발표됐다. 도 반장이 국과수에 의뢰한 흉기 감정 결과가 바로 그것이었다. 현장에서 발견된 흉기는 일가족 살인사건의 피해자 남편 추석원의 심장을 관통했던 범구_{범행도구}로 밝혀졌다. 뿐만 아니라 사무실로 전화를 걸어 나를 찾았던 강남서 신재형 형사는 존재하지 않는 인물이었다. 더구나 그가 남긴 번호는 놀랍게도 살해당한 이은경의 휴대폰 번호와 동일했다.

그날 이후 나는 도통 잠을 이룰 수 없었다. 여러 의문들이 시도 때도 없이 떠올라 머릿속을 어지럽혔기 때문이다. 만약 그때 내가 전화를 걸었다면 그녀를 살릴 수 있었을까. 숨이 끊어질 때까지 그녀는 무슨 생각을 했을까. 내가 전화해주기만을 기다린 걸까. 전화벨만 울리면 살 수 있을 거라고, 그래서 어떻게든 조금이라도 더 버텨보려고 안간힘을 썼던 걸까.

그런 생각을 할 때마다 검은 비닐봉투를 벗겨낸 그녀의 얼굴이 떠올랐다. 가쁜 숨소리가 귓가를 맴돌았다. 눈을 뜨면 어떻게든 숨을 쉬기 위해 입을 크게 벌린 채 내 옆에 누워 있을 것만 같았다.

궁금했다. 누가 이런 짓을 벌인 건지, 이유가 무엇인지, 왜 나를 표적으로 삼았는지. 그러나 생각하면 할수록 그 의문들은 내 앞에서 제멋대로 유영하다가 끝내 하나로 모여 거대한 형상을 만들어냈다. 그 형상은 침대 위로 올라와 가만히 나를 노려보았다. 식은땀이 흐르고 입안이 바짝 말라갔다. 몸을 움직일 수가 없었다. 그녀와 마찬가지로 숨을 쉬기가 곤란했다.

그렇게 한참을 뒤척이다 눈을 뜨면 어느새 날은 밝아 있었다.

회의시간에 맞춰 단상에 올라가 형사들에게 나름대로 추정한 범인상을 제시했다. 삼십대 초중반에서 사십대 초반 사이, 위화감 없는 외모와 경찰 수사에 관심이 많고 현장 부근에 거주하며 인터넷과 도서 검색이 능숙한 사람일 거라고 말했다.

"유영철과 강호순, 조두순은 모두 1970년생으로 동갑이에요. 정남규는 그들보다 한 살 위였구요. 그만큼 우리나라 연쇄살인범들은 대부분 내면의 분노가 축적되다 폭발하기까지의 일정 시간을 필요로 했어요. 그런 점으로 미루어 볼 때 마땅한 증거도 없고 목격자도 없는 지금으로서는 범인의 연령대를 삼십대 이상에서 사십대 초반으로 추정해야 되지 않을까 싶어요. 그리고 현장에 분노와 폭발 행위가 나타나지 않은 건 범인이 고통과 공감 없는 냉담한 살해 성향을 지녔기 때문인 거 같구요."

"그럼 학대 경험이 있는 전과자들을 대상으로 조사하면 되겠네. 신경계에 이상이 있는 자들 위주로."

형사과장이 말했다.

"도화선은 태양열로도 점화돼요."

내가 반박했다.

"연쇄살인범들은 수도 없이 많은 동기들 속에서 매일을 살아요. 다만 평범한 사람들은 그걸 느끼지 못하는 것뿐이죠. 정남규에게 피습 됐다가 목숨을 건진 피해자의 말을 들어보면 그가 자신을 공격하기에 핸드백을 건넸더니 웃으면서 계속 찔렀다고 했어요. 그만큼 연쇄살인범들은 목적이 다르고 느끼는 것도 달라요. 동기 역시 흔히들 생각하는 학대나 가정파괴 등의 거창한 이유가 아니구요."

나는 잠시 쉬었다가 말을 이었다.

"지금은 정황 증거를 따라 수사망을 좁히는 게 가장 좋은 방법인 거 같아요. 두 현장 모두 잠금 장치가 훼손되지 않은 상태였고 차량으로 20분도 채 걸리지 않는 거리니까 지리적 특성을 잘 이해하고 있을 인근 거주자 위주로, 증거를 조작할 수 있는 능력을 갖췄으니까 경찰 수사에 관심이 많거나 경찰공무원 시험에 응시해본 사람들로, 또 현장에서 발견된 족적이 260밀리에서 320밀리미터니까 이태원 맞춤 신발 판매점이나 큰 신발 매장에서 최근 다양한 사이즈의 신발을 구입한 사람들을 대상으로요."

발표를 끝내고 단상에서 내려왔다. 얼마 지나지 않아 회의도 종결됐다. 형사들이 다 빠져나간 후에 김 형사를 만나러 근처 커피숍으로 향했다. 그녀는 창가에 앉아 사건 파일을 훑어보고 있었다. 옷차림을 보니 어제도 부검실에서 밤을 새운 모양이었다.

"요령껏 쉬지그래."

바닥난 머그잔 옆에 새로 주문한 커피를 내려놓으며 말했다.

"그러는 선배나 좀 쉬세요."

김 형사는 테이블 가득 펼쳐놓은 서류들을 주섬주섬 자기 쪽으로 챙겨 갔다. 커피숍에는 하이힐을 신은 김 형사 또래의 여성들이 대부분이었다. 그들은 패션 잡지를 펴놓고 음악을 듣거나 스마트폰으로 웹서핑을 하며 여유롭게 시간을 보내고 있었다. 반면 김 형사는 발급받은 구식 폴더폰을 아무렇지도 않게 테이블 위에 올려놓고 잡지 대신 사체 사진들을 펼쳐놓고 있었다.

"왜요?"

내가 빤히 보고 있자 김 형사가 물었다. 가벼운 턱짓으로 창밖에 지나다니는 사람들을 가리켰다. 그들 중 몇 명이 사체 사

진을 보고 흠칫 놀랐다. 그제야 김 형사는 얼른 사진을 덮어버
렸다.

"이렇게 무디긴."

"아, 또 깜박했네요."

"많이 기다렸어?"

"아니요, 그닥."

"몇 잔째데?"

"글쎄요. 이거까지 합쳐서 한 넉 잔?"

"그러다 쓰러져. 여자란 사실 잊지 마."

"나 여자 아니에요."

머그컵을 입으로 가져가면서 말했다. 그리고 조심스레 한 모
금 마신 다음 덧붙였다.

"형사예요."

"어련하실까."

의자 깊숙이 몸을 기대고 내가 말했다.

"근데 병원 안 가봐도 돼요? 그거 흉 질 텐데."

김 형사가 머그컵을 내려놓으며 내 얼굴을 쳐다봤다. 정확히
말하면 이은경이 살해당한 날 왼쪽 뺨에 생긴 상처였다. 아직도
가끔 욱신거리긴 하지만 신경을 거스르는 정도는 아니었다.

"상관없어. 맞을 만해서 맞은 건데 뭐."

"그래도 그렇지, 자기 딸 죽인 살인범 잡아주겠다는 형사를

왜 때리고 난리래요."

손으로 상처를 더듬어봤다. 반지에 긁힌 상처는 채 아물지 않았지만 붓기는 전부 빠진 상태였다. 사실 내가 맞은 이유는 간단했다. 딸을 잃은 아버지의 심정을 헤아리지 못했다는 것, 슬픔이 가라앉을 시간조차 주지 않고 섣불리 수사를 진행했다는 것이다. 그날 딸의 사체 사진을 보여주며 내가 질문을 던지자 그녀의 아버지는 주먹을 휘두르면서 이렇게 말했다.

넌 가족도 없냐, 이 비정한 새끼야.

어쩌면 나는 애초부터 고질적인 문제를 품고 있었던 건지도 모른다.

"선배."

"어?"

내가 놀라 대답했다. 김 형사가 나를 걱정스러운 듯이 쳐다보고 있었다.

"갑자기 무슨 생각을 그렇게 해요?"

"별거 아니야."

"진짜 괜찮은 거 맞아요?"

"응, 괜찮아."

커피를 한 모금 마셨다. 그러고 나서 김 형사에게 부검 결과를 말해달라고 부탁했다.

"계속 지켜봤는데 별다른 게 없었어요. 약물이라도 써서 피해자들을 통제한 줄 알았는데 그렇지도 않았구요."

부검 소견서를 건네며 그녀가 말했다. 그 밖에 추가된 탐문 보고서도 함께 내밀었다.

"그놈은 어떻게 피해자들을 자기 마음대로 죽일 수 있었을까요. 남편인 추석원의 경우는 차 안에서 꼼짝도 못 하게 해놓고 찔러 죽였잖아요. 묶인 자국도 없고."

"사람 다루는 게 익숙한 걸 거야."

보고서를 둘둘 말아 안주머니에 집어넣고 말했다.

"전과가 없더라도 이미 수차례 범행을 저질러봤거나 군대처럼 위계질서가 잡힌 조직에서 생활한 경력이 있을지도 모르고."

다시 커피를 한 모금 마신 다음 창밖을 내다보았다. 사람들의 걸음이 점차 빨라지고 있었다.

"비가 또 내리네요."

김 형사가 한숨을 내쉬었다. 그러고는 테이블에 턱을 괴고 생각에 잠겼다. 우리는 잠시 그렇게 멈춰 있다가 자리에서 일어났다. 그녀는 걸어서 사무실로 가겠다고 했다. 태워준다고 해도 막무가내였다.

"바람 쐬면서 정신 좀 차리려구요. 머리가 꽉 막혀 있는 거 같거든요."

나는 알았다고 말한 뒤 차에 올라탔다. 빗방울이 굵어지고 있었다. 갑작스러운 비에 당황한 사람들이 제 갈 길을 향해 뛰어가기 시작했다. 그 모습을 보고 있자니 문득 나 역시도 어딘가로 가야겠다고 생각됐다. 서울청과는 반대 방향으로 무작정 차를 몰았다. 가로수와 빌딩들이 빠르게 뒤쪽으로 지나갔다. 남산터널을 지나고 한남대교로 진입했다. 쏟아지는 비로 인해 무수히 많은 일렁임들이 한강 가득 생겨났다. 그 모습을 바라보면서 그대로 직진했다. 그리고 마치 처음부터 그곳을 향해 달리고 있었던 것처럼 자연스럽게 왼쪽으로 방향을 틀었다. 멈춰 섰을 땐 이미 논현동에 다다른 상태였다. 또다시 현장으로 돌아오고 만 것이다.

마땅한 곳에 주차한 다음 와이퍼를 1단으로 작동시키고 사건 현장을 바라봤다. 차창에 빗물이 가득했다가 깨끗하게 쓸려나가기를 천천히 반복했다. 대부분의 사람들이 집에 있었을 시간, 게다가 이토록 주택이 밀집한 곳에 단 한 명의 목격자도 없었다는 사실이 좀처럼 믿기지 않았다. 그들은 정말 어떠한 소리도 듣지 못한 걸까. 누군가 현장으로 걸어가는 걸 본 사람이 정말 아무도 없는 걸까.

그런 생각에 빠져 있는데 불현듯 누군가 나를 훔쳐보는 기색이 느껴졌다. 때마침 와이퍼가 내려간 터라 빗물이 시야를 흐트러뜨리고 있었다. 차 문을 열고 주위를 살폈다. 짧은 순간이었지만 현장 맞은편 건물에서 누군가 나타났다가 사라지는 게 보였다. 문을 닫고 그곳으로 달려갔다. 복도 계단을 밟고 올라갔다.

아무도 없었다. 밑으로 내려가는 듯 발만 구르다가 계단 중간에 멈춰 섰다. 그리고 가만히 귀를 기울였다. 얼마 뒤, 신발이 끌리는 소리가 들리더니 4층에 감지 센서등이 켜졌다. 곧장 그곳으로 뛰어갔다. 나를 훔쳐보던 누군가도 달리기 시작했다. 4층에 다다랐을 때 복도 안쪽 현관문이 열렸다가 막 닫히려는 중이었다. 가까스로 손을 내밀어 현관문을 잡았다. 문고리를 붙들고 있는 건 열 살 남짓한 꼬마아이였다.

"뭐야, 당신?"

아이 뒤에서 어느 사내의 목소리가 들려왔다. 열린 문틈으로는 그의 모습을 제대로 확인할 수 없었다.

"뭐 하는 거냐고, 지금."

어떻게 대처해야 할지 몰라 잠시 머뭇거리고 있는데 아이가 불안한 듯 몸을 떨었다. 자세히 보니 땀을 흘리는 아이의 목덜미에 푸른 멍 자국이 나 있었다. 나는 주머니에서 신분증을 꺼냈다.

"서울지방경찰청 최재준 형사입니다."

"……경찰?"

예상대로 신분증을 본 사내의 태도가 누그러들었다.

"무슨 일인데요?"

나는 힘을 줘서 문을 활짝 열었다. 아이 뒤에 서 있는 사내는 삼십대 중후반의 건장한 남성이었다.

"자, 잠시만요. 지금 요 앞 살인사건 때문에 이러는 거예요?"

"일단 얘기 좀 하죠."

"돌아가요. 난 아무것도 모르니까."

"상관없어요."

"이러는 거 불법 아니에요?"

"……들어가서 얘기하죠."

눈을 똑바로 쳐다보며 말했다. 그는 한 번도 나와 시선을 마주치지 못했다. 안으로 들어섰다. 집 안 전체에 담배 냄새와 술 냄새가 가득했다. 낡은 이불에 코를 박고 숨을 쉬는 느낌이었다. 아내가 없다는 걸 냄새만으로도 충분히 알 수 있었다.

주황색 소파에 걸터앉아 주위를 둘러보는 동안 사내는 등 뒤로 손짓을 해 아이를 방 안으로 들여보냈다.

"전 아는 게 없다니까요."

"앉으세요."

"아, 미치겠네."

한숨을 내쉬고 거실 바닥에 깔린 카펫 위에 눌러앉았다. 손을 길게 뻗어 담배꽁초가 수북한 재떨이를 집어 들었다.

"피워도 되죠?"

"그럼요. 당신 집인데."

그는 담배에 불을 붙이고 나서 내게도 한 개비 권했다. 마다하지 않고 입에 물었다.

"커피라도 드려요?"

고개를 끄덕였다. 그가 큰소리로 이름을 부르자 아이가 알아서 부엌으로 달려갔다. 나는 연기를 길게 내뱉은 뒤 그날 보거나 들은 거라면 무엇이든 좋으니까 가감 없이 말해달라고 부탁했다.

"뭐라도 하나 건지고 싶다는 형사님 마음, 저도 충분히 이해합니다. 그런데 전 정말 여태까지 그 집에 누가 사는지도 몰랐어요. 솔직히 말해서 지금도 관심 없구요. 그냥 누가 죽었다니까 힐끔 내다본 게 다예요. 여기 사는 사람들 아무나 잡고 물어보세요. 다 똑같을걸요. 막말로 집값이나 안 떨어지면 다행이라고 생각하지……."

아이가 커피 두 잔을 쟁반에 받쳐서 가져왔다. 소매 밖으로도 새파란 멍 자국이 나 있었다.

"물이 많네."

티스푼으로 커피를 몇 번 휘저으면서 사내가 말했다. 컵에 부딪혀 딸깍거리는 소리가 아이의 몸을 점점 위축되게 만들었다.

"몇 살이에요?"

"이제 여덟인가 아홉인가 그래요."

"넌 혹시 그날 기억나는 거 있니? 무슨 소리라든지……."

자세를 고쳐 앉은 다음 물었다. 아이는 대답하지 않았다. 멀리 떨어진 곳으로 뒷걸음치며 눈치를 힐끔힐끔 볼 뿐이었다.

"얘가 뭐 아는 게 있겠어요."

"없어?"

다시 한 번 눈치를 봤다. 사내가 미소를 지어 보이자 아이는 이내 고개를 끄덕였다.

"그렇다니까요."

"정말 아는 게 없는 거야, 아니면……."

커피를 한 모금 마셨다. 그러고 나서 잠시 시간을 뒀다가 딱 잘라 물었다.

"무서워서 그러는 거야?"

내 말에 사내의 입에서 헛기침이 새어 나왔다.

"형사님도 참. 애한테 무슨 그런 말을……."

나는 개의치 않고 되물었다.

"정말 몰라?"

아이의 표정이 조금씩 움찔거리기 시작했다. 코와 입술 주변의 근육이 부자연스럽게 흔들렸다. 무언가를 망설이고 있는 듯했다. 말을 꺼낼 수 있도록 조용히 기다렸다. 한동안 불편한 침묵이 흘렀다. 하지만 아이는 끝내 입을 열지 않았다. 나는 담배를 재떨이에 비벼 끄고 다시 아이를 쳐다봤다. 그리고 말했다.

"굳이 대답 안 해도 돼. 이렇게 사는 건 다 네 몫이니까."

커피를 한 모금 더 마시고 자리에서 일어났다. 사내 역시 담배를 끄고 나를 따라 일어섰다.

"도움 드리지 못해서 죄송하네요. 항상 수고하시는데 참, 동네 주민으로서……."

안심한 듯 되살아난 사내의 표정이 어쩐지 마음에 들지 않았다.

"괜찮아요. 제가 너무 귀찮게 했네요."

"아이고, 별말씀을요."

"아무튼 전 이만 가보겠습니다."

"그러시겠어요?"

"……떠난다고 했어요."

막 발을 떼려는 순간 아이가 불쑥 입을 열었다. 사내의 표정이 일순 굳어졌다.

"곧 떠난다고, 돈 많이 갚았다고……."

"누나가?"

아이가 코를 훌쩍였다. 고개를 숙이고 있는데도 눈가에 서서히 눈물이 맺혀가고 있다는 걸 알 수 있었다.

"어디로 간다고 했는데?"

"대학이요. 집에도 간다고 그랬어요."

맺혔던 눈물이 위태롭게 흔들리다가 얼마 후 볼을 타고 흘러내렸다. 그 투명한 방울이 바닥에 떨어지자 아이가 처음으로 고개를 들었다.

"……나도, 나도 데려간다고 했어요."

다소 격앙된 목소리였다. 김 형사가 그랬던 것처럼 가까이 다가가서 엄지손가락으로 아이의 눈가를 닦아냈다. 사내는 말없이 담배를 한 대 더 피워 물었다.

"혹시 오늘처럼 자주 바깥을 내다보니?"

"네?"

"아까 나랑 눈 마주쳤을 때처럼, 그렇게 자주 바깥을 내다보냐고."

"……네."

"그럼 그날, 아무도 못 봤어? 누나네 집 쪽으로 가는 사람. 아니면 누나네 집에서 나오는 사람이라도."

"한 명, 있었어요."

"언제?"

"저녁에요. 어떤 아저씨였어요."

"어떻게 생긴 아저씬데?"

"얼굴은 몰라요. 뒤에서 봤어요. 누나가 문을 열어줬어요."

"키는? 어떤 옷 입고 있었어?"

"……그냥, 까만색이요. 키는 형사 아저씨랑 비슷했어요. 머리도 비슷했고……. 가방을 들고 있었어요."

그 뒤로도 아이가 밝힌 용의자의 인상착의는 별다를 게 없었다. 앞모습을 보지 못했기 때문에 나이를 가늠할 수 없었고 체격 또한 유달리 크거나 작지 않았다. 하지만 그것만으로도 충분한 수확임은 분명했다. 누군가 그녀의 집에, 게다가 손수 현관문을 열어줬다는 건 많은 의미를 내포했다. 어떻게든 그를 찾아야 했다. 범행을 저질렀든 저지르지 않았든 그가 이 사건에 가장 근접한 인물인 건 확실했다.

아이의 말이 중단될 때까지 기다렸다가 다시 한 번 눈가를 닦아주고 자리에서 일어났다. 내가 할 일은 더 이상 없었다. 그러나 아이의 생각은 달랐던 모양이다. 나가려는 나를 끝까지 쳐다보았다. 불안에 가득한, 그럼에도 무언가를 갈구하는 눈빛으로.

나는 결국 문을 닫았다.

담배를 꺼내 물고 아이가 서 있던 곳으로 다가갔다. 통유리 너머로 복도 계단이 한눈에 내려다보였다. 계단을 올라가는 사람이 몸을 틀지 않는다면 뒷모습밖에 보이지 않을 구도였다. 담뱃불이 필터에 닿을 때까지 피우다가 범행이 벌어졌던 맞은편 건물로 걸어갔다. 범인의 동선을 떠올리면서 천천히 계단을 밟고 올라갔다. 한 걸음씩 내딛을 때마다 깨끗하게 닦인 대리석 바닥에 구두굽이 닿는 소리가 울려 퍼졌다. 심지어 몇 층 위에서 삐걱거리는 현관문 소리까지 또렷하게 들렸다. 생각하면 할수록 이렇게 조용한 곳에서 단 한 번도 고개를 돌리지 않고 올라갔다는 게 의아했다. 범행을 결심한 상태라면 예기치 못한 마주침을 두려워해 주위를 살펴보며 평소보다 조심스러워했을 텐데.

사건이 발생한 지 며칠 되지 않았지만 복도는 감쪽같이 정리
돼 있었다. 과연 여기가 사건 현장이 맞는지 의심스러울 정도였
다. 문고리 또한 깨끗하게 닦여 있어서 굳이 장갑을 낄 필요성
도 느끼지 못했다. 문을 열었다. 범인의 시선으로 현장을 마주
하기 위해 정신을 집중했다. 하지만 그러지 못했다. 처음과는
다르게 많은 부분이 변해 있었기 때문이다. 게다가 더 이상 빈
집도 아니었다. 누군가 들어와 있었다. 내 뺨에 주먹을 휘두른
사람, 바로 이곳에서 살해당한 이은경의 아버지였다.

그는 내가 왔다는 걸 눈치채지 못했다. 오로지 수건에 물을
적셔 핏자국을 닦는 데만 열중했다. 끊임없이 눈물을 흘리면서
도 계속 닦아나갔다. 이사 가면 그만일 텐데 굳이 이럴 필요가
있는지 궁금했다. 그러나 시간이 지날수록 그 의미를 조금은 알
것도 같았다. 자식의 흔적을 다른 이에게 보여주고 싶지 않은
아버지의 심정이라는 걸.

조심스럽게 문을 닫고 휴대폰을 꺼내 들었다. 논현경찰서에
전화를 걸었다. 그리고 말했다.

"학대받는 아이가 있어요. 책임지고 조사해주세요."

Chapter 6

자수

사무실 분위기는 여느 때보다 무겁고 진중했다. 의자에 점퍼만 걸쳐놓았을 뿐 팀원들은 실험실에서 감식에 몰두하고 있었다. 김 형사는 쪽지문_{완전하지 않은 지문} 현출에, 오진환 선배는 혈흔족흔적 증강에, 나 형사는 혈흔형태분석에 열을 올렸다.

"어때요?"

나 형사에게 물었다. 그는 일회용 의복에 묻은 돼지피를 대충 닦아내고는 예상했던 대로라고 대답했다.

"2미터 이상의 높이에서 공격한 게 맞아. 범구는 가정용 식칼보다 끝이 더 날카로운 거 같고. 현장에서 발견된 캐스트오프는 지금 이거보다 더 빽빽한 선상 형태였거든."

그가 사방에 난무한 돼지피 중 일렬로 이어진 캐스트오프를 손끝으로 가리키며 말했다.

"부드러운 호가 그려진 걸 보니까 남자가 휘두른 건 확실한
데……."

"방금 목격자 만나고 왔어요."

"그래?"

"뒷모습만 봐서 정확한 연령대는 모르겠대요. 그냥 저랑 비슷
한 키에 보통 체격인 남자래요."

"그럼 무언가를 밟고 올라가서 흉기를 휘둘렀다는 거네."

"그럴 확률이 가장 높겠죠."

"사건 참, 갈수록 희한하게 돌아가네."

나 형사는 두 손을 허리에 대고 벽면에 새겨진 혈흔형태를 무
심코 바라보았다. 나도 별다른 의미 없이 그 기이한 형태들을
눈으로 따라갔다.

"선배."

"응?"

"궁금한 게 있는데요."

"뭔데?"

"혈흔형태분석, 언제 시작됐죠?"

"한 백 년 됐지."

"미국 말구요. 우리나라."

"우리나라? 본격적으로 도입된 건 안광훈 교수가 IABPA ^{국제혈}

흔형태분석전문가협회 갔다 온 다음부터일걸."

"몇 년 안 됐다는 거네요?"

"그렇지. 갑자기 그건 왜?"

"뭔가 이상해서요."

"이상하다니, 뭐가?"

"범인 말이에요. 아직 일선 형사들도 생소해하는 혈흔형태를 마음대로 조작하고 있잖아요."

"지능범이라면 충분히 그럴 수 있지. 미국 드라마에서도 뻔질 나게 나오는걸, 뭐. 대놓고 주인공이 혈흔형태분석가인 드라마도 있고."

"그래도……."

"너라면 어떨 거 같은데?"

"네?"

"너라면, 조작할 수 있겠냐고."

고개를 저었다. 그러자 나 형사는 내 생각이 틀렸다고 말했다.

"경찰이 혈흔으로 범행을 재구성한다는 사실만 알고 있다면 누구나 어느 정도의 조작은 가능해. 전문지식 같은 거 없어도 혈흔을 지워버리거나 덧뿌릴 수 있는 거야, 자기 마음대로. 지문이나 족적처럼. 그런 의미에서 너도 충분히 가능하고. 다만 감식 전문가들이 헛다리 짚도록 만들지는 못할 뿐이지."

"듣고 보니 그러네요."

"이번 사건도 그래. 이미 보고서에도 올렸지만, 공격 높이 말고는 조작한 게 없어. 그저 얄팍한 개념만 알고 설치는 놈일 뿐이야."

"얄팍하다니. 그 무슨 섭섭한 말이냐, 대스타한테."

오진환 선배가 안으로 들어오면서 말했다.

"대스타라니?"

"넌 신문도 안 봤냐. 유기훈의 뒤를 잇는 연쇄살인범이라고 뜬 거. 벌써 팬 카페만 다섯 개나 창설됐다더라."

"연쇄살인으로 보도됐다구요?"

"그래. 일가족과 술집 여자를 무차별하게 죽인 사이코패스래. 동기도 없고 연관도 없고 흔적도 없는 주도면밀함까지 갖췄단다."

"어디서 공개한 거예요?"

"몰라. 용산서나 강남서겠지, 뭐. 수사본부 차려진 것도 벌써 다 떴드만."

나 형사가 씁쓸하게 혀를 찼다.

"이러다 수사본부 재편성되는 거 아닌지 모르겠다."

"기사 내용은 얼마나 나갔어요?"

"아직까지는 뭣도 모르고 그냥 마감 맞춰서 써재끼는 수준인 거 같아. 초동수사에 문제가 있었다느니, 전문성이 부족하다느니, 유력한 목격담을 무시했다느니 하는 식으로. 이은경이가 거실에서 숨진 채 발견됐다니까 말 다 했지, 뭐."

"전형적이네요."

"응. 이제 간부들이 언성 높일 일만 남았어."

우리는 한동안 아무 말 없이 그대로 서 있었다. 바닥에 떨어진 혈흔을 신발 끝으로 비비적대고 있는데 김 형사가 들어왔다. 콘택트렌즈 대신 커다란 뿔테안경을 낀 채였다.

"다들 모여 있었네요."

"웬 안경이야?"

오진환 선배가 물었다.

"그냥, 눈이 좀 피로해서요."

"또 집에 안 들어간 모양이네? 관리 좀 하지, 우리도 남잔데."

"농담 그만해요. 받아줄 정신 아니니까."

"에이, 왜 정색을 하고 그래. 웃자고 그런 건데."

"지금 이 상황에서 웃음이 나와요?"

"웃을 수 있을 때 웃어둬."

어느새 실험실에 들어온 도 반장이 끼어들며 말했다.

"안 그러면 미쳐버릴지도 모르니까."

그는 손에 들고 있던 편지봉투를 내게 건넸다. 소인은 양주, 수취인은 나였다.

"이게 뭐예요?"

"삼십 분 전에 네 앞으로 도착한 거야. 보낸 사람은 저번 사건과 같아. 신재형."

그 이름을 듣자마자 나는 곧바로 편지를 펼쳤다. 뒷면에 흙과 시멘트가 묻은 자수 편지였다.

최재준 형사님께

저는 이번 사건의 주범 신재형입니다. 먼저 저의 잘못으로 희생된 죽음에 큰 사죄를 드립니다. 한 가족과 한 여성에게 너무나 큰 고통과 슬픔을 드렸습니다. 이에 책임을 지고 자수하고자 합니다.

먼저 논현동에서 사용한 칼은 경기도 양주 덕정사거리에서 56번 지방도로를 따라 5킬로미터 정도 가던 중에 버렸습니다. 주변을 수색하면 어렵지 않게 찾을 수 있을 것입니다. 또한 그녀의 지갑은 상수사거리에 위치한 주유소 화장실에 버렸습니다. 남면 농협 건너편 우측에 있는 주유소입니다. 어쨌든 이로 인해 수사망을 돌림으로 해서 피해를 드린 점 진심으로 사죄드립니다.

범행도구는 모두 부엌칼이었고 처음부터 죽일 의도는 없었습니다. 우발적인 범행이었다는 걸 믿어주시기 바랍니다. 정신을 차렸을 땐 이미 일은 벌어져 있었습니다. 그래도 제 양심상 형사님의 전화번호를 알아내서 이은경의 휴대폰에 저장해두었습니다. 형사님이라면 살려주셨겠죠? 그렇게 믿고 있겠습니다.

매스컴의 추측 기사가 더욱 심해지고 제 의도와는 다르게 저를 정신

병자로 만들어가는 이 사회가 정말로 싫습니다. 그리고 초동수사나 전문성 부족이라고 경찰들을 깔아뭉개는 발언들도 듣기 싫습니다. 형사님뿐만 아니라 모든 형사들의 희생정신은 분명 존경받아야 할 것입니다. 열악한 근무조건에서도 소중한 이웃들을 지켜주시는 당신들께 항상 고맙게 생각하고 있습니다. 여기는 경기도 양주의······.

잠시 엉뚱한 길로 들어선 듯합니다. 다시 말씀드리겠습니다.

제가 자수에 앞서 말씀드리고 싶은 건 살인을 범했지만 저 역시 최소한의 인권을 존중받아야 할 인간이라는 것입니다. 그러니 자수 후에도 개인 신상정보와 초상권, 직업, 거주지 등을 언론에 알리지 말아주십시오. 저로 인해 주변 사람들이 오해받는 일은 없었으면 좋겠습니다.

현장 검증 및 모든 수사과정도 비공개로 해주십시오. 판결 후에 기자 브리핑을 통해서 언론에 공개해주십시오. 이 조건을 지켜주시겠다고 약속한다면 송정실이를 살려주도록 하겠습니다.

최재준 형사님.

송정실이의 지갑은 주유소에서 동두천 방면으로 편도 일차선 도로를 따라 300미터쯤 가면 우측에 보이는 농협 미곡창고 근처에 버려두었습니다. 제 말이 사실임을 확인하시어 부디 선처를 부탁드립니다.

정확히 일주일 뒤, 제 방식대로 다시 연락드리겠습니다.

조만간 뵙겠습니다.

편지를 쥔 손이 떨리기 시작했다. 찢어버리고 싶었다. 당장이

라도 갈기갈기 찢어버리고 싶었다. 하지만 애써 참았다. 오히려
화가 날수록 한 자 한 자 더 똑똑히 들여다보았다. 머릿속에 글
자를 새기듯 집중해서 바라보았다. 어떻게든 이 녀석을 잡고 싶
었다.

"다 읽었으면 옆방으로 와. 회의 시작하게."

도 반장이 문을 열고 나가자 팀원들도 따라 나섰다. 우리는
회의실에 다 같이 둘러앉았다. 팀원들의 시선이 내게 쏠려 있다
는 걸 느낄 수 있었다.

"양주경찰서에 공조수사를 신청해놓은 상태야. 수사본부 형
사들도 30분 전에 출발했고. 편지를 보낸 사람이 범인인지 아닌
지는 아직 단정 지을 수 없지만……."

"범인 맞아요."

내가 도 반장의 말을 잘랐다.

"확실해요."

그는 팔짱을 끼고 의자 등받이에 몸을 붙였다.

"어째서?"

나는 테이블에 편지를 내려놓고 설명을 시작했다.

"필적을 두 번이나 위장했고 맞춤법도 일부러 틀렸어요. 그런
데도 언론에 보도되지 않은 내용들을 굳이 언급하고 있어요. 새
로운 인질까지도요. 이건 우리가 이 편지를 대수롭지 않게 처리
하지 못하도록 하려는 의도예요. 무언가 확실히 전달하고 싶은

목적이 있다는 뜻이기도 하구요."

"목적?"

나 형사가 의아한 표정으로 물었다. 팀원들의 반응도 그와 같
았다.

"네. 일단 쉽게 파악할 수 있는 건 우리가 방심하기를 바란다
는 거예요. 중요한 증거가 있는 곳들을 구체적으로 제시해서 수
사를 축소시키려 하고 있어요. 이제껏 사건이 발생한 서울이 아
니라 뜬금없이 경기도 외곽지역을 선택한 것도 같은 이유일 거
구요. 이건 자수 편지가 아니에요. 자수할 의사는 전혀 드러나
있지 않아요. 게다가……."

그때 테이블 중간에 놓인 전화가 울렸다. 도 반장은 스피커
모드로 전화를 받았다.

"도 반장님? 양주서 박순철입니다."

"벌써 도착하셨나요?"

"네, 56번 도로에서 칼 한 자루를 발견했구요. 방금 연락받았
는데 팀원들이 주유소 화장실에서 지갑을 찾았다고 하거든요."

"다른 지갑은요?"

"농협 창고에 버렸다는 거요?"

"네."

"거긴 다른 팀원들이 가고 있어요. 저희도 이제 막 출발했구
요. 증거물 버린 곳들이 죄다 한 방향으로 쭉 이어져 있더라구

요. 어디 가는 길에 잠깐잠깐 멈춰 섰다가 버리고 간 거 같아요."

무언가 이상한 기분이 들어 다시 한 번 편지를 살펴봤다. 56번 지방도로를 따라 5킬로미터, 상수사거리, 동두천 방면으로 편도 일차선 도로, 300미터, 농협 창고…….

"수고하셨어요. 발견한 증거물들은 취급 주의해서 수사본부 형사들에게 건네주세요. 곧 도착할 겁니다."

"네, 알겠습니다. 다시 연락드릴게요."

"잠시만요."

내가 다급하게 붙잡았다. 다행히 전화는 끊기지 않았다.

"네?"

"혹시 농협 창고 못 가서 우측 도로변에 하천이 흐르나요?"

"하천이요?"

"네, 조그마한 교량 설치된 곳이요."

"아, 그거요. 네, 있죠. 잘 아시네."

순간 머릿속이 뜨거워지고 몸 전체에 열기가 돌았다. 심장이 뛰고 손끝이 떨렸다. 편지 뒷면에 흙과 시멘트가 묻은 이유를 이제야 알 수 있었다. 범인의 목적도 알았다. 그는 애초부터 수사의 축소 따위를 바란 게 아니었다.

목을 가다듬고 격앙된 기분을 최대한 억제한 다음 말했다.

"그 교량 건너면 창고 건물이 보일 거예요. 다들 거기로 가세요."

"네?"

"갑자기 그게 무슨 소리야?"

오진환 선배가 몸을 일으키며 말했다. 도 반장이 손짓으로 그를 제지했다.

"거기 있을 거예요. 거기에, 인질이 있을 거예요. 송정실뿐만 아니라 한 명 더……. 이런 미친 새끼."

나도 모르게 테이블을 주먹으로 내리쳤다.

"최 형사!"

"유기훈이에요. 유기훈이 임희숙과 우연아를 죽인 바로 그 창고라구요!"

팀원들은 아무 말도 하지 못했다. 나는 손바닥으로 얼굴을 쓸어내렸다.

"왜 글씨가 흔들렸는지 이제야 알았어요. 왜 맞춤법이 틀렸는지 이제야 알았다구요. 이거, 이거 다 피해자가 쓴 거예요. 아니, 피해자들이 쓴 거예요. 그 새끼가 시킨 거라구요, 이거 다. 그래서 필체가 변한 거라구요. 뒷면에 묻은 이 흙이랑 시멘트도……. 아무튼 지금 창고로 가세요. 거기 있을 거예요."

"박 형사님."

도 반장이 침착하게 말했다.

"네? 아, 네. 말씀하세요."

스피커 너머로 듣고 있던 박 형사가 오히려 당황한 목소리로 대답했다.

"다 들었으면 빨리 움직여주세요. 아직 살아 있을지도 모르니까 최대한 빨리요."

"아, 알겠습니다."

우리는 형사들이 창고에 도착할 때까지 숨죽인 채 기다렸다. 그동안 연결이 끊이지 않은 전화기의 잡음만이 실내를 메웠다. 누구도 먼저 말을 꺼내지 않았다. 그렇게 시간이 흘렀고 얼마 후, 차의 시동이 꺼지더니 삐거덕거리는 금속성 소리가 들렸다. 먼지 때문인지 형사들의 기침 소리 또한 여기저기서 들려왔다.

"사람은 한 명도 없는데요."

"뭐가 있나요?"

도 반장이 나지막한 목소리로 물었다.

"의자 두 개랑 드럼통 세 개요. 그 밖엔 아무것도 없네요."

"다행이다."

김 형사가 안도의 한숨을 내쉬었다.

"괜한 걱정이었나 봐요."

박 형사가 거짓말을 할 리는 만무했다. 그럼에도 나는 어쩐지 안심이 되지 않았다. 자꾸만 불길한 장면들이 솟구쳐 올랐다. 멀리 떨어져 있는데도 점점 그곳의 상황이 눈앞에 생생하게 그려졌다. 어디선가 여자들의 비명 소리가 들리는 듯했다.

"드럼통 안을 봐보세요."

내가 말했다. 천천히 드럼통 쪽으로 걸어가는 박 형사의 발걸음 소리가 들렸다.

"한 개는 비어 있고 두 개는 시멘트로 꽉 차 있네요. 근데 ……."

드럼통을 기울이는 소리가 들렸다. 이윽고 비탄에 가까운 형사들의 탄식이 줄지어 이어졌다.

"박 형사님?"

스피커 너머로는 어떠한 소리도 들리지 않았다. 도 반장이 다시 한 번 물었다. 박 형사는 머뭇거리다가 이내 무거운 입술을 들어올렸다.

"죽었어요. 두 명 다."

Chapter 7

평범한 생활

드럼통에서 송정실과 이영희의 사체가 쏟아져 나온 지 벌써 일주일이 지났음에도 수사본부 형사들은 갈피를 잡지 못한 채 이리저리 휩쓸려 다녔다. 그동안 CCTV 자료 분석과 현장 부근 기지국 수사, 거주 주민들과 외판원, 수리공, 배달업 종사자 탐문, 웹 사용 기록과 계좌 추적, 내연관계 추적, 인근 전과자와 동종 전과자 탐문 등 대대적으로 수사를 진행해봤지만 어떠한 성과도 거두지 못했다. 결국 수사는 장기화됐고 서울지방경찰청에 통합 수사본부가 설치되기에 이르렀다. 이는 공개적으로 연쇄살인임을 인정한 것이자 형사부장 이하 모든 서울 경찰이 지방검찰청 평검사 밑으로 복속된 것을 의미했다.

아침 8시가 조금 지나서야 본격적인 회의가 시작됐다. 성과 없는 발표들과 의미 없는 추정들이 형사들의 진을 빼놓았다. 강력팀의 순서가 끝나고 내 차례가 돌아왔다. 무거운 걸음으로 강단에 올라섰다.

"제가 추정한 이번 사건의 범인상은……"

겨우 입을 뗐지만 쉽게 말을 잇지 못했다. 나도 모르는 사이 등줄기에 식은땀이 흘러내렸다. 형사들이 수런거리는 소리가 곳곳에서 들려왔다. 모두가 나를 쳐다보고 있었다. 모든 소리가, 모든 움직임이, 모든 표정이 내 신경을 자꾸만 건드렸다. 심지어 블라인드 틈새로 새어 들어오는 햇빛조차 불쾌하게 느껴졌다. 그 속에서 유영하는 미세한 입자의 먼지가 보기 싫어 그만 눈을 감아버렸다. 그러자 일주일간 내 머릿속에 자리 잡고 있던 한 가지 의문이 다시금 떠올랐다.

그는 왜 나를 선택한 걸까.

"최 형사?"

누군가 나를 부르는 소리에 눈을 떴다. 형사들이 여전히 나를 바라보고 있었다. 그들은 말없이 내 이야기를 기다렸다. 무슨 말이든 해주기를 기다렸다. 나는 목을 가다듬고 다시 말했다.

"이번 사건의 범인상은……"

하지만 이번에도 더 이상 말을 잇지 못했다. 그의 성격, 그의 연령, 그의 성향, 그의 동기 중 내가 아는 건 단 하나도 없었다. 어림짐작을 해보려 해도 소용없었다. 내가 추정할 수 있는 건 그 무엇도 없었다.

어쩔 수 없이 형사들 앞에서 고개를 숙였다. 그리고 나서 나지막한 목소리로 이렇게 말했다.

"……모르겠습니다."

회의가 끝나자마자 팀원들이 내게 몰려왔다. 그들의 걱정스러워하는 기색이 되레 나를 불편하게 했다. 아마도 신경 쓰지 말라고 건넬 터였다.

"신경 쓰지 마."

"그래요, 선배. 신경 쓰지 마요."

이런 말들이 얼마나 쓸데없는지 그들이 알았더라면 적어도 이런 식으로 접근하진 않았을 거였다. 나는 대꾸도 없이 계단을 내려갔다. 그들은 내가 자신들의 위로를 이렇듯 무심히 대할 때면 내게서 꽤나 낯선 느낌을 받곤 했다. 걷는 내내 지금도 그렇다는 걸 느낄 수 있었다.

"선배, 안색이 너무 안 좋아요. 또 못 잤어요?"

김 형사가 나를 빤히 들여다보며 물었다. 그들은 왜 자신들의 도움을 내가 필요로 할 거라고 생각하는 걸까.

"괜찮아."

"혼자 고민하지만 말고 우리한테 털어놔."

"괜찮아요."

"그러지 말고 속 시원히 털어놓으라니까. 꽁꽁 싸매고 있어서 좋을 거 하나 없어."

"괜찮다구요. 그냥 두세요."

"그놈의 괜찮아는 언제까지 할 건데?"

나는 걸음을 멈췄다. 그리고 말했다.

"진짜 괜찮으니까 다들 그만해요. 알았어요?"

결국 이럴 거였다. 이러지 않으면 그들은 좀처럼 멈추질 않았다. 어색하고 고요한 분위기가 금세 찾아왔다. 내 탓이 아니었다. 그걸 증명해 보기라도 하듯이 나는 고개를 돌렸다. 창밖에서 넘어오는 빛에 미간이 찌푸려졌다. 어렴풋이 눈이 멀었다. 잠을 오랫동안 못 잔 탓이다.

"어이, 최재준 씨."

뒤돌아보니 누군가 내 쪽으로 다가오고 있었다. 지난번에 마주쳤던 마포경찰서 강력3팀 윤재길 형사였다.

"브리핑이 아주 인상 깊던데. 그래, 잘 했어. 정말 잘했어. 모르면 모른다고 솔직하게 말하면 되는 거야. 얼마나 좋아?"

한껏 비꼬는 억양이 마음에 들지 않았지만 그래도 대꾸할 생각은 없었다. 오히려 그의 말을 언짢게 받아들인 건 내가 아니라 팀원들이었다.

"이 자식이 진짜……."

"선배, 참아요."

김 형사가 나 형사의 팔을 붙잡았다. 그러고 나서 눈을 가늘게 뜬 채 윤재길 형사를 쏘아보았다.

"저기요, 형사님. 자꾸 우리한테 왜 이러는 거예요?"

"얘기했잖아. 현장 주변에서 깔짝깔짝대면서 아는 척하는 놈들이 난 제일 싫다고. 체질적으로 안 맞아, 당신들처럼 잔머리만 굴리는 것들이랑은. 제대로 알지도 못하면서 이놈 잡아라 저놈 잡아라……. 그렇게 대단하신 분들이 지금까지 뭐했대? 수사 장기화 말고 뭐가 더 있나?"

"그러는 당신은 뭐 다른 줄 알아?"

"그러니까 한번 보자고."

엄지를 세워 코끝을 훑으며 말했다. 보일 듯 말 듯 입꼬리가 들썩였다.

"결국 누가 잡나."

그러고는 같은 팀원들 사이로 다시 멀어져갔다.

"미친 새끼."

"사건이 길어지니까 날카로워진 걸 거야. 우리가 이해하자고. 그나저나 다들 아침 걸렀지?"

"우리가 언제 아침 챙겨 먹었나요."

"여기서 이러지 말고 밥이나 먹으러 가자. 최 형사도 같이 가고."

"전 생각 없어요."

내가 말했다.

"그러지 말고 같이 가."

"아니요. 괜찮아요."

"거 참, 그놈의 괜찮아는 진짜. 자꾸 이럴 거야?"

"……그냥 저 빼고 가세요."

"너 우리 팀 아냐? 팀원이면 팀원답게 행동해야지, 왜 자꾸 너만 따로 놀아. 그래놓고도 네가 팀원이야? 이럴 거면 뭐하러 형사 지원했어!"

더 이상 이곳에 있기가 불편했다. 걸었다. 복도 끝을 향해 걸어갔다. 건물 밖으로 빠져나가서도 멈추지 않았다. 담배를 물고 그냥 걸었다. 그러지 않으면 당장이라도 머리가 깨질 것 같았다. 하지만 걷는다고 나아지는 건 아니었다. 머릿속에서 들썩이는 생각들이 잠잠해질 리는 만무했다. 누군가 나를 훔쳐보는 거 같았고 나를 미행하는 거 같았다. 지나치는 사람들 모두가 수상하게 느껴졌다. 가까운 지하철역으로 들어갔다. 집에 돌아가기로 마음먹었다. 잠시나마 쉴 수 있다면 조금은 괜찮아질 거라고 생각했기 때문이다.

벤치에 앉아 전철이 들어오기를 기다렸다. 출근시간이 지난 상황이라 배차 간격이 넓어 어림잡아 5분 이상을 기다려야 했다. 두 손으로 얼굴을 감싸고 고개를 숙였다. 다시금 머릿속에서 알 수 없는 입자들이 들썩이기 시작했다.

그는 왜 나를 선택한 걸까.

아무리 생각해도 그에 관한 해답은 찾을 수 없었다. 답답함이 또 한 번 참을 수 없을 만큼 차올랐다. 숨을 쉬기가 곤란했다. 그때 끝이 뾰족한 물체가 등 뒤에 와 닿았다.

"모르겠어?"

어느새 뒷좌석에 앉은 사내가 내게 말했다. 아무런 인기척도 느끼지 못했다.

"다른 사람도 아니라 네가?"

그가 웃었다. 소름이 돋고 한기가 스며들었다.

"그럴 리 없잖아. 과거를 떠올려봐."

몸이 마음대로 움직여지지 않았다. 하는 수 없이 그의 어투와 목소리, 냄새, 기척 등을 기억하려고 애썼다. 그렇게나마 그를 추정해보고자 노력했다.

"넌 단지 그 사실을 받아들일 용기가 없을 뿐이야."

말이 끝나자마자 그가 갑자기 기침을 쏟아냈다. 이때다 싶어 몸을 틀어 손목을 잡아챘다. 들고 있던 장난감 칼이 바닥에 떨어졌다.

"때, 때리지 마요. 이, 이렇게 하면 돈 준다고 그래서……."

걸인 행색을 한 남자였다. 그는 대화 내용이 적힌 메모지를 보란 듯이 내게 내밀었다.

"누가 시켰어!"

"저기, 저, 저 사람이요."

검은색 옷을 입은 남자의 다리가 급히 에스컬레이터 위로 사라지는 게 보였다. 나는 곧장 그의 뒤를 따라 달렸다. 개찰구를 빠져나와 여러 갈래로 나뉜 입구 사이에 멈춰 서서 주위를 둘러봤다. 저 멀리 4번 출구로 달려가는 남자의 뒷모습이 눈에 띄었다. 있는 힘껏 그를 쫓았다. 출구를 나서자마자 이제 막 그가 돌아선 코너 쪽으로 달려갔다. 그사이에 그는 또 다른 코너를 돌아 나갔다. 좀처럼 거리가 좁혀지지 않았다. 그렇게 한참을 정신없이 쫓다 보니 결국 막다른 골목에 다다랐다. 숨을 고르고 그를 쳐다봤다. 그늘에 가려 얼굴이 제대로 보이지 않았다.

"당신 누구야?"

내가 다가갈수록 그늘은 더욱 깊어졌다. 유심히 들여다보아도 얼굴을 알아볼 수 없었다.

"누구냐고!"

잠시 후 나는 제자리에 멈춰 서고 말았다. 그가 등지고 선 벽면을 타고 그림자가 점점 커져갔기 때문이다. 매일 밤 나를 노려보던 그 높이 그대로 커지고 있었다. 내 눈을 의심하며 뒤로 물러섰다. 그 순간 갑자기 강렬한 빛이 눈앞의 형상들을 전부 휩쓸고 지나갔다. 눈을 감았다. 어디선가 지하철 도착음이 어렴풋하게 들려왔다.

지하철?

정신을 차리고 보니 나는 벤치에 앉아 있었다. 뒤를 돌아보았다. 파마를 한 아주머니와 눈이 마주쳤다. 그녀는 허벅지 위에 가방을 올려놓고 나를 수상한 눈으로 힐끔힐끔 쳐다보고 있었다.

집에 도착해서도, 침대에 드러누워서도 상황은 달라지지 않았다. 머리는 여전히 지끈거렸고 도무지 다른 생각을 할 여유조차 없었다. 문득 안광훈 교수가 현장 감식팀의 반장을 역임하던 시절 우리에게 했던 말이 생각났다.

"형사는 평범한 사람들이 평생에 한 번 겪을까 말까 한 일들을 매일 겪어야 하는 사람들이야. 더욱이 우리는 선진국처럼 꼬박꼬박 상담치료를 받을 만한 처지도 아니잖아. 힘든 게 당연한 거야. 그렇다고 해결책이 없느냐, 물론 그건 아니야. 가족을 떠올려. 행복했던 순간을 떠올려. 그게 우리가 미쳐버리지 않을 유일한 방법이니까."

하지만 내겐 떠올릴 가족도, 기억하고 싶은 순간도 없었다. 당장 사건과 연관 없는 무언가를 떠올리지 않는다면 그의 말대로 미쳐버릴 게 분명한데도 어쩔 도리가 없었다. 정신을 가다듬고 무언가를 끄집어내기 위해 노력해봐도 소용없었다. 내 행위, 내 생각 하나하나가 모두 사건과 밀접해 있었다. 다만 한 가지, 유일하게 사건과 아무런 연관도 없는 순수한 행위는 출근길에 편의점에서 담배를 구입한 일뿐이었다. 그래서 나는 그 사소한 장면을 악착같이 붙잡고 늘어졌다. 억지로 그 행위만을 반복해서 떠올렸다. 그래야만 숨을 쉴 수 있을 것 같았다.

몸이 뻣뻣해지고 식은땀에 흠뻑 젖은 걸 깨달았을 때는 이미 세 시간쯤 지난 후였다. 나도 모르게 잠이 들었던 모양이다. 주머니에서 휴대폰을 꺼내 수신 기록을 확인했다. 세 번의 전화와 두 통의 문자 메시지가 와 있었다.

귀찮게 하려는 거 아니야. 그런데 어쩔 수 없어. 살인사건이야.

나 형사가 보낸 메시지였다. 다음 메시지에는 사건 현장의 간략한 위치가 담겨 있었다. 나는 몸을 추스르고 자리에서 일어나 외투를 걸쳤다.

현장은 논현초등학교 인근의 한 원룸이었다. 이은경이 살해당한 다세대주택과는 불과 300여 미터밖에 떨어지지 않은 곳이었다. 폴리스라인 안쪽으로 들어서자 부패 가스와 향 냄새가 코를 찔렀다. 검붉은 부패액이 벽 모서리를 타고 구불구불하게 흘러내린 채 굳어 있었다. 형사들 틈으로 안을 들여다보았다. 새까맣게 변색된 시체 앞에서 누군가 무릎을 꿇고 제사를 지내고 있었다. 윤재길 형사였다.

"선배."

김 형사가 내 뒤로 들어왔다. 뛰어온 모양인지 조금 헐떡거렸다.

"어떻게 된 거예요, 연락도 안 받고."

창가로 다가갔다. 커튼을 젖히자 열린 창문 사이로 눅눅한 바람이 밀려들었다. 창문 아래에 설치된 플라스틱 물받이가 움푹 파여 있었다. 옆 건물 벽에 가스 배관과 에어컨 실외기가 설치돼 있어서 잘만 활용한다면 얼마든지 방 안으로 침입할 수 있어 보였다.

"우리가 얼마나 걱정한 줄 알아요? 여태까지 어디 있었던 거예요?"

"그럴 일이 좀 있었어."

내가 대답하자 그녀는 답답한 듯이 한숨을 내쉬었다.

"그래요, 내가 어떻게 선배를 말리겠어요."

그러고는 고개를 돌려 윤재길 형사를 쳐다보았다. 그는 자리에서 일어나 고개를 조아리고는 뒷걸음질로 천천히 물러섰다.

"가요, 우리 차례니까."

김 형사는 사체가 눕혀진 곳으로 다가가면서 전반적인 사건의 내용을 설명했다. 최초 발견자는 건물 주인이고, 몇 개월째 월세가 밀렸는데도 세입자가 도통 연락을 받지 않아 혹시 도주한 게 아닌가 싶어 문을 열어본 거였다고 말했다. 처음 건물주가 112에 신고할 때까지만 해도 흑인 여성이 죽어 있다고 착각할 만큼 사체는 검게 변색된 상태였다. 머리에는 검은 비닐봉투가 씌워져 있었고, 부패의 영향으로 몸집 또한 두툼하게 부풀어 올라 있었다.

"거인양외관몸에 부패 가스가 들어차서 살이 부풀어 오르는 현상이네."

어느새 다가온 오진환 선배가 입을 열었다. 나 형사도 함께였다. 그들은 나와 눈이 마주쳤는데도 아무 일 없었다는 듯이 곧바로 사건에 집중했다.

"근데 이 하얀 가루는 뭐야? 소금이야?"

"정말 가지가지들 하는구만."

"어쩌자고 이런 걸 여기다가…… 진짜 말이 안 나오네."

"아, 몰라. 일단 여기 좀 잡아봐. 이거부터 벗겨내야겠어."

부패액이 흐르지 않은 바닥에 한쪽 무릎을 댄 채 칼로 세심하게 봉투를 잘라냈다. 안구와 혀가 돌출되고 입술과 비익코끝의 좌우 양쪽 끝 부분이 유달리 부풀어 오른 얼굴이 그대로 드러났다. 왼쪽 뺨에 난 4센티미터가량의 상처로 인해 어금니에 씌웠던 보철이 떨어져 나갔고 코와 입에는 부패액이 말라붙어 있었다. 소리 내지 않으려고 애써 참는 형사들의 침 넘기는 소리가 일제히 들려왔다.

"두부외상이야?"

나 형사가 물었다. 오진환 선배는 장갑을 낀 손으로 소금과 구더기를 털어내며 사체의 두부를 꼼꼼하게 만져보더니 고개를 가로저었다.

"머리에는 아무 이상 없어. 부패 가스가 복강에 차서 횡경막을 압박한 거 같아. 그래서 부패액이 코와 입으로 흘러내린 거고."

"사인은?"

"옷을 벗겨봐야 알겠지."

그들은 사체의 옷을 능숙하게 벗겨냈다. 얼핏 보아도 칼에 찔린 상처가 마흔여 군데는 넘어 보였다. 이 중 대부분이 왼쪽 앞가슴과 어깨에 집중되어 있었다. 범인은 피해자가 이미 방어할 힘을 잃은 뒤에도 자신의 분노를 억제하지 못한 것이다.

"미친 듯이 찔러댔구만."

"잔인한 새끼. 찌를 데가 어디 있다고."

부패 상태를 감안하고 봤을 때 피해자의 체구는 비교적 가냘픈 편으로 짐작됐다. 나는 팀원들이 타서의 과학수사요원들과 함께 사체 감식에 열을 올리는 동안 집 안 전체를 옮겨 다니며 주목할 만한 단서가 있는지 살폈다. 곳곳에서 족적 인멸의 시도가 간간이 발견됐지만 어딘지 모르게 어설펐다. 상황이 급박한 탓에 대충 닦아낸 듯했다. 카메라로 그 모습을 찍은 다음 옷방으로 들어섰다. 세탁소 비닐로 덮어놓은 옷가지들과 명품 가방 등이 즐비한 가운데 한쪽 구석에 세워놓은 골프 가방이 눈에 띄었다. 몇 번 사용하지 않고 몇 개월간 보관해둔 티가 역력했다. 안방 문을 열었다. 화장품과 잡동사니들이 바닥에 어지럽게 흐트러져 있었다. 언뜻 보기에 강도가 뒤진 흔적 같았다. 거실에서 피해자를 살해하고 안방으로 들어와서 금품을 훔친 후 도주한 걸까. 그렇게 볼 수도 있었다. 하지만 그건 범인의 바람에 불과했다. 자세히 살펴보니 모든 게 어색했다. 세 칸의 장롱 중 양쪽 문은 활짝 열려 있는 데 반해 가운데는 닫혀 있었다. 열어봐도 물색 흔적이 전혀 없었다. 삼단 서랍장 역시 마찬가지였다. 맨 위 서랍만 열려 있고 아래 서랍은 애초에 열지도 않았다.

위장이다. 그렇게 볼 수밖에 없었다.

"아저씨가 소금 뿌렸어?"

밖에서 윤재길 형사가 소리쳤다. 집 주인으로 보이는 남성이 어찌할 바를 몰라 하고 있었다.

"아니, 나는 그냥 놀라서…… 놀란 마음에……."

"그렇다고 사체에다가 소금을 뿌려? 사체 훼손이 얼마나 큰 범죈지 몰라?"

"아이 참, 형사님도. 입장 바꿔놓고 생각해보세요. 세 받아먹고사는 건물에 저런 게 떡하니 누워 있는데, 다들 그러지 않겠어요? 그러니까 조용히, 되도록이면 소문나지 않게 빨리 좀 하고……."

"이야, 이 아저씨 완전히 미쳤구만. 이봐요, 아저씨. 입장 바꿔놓고 생각해보자고? 그래, 씨발. 어디 한번 바꿔봅시다. 아저씨 딸내미가 죽어도 이럴 겁니까? 집값 떨어진다고, 재수 옴 붙는다고 소금 뿌리고 그럴 거냐고. 당신은 이런 일 안 당할 줄 알지? 어? 평생 배 따시게 살다가 곱게 죽을 거 같지?"

"아니, 그게 아니라……."

"입, 입. 씨발, 그놈의 입 좀 안 닥쳐요? 말 못하다 뒤진 조상 있어요? 뭘 그렇게 계속 떠들어대. 당신이 지금 변명할 때야?"

말끝을 우물거리던 주인이 고개를 숙였다. 머리가 빠져 휑한 두피에 땀방울이 맺혔다.

"한 번만 더 이딴 짓거리 하다가 걸리면 그땐 진짜 감방에 처넣을 줄 알아. 알았어요?"

끄덕거리는 그를 뒤로하고 윤 형사는 다시 현장으로 들어왔다. 나와 눈이 마주치자 곧바로 특유의 웃음이 얼굴에 피어올랐다.

"어떻게, 감이 좀 잡히나?"

"묻는 의도가 뭔데요?"

나는 무덤덤하게 되물었다.

"뭐긴, 공조수사잖아, 공조수사. 아는 건 서로 말해주고 그래야지."

"아까는 닥치고 있으라며?"

"모르면 닥치랬지."

그는 주머니에 손을 집어넣고 상체를 약간 숙인 채 고개를 비틀어 나를 올려다보았다.

"설마 이번에도 모르는 건 아닐 거 아냐. 안 그래?"

"알아도 당신이랑은 말 섞을 생각 없는데."

"그래? 야, 호중아."

현장 밖에서 어슬렁거리던 다른 형사가 이쪽을 쳐다봤다.

"여기 계신 최 형사님이 공조수사 안 하시겠단다. 검사한테 일러라."

"어이, 그만 좀 하지."

전사판으로 족흔적을 채취하던 도 반장이 몸을 일으켰다.

"공조수사고 나발이고 시끄러워서 도저히 못 해먹겠다."

"당신 뭔데?"

"나?"

도 반장은 턱 밑으로 마스크를 깊숙이 끌어내렸다.

"반장. 넌?"

그의 말에 웃음 짓던 윤 형사의 표정이 금세 굳어졌다.

"넌 뭐냐니까?"

"마포서, 강력3팀, 윤재길인데……."

"그래?"

그는 잠시 기다렸다가 말을 이었다.

"마포서 강력3팀 김 팀장은 원래 애새끼들 관리를 이딴 식으로 하나 보지?"

도 반장이 가까이 다가갈수록 윤 형사의 몸짓은 더욱 위축되어 갔다.

"걔가 내 후배인 건 아냐?"

"아니, 그게 아니라……."

"그게 아니라 뭐? 난 원래 이런 놈이다, 팀장이 뭐라든 난 이미 선천적으로 글러먹은 놈이니까 상관없다, 뭐 그런 건가?"

"아니요, 난 그냥……."

"아, 이 새끼 진짜 말 많네."

도 반장은 주춤거리는 그를 몰아붙였다.

"방금 전에 네가 네 입으로 말했잖아, 말 못하다 뒤진 조상 있냐고. 설마 네가 그런 거야?"

그의 입에서 한숨이 새어 나왔다. 도 반장은 고개 숙인 그를 한참 동안 쳐다보더니 낮은 음성으로 또박또박 힘주어 말했다.

"현장 감식 끝날 때까지 조용히 입 다물고 있어라. 그게 네 신상에 좋을 테니까. 알았어?"

도 반장은 방향을 바꿔 거실로 걸어갔다. 턱짓으로 사체를 가리키며 오진환 선배에게 물었다.

"사인이 뭐야? 비구폐색이야?"

"아니요. 실혈사 같은데요."

"그래?"

그는 약간 고개를 갸우뚱댔다. 무언가 미심쩍다는 표정이었다.

"그런데 왜 비닐봉투를 씌운 거지?"

"글쎄요. 그건 저도 잘……."

아마도 피해자를 흠모하던 범인이 우발적으로 살해한 뒤 현

장을 조작한 거 같다고 내가 말하려는데 도 반장이 다시 한 번
물었다.

"사망 추정일은?"

"확실하진 않지만 대략 일주일 정도요."

일주일?

그 말을 듣자마자 내 생각은 이제까지와는 전혀 다른 방향으
로 이끌려갔다. 동시에 모든 단서들이 왜 이토록 표면에 드러나
있었는지도 깨달았다. 면식범이 아니었다. 분노로 인한 범죄도
아니었다.

그놈이었다. 일주일 뒤 자신의 방식대로 다시 연락하겠다던
그놈 짓이었다.

"면식범이겠죠."

가만히 지켜보던 윤 형사가 눈치를 살피며 말을 꺼냈다.

"그것도 이 여자 때문에 돌아버린 남자 중에 한 명."

내 의지와는 상관없이 손이 떨렸다. 주먹을 쥐었다 폈다 하면
서 진정하려고 노력했다.

"넌 어떻게 생각해?"

도 반장이 나를 돌아보며 물었는데도 선뜻 대답할 수가 없었
다. 소름이 등줄기를 타고 올라와 온몸에 번졌다.

"글쎄, 내 말이 맞다니까요. 이 여자 쫓아다니던 남자가 갑자
기 확 돌아버려서 존나게 찌르고 내뺀 거예요."

"최 형사?"

"아, 씨발. 내 말은 들리지도 않나 보네."

"최 형사!"

또 한 번 도 반장이 물었다. 나는 떨리는 목소리를 가다듬고 조심스럽게 입을 열었다.

"그놈이에요."

"뭐?"

도 반장의 미간에 깊은 주름이 잡혔다.

"그놈이요. 그놈이 한 거라구요. 일주일 뒤에 연락하겠다던 게 바로 이거였어요."

"저 새끼 지금 뭐라는 거야?"

윤 형사가 말했다.

"일부러 사건이 발생한 지역에서 다시 한 번 살인을 저지른 거라구요. 해보자는 거예요. 내가 아무리 애써봐야 자기를 막을 수 없다는 걸 증명하고 싶어 이러는 거라구요."

"선배."

김 형사가 나를 돌아보며 무슨 말인가를 하려고 했지만 곧바로 도 반장이 손을 내밀어 제지했다.

"제 말이 맞아요. 그래서 일부러 쉽게 보이게끔 현장을 조작한 거예요. 수사에 혼선을 줄 생각으로요."

"미친 새끼. 지금 시나리오 쓰냐?"

윤 형사가 내게 따지려 들자 도 반장이 다시 한 번 가로막았다.

"저런 얘길 굳이 들어야 돼요?"

"계속해봐."

"이야, 돌겠네, 진짜. 이러니까 여태 헤맸지, 씨발. 아니, 상식
적으로…… 아, 돌아버리겠네."

"더 할 말 없어?"

도 반장이 내게 물었다.

"더 할 말 없냐고."

아무리 생각해봐도 감이 잡히지 않았다. 그놈의 짓이라는 건
짐작할 수 있었지만 그가 이번 사건을 저질러서 내게 어떤 메시
지를 전달하려는 건지는 읽어낼 수 없었다. 생각하면 할수록 어
렴풋한 그의 윤곽이 기분 나쁘게 눈앞에서 아른거릴 뿐이었다.

"말하고 자시고 할 게 뭐 있어요. 존나게 열 받아서 그만큼 쑤
시다가 도망친 거라니까. 여기서 찌르고 저기로 튄 거라구요."

거실에서 창문까지 왔다 갔다 하면서 과장된 몸짓으로 윤 형
사가 설명했다.

"근데 딱 봐도 한 짓이 어설프잖아요. 상처도 그렇고. 이건 초
짜가 우발적으로 찌른 거예요. 칼 한 번도 못 잡아본 샌님이 마
구잡이로 그냥 냅다 찌른 거라구요."

그는 손바닥을 들어 올리면서 덧붙였다.

"그런 새끼가 수십 방이나 찔렀으니 어떻게 됐겠어요? 당연

히 손에 상처가 생겼겠죠. 어딘가에 피도 튀었을 거고. 그것만 따서 주변 놈들이랑 비교해보면 끝인데 뭘 어렵게 생각하고 그래요, 깝깝하게."

몇몇 형사들을 제외하고는 하나같이 그에게 시선을 돌렸다. 그러자 특유의 표정이 점점 살아났다. 그는 턱짓으로 김 형사를 가리켰다.

"어이, 거기. 뭐해, 빨리 감식 안 하고."

"하지 마."

두리번거리며 분위기를 살피던 김 형사가 움직이려고 하자 내가 말했다.

"어차피 헛수고야."

"뭘 하지 마, 이 새끼야."

"넌 몰라, 이놈에 대해서. 그렇게 쉽게 생각해서 될 사건이 아니야, 이건."

"너 내가 먼저 감 잡으니까 배알 꼴려서 이러는 거지, 지금?"

"그 정도 추리는 누구나 다 해. 그게 바로 그놈이 원하는 거고."

"누구나 다 하는 거면 네가 먼저 하지 왜 이제 와서 방해하고 지랄이야, 지랄이."

"아무튼 넌 빠져."

"빠지긴 뭘 빠져. 야, 뭐해. 빨리 감식 시작 안 해!"

"하지 마, 김 형사."

"우리가 범인 잡도록 서비스하는 게 네들이야. 주제넘게 까불지 말고 시키면 시키는 대로 하라고."

"하지 마."

"빨리 해!"

"하지 마!"

"빨리 하라고!"

"하지 마!"

"이런 미친 새끼가."

윤 형사가 내 멱살을 잡아챘다.

"너 진짜 죽고 싶어? 어?"

"조용히 안 해!"

참다못한 도 반장이 소리쳤다. 그의 목소리가 실내에 쩌렁쩌렁 울려 퍼졌다.

"최 형사."

장갑을 벗은 손으로 이마를 만지작거리면서 도 반장이 내게 말했다.

"범죄행동분석 매뉴얼 읊어봐."

"네?"

"읊어보라고."

"지금 그걸 여기서 왜……."

"읊어보라고, 이 새끼야!"

그가 다시 소리치는 바람에 모두가 하던 일을 멈추고 우리를 주목했다.

"모르겠어? 지금 네 눈에는 그놈인지 아닌지밖에 보이질 않잖아, 인마! 정신 차리고 사건 전체를 봐야 할 거 아냐!"

북적거려야 할 사건 현장이 은밀한 범죄 현장처럼 고요해졌다. 무슨 말이든 하고 싶었지만 어떠한 대꾸도 하지 못했다.

"현장을 봐. 있는 그대로를 좀 보라고. 눈 씻고 찾아봐도 그 자식이라는 증거가 없는데 왜 자꾸 휘둘리는 거야? 일주일 뒤에 연락하겠다는 말이 그렇게 신경 쓰였어? 그딴 소리 한 번 들었다고 지금 사리분별도 못 하고 있는 거야? 너 고작 이 정도밖에 안 되는 놈이었어?"

내뱉으려던 음성들이 목을 타고 도로 넘어왔다. 도 반장의 말이 맞았다. 이제껏 나는 그놈인지 아닌지만을 보기 위해 혈안이 되어 있었던 것이다.

아무 대답도 하지 않은 채 화장실로 향했다. 다른 형사들의 비웃음 소리가 귓전에 맴도는 듯했다. 두 손으로 세면대를 부여잡고 눈을 감았다. 아직도 그놈의 어렴풋한 모습이 아른거렸다. 어디를 가나 똑같았다. 나는 어쩌다 이 지경까지 되고 말았을까.

수도를 틀었다. 단조롭게 떨어지는 물소리 탓인지 정신이 조금씩 아득해졌다. 다리에 힘이 풀리고 머리 뒤쪽이 뻐근히 아파왔다. 이대로 주저앉고 싶었지만 한참을 버티고 서 있었다. 그러다 고개를 들었을 때 거울에 비친 내 얼굴 뒤로 저마다 바쁘게 움직이는 형사들이 눈에 들어왔다.

대체 난 뭘 하고 있는 거지?

감당할 수 없는 자괴감이 밀려들었다. 소리라도 지르고 싶은 심정이었다. 그럴수록 있는 힘껏 입을 다물었다. 그리고 이번 사건에만 집중하려고 애를 썼다. 바로 그때 무언가 내 손가락 끝에 닿는 게 느껴졌다. 혹시나 하는 마음에 세면대 아래를 살펴봤다. 검게 변색된 혈흔이 세면대가 휘어지는 부분에 말라붙어 있었다. 뿐만 아니라 빨래 바구니에 담긴 수건에도, 샤워기의 굽은 부분에도, 화장실 손잡이 끝부분에도 미세한 혈흔들이 검게 말라붙어 있었다.

애초의 예상이 맞았다. 범인은 우발적으로 범행을 저지른 뒤에야 비로소 현장을 조작하려고 했던 것이다.

"김 형사."

내가 부르자 그녀는 곧바로 나를 돌아보았다.

"혈흔 채취 좀 도와줘. 범인이 남긴 거 같아."

급히 달려오는 그녀의 뒤로 여전히 나를 지켜보고 있던 윤 형사와 눈이 마주쳤다. 그의 얼굴에는 이미 화색이 돌고 있었다. 무슨 말을 하고 싶어 하는지 표정만 봐도 알 수 있었다. 개의치 않고 거실로 나가 그를 제외한 나머지 형사들에게 시선을 보내며 말했다.

"이번 사건은 단순한 치정이자 모방범죄일 확률이 높아요. 옷방에 걸린 값비싼 옷가지들이나 명품 가방, 구두, 수입 화장품 등은 피해자가 업소 생활을 했다는 걸 뜻하고, 몇 번 안 쓴 골프 가방은 그녀에게 작업당한 남자가 있다는 걸 의미해요. 또 얼굴에 검은 봉투를 씌운 건 우발적으로 피해자를 살해한 다음에 언론에서 본 대로 현장을 꾸미려 했다는 걸 입증하는 거구요. 언론에서는 연쇄살인사건의 피해자가 거실에서 발견됐다고 보도했거든요. 위치도 가까운 데다가 나이대도 비슷하니까 연쇄살인범의 소행으로 보이게끔 조작한 거 같아요. 마치 화성 연쇄살인사건 때의 예양순처럼요."

그렇게 말하고 나서 모두에게 고개를 숙였다.

"어쨌든 지금까지 본의 아니게 혼란을 드린 건 정말 죄송했습니다."

내 말에 도 반장은 헛기침을 몇 번 하고는 곧바로 화제를 돌려 형사들에게 수사 방향을 지시했다. 과학수사요원들은 발 빠르게 현장 감식을 해나갔고 강력팀 형사들은 그 가설을 토대로 본격적인 탐문에 돌입했다. 윤 형사도 마찬가지였다. 그는 몇 번이나 내 성미를 긁는 소리를 했지만 결국은 동료 형사들과 함께 탐문에 나섰다.

"괜찮아진 거 맞지?"

어느새 다가온 팀원들이 내 어깨에 손을 올렸다.

"우리도 이제 본격적으로 시작해보자. 빨리 이 사건 마무리해
야 그놈을 잡아 족치지."

고개를 끄덕였다. 그때부터 우리도 현장 감식에 열을 올렸다.
현장 스케치와 사진 촬영, 동영상 촬영, 족흔적 채취, 지문 채
취, 혈흔형태분석, 범인의 행동분석 등 파트를 나눠 맡은 바에
매진했다. 그러다 겨우 한숨 돌릴 무렵이 되니 벌써 날은 저물
어 있었다.

"근데 오늘 우리, 밥은 먹었나?"

"아니요."

"한 끼도?"

"굶은 사람이 그걸 몰라요?"

"아, 큰일 났네."

"왜요?"

"배고파서."

"뭐야, 진짜."

김 형사가 어이없다는 듯이 피식 웃었다. 주위를 둘러보니 현
장에 남은 건 우리 팀원들뿐이었다.

"우리끼리라도 뭐 좀 시켜 먹자. 이러다 쓰러지겠다."

"지금 열한 신데요?"

"벌써 그렇게 됐어?"

"네, 이 시간에는 시켜 먹을 데도 없어요."

"그럼 나가서 먹고 올까?"

"현장 보존 해야지 어딜 가요. 아직 감식도 다 안 끝났는데."

"다들 갔다 와요. 나 혼자 남아 있을게요."

내가 말했다. 그러자 오진환 선배가 가볍게 인상을 썼다.

"또, 또 그런 얘기 한다. 그러지 말고 김 형사가 나가서 요깃거리 좀 사 와. 요 앞에 편의점 있어."

"여기서 먹게요?"

"그래야지, 뭐. 별 수 있나."

"……음, 알았어요. 대신 선택권은 없어요. 내가 먹고 싶은 것만 사올 거예요."

"마음대로."

"갔다 올게요."

"김 형사, 나랑 같이 가. 여자 혼자 밤늦게 다니면 위험해."

나 형사의 말에 김 형사가 눈을 치켜떴다.

"말끝마다 여자, 여자 하지 말라고 했죠."

"아, 알았어. 내가 미안하다. 눈 좀 풀어라."

"마지막 경고예요."

김 형사는 그렇게 말하고 밖으로 나갔다. 오진환 선배와 나 형사가 서로를 쳐다보며 멋쩍게 웃어 보였다.

십여 분 뒤 돌아온 김 형사의 손에는 순대와 떡볶이, 삼각 김밥, 빵, 음료수 등이 가득 담겨 있었다. 그녀는 아쉬운 표정을 지었지만 한편으로는 의기양양한 투로 입을 열었다.

"이 시간에 파는 건 죄다 쓸어 왔어요."

우리는 현장에 구역을 나눠서 감식이 끝난 자리에다 신문지를 깔고 둘러앉았다. 김 형사가 사온 음식들이 바닥에 깔리자 오진환 선배가 젓가락으로 순대를 집어 올렸다.

"그래도 이건 너무했다. 하루 종일 내장만 만진 사람한테."

"먹기 싫음 먹지 마요."

김 형사가 젓가락으로 빼앗으려 하자 급히 입에 집어넣었다. 그 탓에 순대가 목에 걸렸는지 기침을 내뱉었다.

"무, 물 좀."

순대를 우물거리며 오진환 선배가 말했다. 그 모습을 보고 팀원들은 다 같이 웃었다. 그리고 잘 넘어가지도 않는 음식들을 남김없이 입에 꾸역꾸역 집어넣었다. 부패된 사체와 역겨운 냄새, 검게 말라붙은 혈흔 사이에서 어쩔 수 없이 계속 먹어댔다. 그럼에도 누구 하나 불평하지 않았다. 이게 우리들의 생활이니까.

금연자인 김 형사를 제외한 팀원들끼리 밖에 나란히 서서 담배를 피웠다. 나 형사가 먼저 내게 화내서 미안하다고 말을 꺼냈다. 나는 오히려 내가 미안하다고 대답했다. 짧은 시간이었지만 그 뒤로 우리는 많은 이야기를 주고받았다. 오진환 선배는 새로운 시약을 개발할 때 쓰려고 아내의 질액을 몰래 채취하려다가 걸려서 각방을 쓰게 됐다고 했다. 우리는 다시 한 번 웃었다. 그리고 다 같이 연기를 내뱉었다. 그게 담배 연기인지 한숨인지는 알 수 없었다.

"선배."

"응?"

"아까 나한테 왜 형사 지원했냐고 물었죠?"

"아, 그거? 신경 쓰지 마. 그냥 홧김에……."

"사실, 저도 잘 모르겠어요."

물웅덩이에 담배를 버리고 나서 말했다.

"그냥, 지난 일들에서 벗어나려고 했던 건데……."

"후회돼?"

나 형사도 같은 물웅덩이에 담배를 던지며 물었다.

"나도 너처럼 힘들 때가 많아. 그럴 때면 그냥 이게 내 운명이구나 생각하면서 버텨. 사실 우리가 형사 생활하면서 좋을 때가 어디 있냐. 맨날 야근에 박봉에, 나 같은 경우는 허구한 날 돼지 피 덮어쓰지, 위에서는 쪼아대지, 애처럼 결혼한 놈들은 마누라랑 애들까지 쪼이지."

가만히 듣고 있던 오진환 선배가 고개를 끄덕였다.

"맞아. 그 말이 맞아."

"근데 난 이 일을 멈출 수가 없다. 죽도록 고생하다가 범인 잡았을 때의 그 느낌, 그 희열을 잊을 수가 없어. 그러고 나서 같이 고생한 팀원들이랑 소주 한 잔 딱 하면, 아, 정말 이게 내 천직이구나 싶어."

"천직?"

"응, 천직."

"너 이거 계속할 거야?"

"당연하지."

"승진시켜줘도?"

"그럼. 난 승진 반납해서라도 형사 일 계속할 거야."

"두 계급 승진이면?"

"두 계급?"

"응, 바로 과장 찍는 거."

"그건…… 좀 생각해보고."

또 한 번 다 같이 웃었다. 그 소리에 김 형사가 현관문을 덜컥 열고 나왔다.

"뭐해요, 남자들끼리 치사하게. 얼른 안 들어와요!"

"알았어. 들어갈게. 가자, 최 형사."

"전 한 대만 더 피우고 들어갈게요. 정리할 생각이 좀 있어서요."

"그래? 알았어. 빨리 들어와."

나는 주머니에서 담배를 꺼내 물었다. 차양에 고였던 빗물이 물웅덩이로 떨어졌다. 가로등의 주황빛으로 물든 잔잔한 파문이 넓게 번졌다. 그 모습을 지켜보면서 아무 생각도 하지 않으려고 노력했다.

그때 갑자기 전화벨이 울렸다. 모르는 번호였다. 시간을 보니 11시 58분이었다.

불길한 기운이 옷깃 사이로 스며들었다. 조심스럽게 폴더를 열고 휴대폰을 귀에 가져다 댔다. 익숙한 여자의 목소리가 수화기 너머에서 흘러나왔다.

"형사님…… 나 좀 그냥 살게 놔두면 안 돼요? 나…… 정말 살고 싶어요……."

그녀는 흐느끼느라 더 이상 말을 잇지 못했다. 나는 벽에 기댄 채 거칠어진 호흡을 잠자코 듣고만 있었다. 어쩐지 그녀의 심정을 이해할 수 있을 것 같았기 때문이다.

Chapter 8

그때의 기억

보광동 일가족 살해사건이 일어난 현장은 몰라보게 깨끗해져 있었다. 얼마 전까지 피비린내가 가득했던 곳이라고는 상상할 수도 없을 정도였다. 차아령이 세 들어 사는 곳은 거기서 약 200여 미터 떨어진 다세대주택이었다. 외관을 전부 붉은색 페인트로 칠해놓은 데다 바로 옆 건물에 오토바이 수리점이 있어서 찾기가 매우 수월했다. 계단으로 4층까지 올라가 복도 맨 끝에 위치한 현관문을 두드렸다.

"열렸어요."

메마른 음성이 들려왔다. 혹시나 하는 마음에 문 뒤의 공간을 주의하면서 문을 열었다. 싸다가 만 짐들이 거실 가득 널브러져 있었다.

"다시 만나는 일은 없었으면 좋겠다고 말씀하시지 않았어요?"

옷가지들 사이에 쭈그리고 앉은 그녀가 말했다. 눈가는 부어 있고 눈동자에는 붉은 실핏줄이 돋아나 있었다.

"……들어와요."

그녀는 코를 훌쩍이며 자리에서 일어나 부엌으로 향했다. 나는 안으로 들어가면서 버릇처럼 집 안을 꼼꼼히 둘러보았다. 창문마다 두꺼운 암갈색 커튼이 달려 있었고, 꽤 많은 양의 책이 벽 귀퉁이에 제멋대로 쌓여 있었다. 소설과 인문서가 대부분이었는데, 중간 중간 소설 작법과 시나리오 창작에 관한 책도 몇 권 눈에 띄었다. 용산서 강력팀 형사들의 말대로 사진은 한 장도 걸려 있지 않았다.

"커피밖에 없어요. 드세요."

그녀는 손에 든 머그컵 중 한 잔을 내게 건네고 의자에 앉아 두 다리를 가슴 쪽으로 끌어당겼다. 그리고 물었다.

"왜 그런 거예요?"

"그전에 내가 하나 물을게요."

나는 커피를 한 모금 마신 후 말했다.

"왜 내가 했다고 생각하는 거예요?"

그녀의 입꼬리가 살짝 올라갔다. 눈언저리는 전혀 움직이지 않았다.

"나 지금 장난할 기분 아니에요."

"마찬가지예요."

"여전하시네."

"혹시 그 사람들이 내 이름이라도 댔나요?"

그녀가 한숨을 쉬었다. 고개를 흔들었다.

"……관둬요."

"그런 거예요?"

"관두자고요."

"말을 해봐요. 그런 거냐구요."

"관두자고 했잖아요!"

책상 위에 머그컵을 세차게 내려놓으며 그녀가 말했다. 갈색 얼룩이 손과 책상에 번졌다. 나는 소파 옆에 놓인 휴지를 뽑아 그녀에게 건넸다.

"정말 몰라서 묻는 거예요. 말해줘요."

"당신이 부른 사람들인데 몰라요? 그게 말이 돼요?"

"그 사람들이 내가 불렀대요?"

"그럼 아니에요?"

"아니에요."

"아니시겠지."

그녀가 비아냥거리듯 말했다.

"지금까지 사건 현장에 있었어요. 누구랑 통화할 시간도 없었다구요."

"당신이 말 안 했으면 그 사람들이 왜 당신 이름을 댔겠어요? 네?"

그놈이니까, 나는 속으로 생각했지만 입 밖으로 꺼내지 않았다.

"어떡하면 내 말 믿을래요?"

"못 믿어요, 난…… 아무도."

그녀가 시선을 옮기며 말했다. 정확히 말하면 내가 앉은 소파와 옆에 놓인 캐리어 사이였다.

"그래요, 믿지 마요. 대신, 그 사람들이 왜 찾아왔는지, 어떤 짓을 하고 갔는지만 말해줘요."

내 말에 그녀의 눈시울이 서서히 붉어지기 시작했다.

"이광호 형사님 퇴직 기사 쓴다고 왔어요. 벌써 17년이나 지났는데……."

이미 메말라버린 눈가에 다시금 눈물이 고였다. 이광호 경정이 해결한 사건 중 가장 굵직한 게 바로 마스칸파 사건이었기 때문에 언뜻 생각해봐도 질문에 대한 답은 충분히 유추할 수 있었다.

"나, 정말 살아보려고 했거든요……. 그런데……."

그녀는 말을 채 끝내지도 못하고 무릎에 얼굴을 파묻었다. 가냘픈 어깨가 처량하게 흔들렸다.

"엄마가 같이 죽자고 했을 때도 나, 정말 살아보려고 했어요. 혼자 살아보겠다고 도망쳐서 악착같이 노력했어요. 그런데, 옮겨 다닐 때마다 이런 식이에요. 카메라 들이대고, 거부하면 주변 사람들 인터뷰하고, 방송에 사진 띄우고……."

한 마디 한 마디 꺼낼 때마다 복받쳐 오르는 감정을 감당하기 힘들어 보였다. 얼굴을 감싼 그녀의 손이 파르르 떨렸다. 팔을 뻗어 휴지를 뽑으려는데 옆에 떨어진 명함 한 장이 눈에 들어왔다. 고려일보 유제연 기자라고 새겨져 있었다.

"그렇게까지 괴롭혀야 하는 거예요? 네? 그래야 직성이 풀리는 거예요, 다들?"

"진정해요."

명함을 셔츠 주머니에 넣고 휴지를 건네며 말했다. 그러자 그녀는 고개를 들고 나를 쏘아보았다.

"진정이요? 내가 지금 진정하게 생겼어요? 형사님은 내 기분 이해한다면서요. 내 감정 이해할 수 있다면서요. 그런데 진정이요? 그게 지금 말이라고 하는 거예요?"

눈가에 희미한 광치의 조짐이 생겨났다. 심문할 때 본 그때의 눈과 흡사했다.

"당신 같은 사람이 난 제일 싫어요. 아무것도 모르면서 다 안다고 착각하는 거, 진짜 역겨워."

변명이라도 하고 싶었지만 답답함을 억누른 채 잠자코 있었다. 지금으로서는 그녀의 격앙된 기분이 가라앉는 게 최우선이었다. 다행히 그녀는 얼마 안 가 소매 끝으로 눈물을 닦고 호흡을 가다듬었다.

"아…… 내가 괜한 얘길 했네요. 어차피 달라질 것도 없는데……."

주머니에서 꺼낸 담배는 딱 두 개비 남아 있었다.

"줄까요?"

내가 건네자 그녀는 사양하지 않았다. 나도 한 대 물고 라이터를 내밀었다. 불은 필요 없다고 했다. 심문할 때 그랬던 것처럼 이번에도 그냥 물고만 있었다. 그러고 보니 이 집에서 담배 냄새는 전혀 나지 않았다.

"피워도 괜찮아요?"

내가 물었다. 그녀는 희미하게 두어 번 고개를 끄덕일 뿐 아무 말도 하지 않았다. 불을 붙이고 담배 연기를 내뱉었다. 푸르스름한 연기가 그녀와 나 사이에서 기이한 동선으로 움직이다가 사라졌다. 그렇게 우리는 담배를 다 피우는 동안 단 한 마디도 나누지 않았다.

"……또 떠날 건가요?"

빈 담뱃갑에 꽁초를 버리고 나서 물었다. 그녀는 내 질문에 잠시 움찔하는가 싶더니 도로 고개를 숙였다. 그리고 낮은 목소리로 "왜요? 또 제보하시게요?"라고 물었다.

"아니요. 그럴 리 없을 거예요."

나는 그렇게 말하며 자리에서 일어났다.

"커피 잘 마셨어요. 갈게요."

인사하고 돌아서려 하자 그녀가 나를 올려다보았다. 그러고는 독기에 찬 말투로 이렇게 말했다.

"명심해요. 날 건드린 건 당신들이라는 거."

밖으로 나가 현관문을 닫았다. 목 놓아 우는 소리가 서글프게 들려왔다. 벽에 등을 기대고 눈을 감았다. 울음소리는 좀처럼 끊이지 않았다.

퇴직을 하루 앞둔 이광호 경정을 만나러 간 곳은 그의 사무실이 아닌 강남의 한 병원이었다. 허리 디스크 후유증으로 3개월째 입원해 있다는 소식을 듣고 찾아간 것이다. 엘리베이터에서 내려 입원실로 향해 가는데 뿔테 안경을 쓴 낯익은 남자가 말을 걸어왔다.

"최재준 형사님이시죠?"

손을 내밀어 내게 악수를 청했다. 슈트 주머니 밖으로 보이스 레코더가 조금 튀어나와 있었다. 차림새로 보나 말투로 보나 기자임이 분명했다.

"오늘은 카메라가 없네요."

자세히 보니 내 사진을 찍어 인터넷 기사에 올린 장본인이었다. 나는 악수를 받지 않았다.

"아, 네. 오늘은 사진기자랑 같이 나왔거든요."

그는 무안한 듯 얼른 손을 거둬들였다. 그러더니 안주머니에서 명함을 꺼내 내게 한 장 건넸다.

"어쨌든 이번에 좋은 정보 주셔서 정말 고마웠습니다."

나는 그의 이름을 보고 난 후 차아령의 집에서 주운 명함을 꺼내 보여줬다.

"명함은 한 장이면 족해요, 유제연 기자님."

"아, 제가 먼젓번에 드렸나요? 기억이 없는데······."

그는 뒤통수를 긁적이며 고개를 갸웃거렸다.

"나도 당신한테 차아령네 주소 가르쳐준 기억 없어요. 허락도 없이 내 사진 올리라고 한 적도 없구요."

"저기, 최 형사님."

내가 지나쳐가자 그가 내 뒤를 좇아왔다.

"그때 제가 마음대로 사진 올린 건 죄송한데요. 차아령 씨 주소는 최 형사님이 가르쳐주신 거 맞잖아요."

"내가 한 거 아니에요."

"그럼 누가 합니까?"

"그때 연락 온 번호 기억해요?"

"뭐, 아마 저장돼 있겠죠."

그는 휴대폰 통화 기록을 훑어보더니 이내 무언가를 찾아냈는지 내게 보여줬다.

"이 번호로 하신 거잖아요."

"공중전화랑 사무실 번호도 구분 못 해요? 02로 시작한다고 다 일반전화인 줄 알아요?"

"그럼 누가 사칭했다는 말씀이에요?"

"그렇겠죠. 아니면 당신이 꾸며냈거나."

"네?"

그가 황당한 표정을 지으며 말했다.

"지금 의심하시는 거예요?"

"의심 안 받게 행동한 적 있어요? 아무리 기자라도 최소한의 매너는 지키면서 취재 활동을 해야 믿죠. 허락도 없이 남의 사진 찍어서 올리기나 하고. 그 사진 때문에 어떤 일이 벌어졌는지 알기나 해요? 그리고, 다 지난 마스칸파 사건 재조명하는 데 피해자는 왜 찾아가서 찍는 겁니까?"

"누가 찍은 대로 내보낸대요? 저도 다 모자이크 할 생각이었다구요."

"그런다고 주변 사람들이 못 알아봐요?"

"아, 진짜. 그러는 당신들은?"

그는 넥타이 매듭을 약간 풀어 헤쳤다. 이전까지의 자세는 순식간에 온데간데없이 사라졌다.

"당신들은 뭐 달라요? 당신들도 사진 공개 다 하잖아요. 혐의만 있으면 용의자 사진 실어서 수배 전단 뿌리고 공개수사 하고. 그러다 범인 아니면 책임져요? 일일이 따라 다니면서 이 사람 아니라고 책임지냐구요."

언성이 높아지자 형사로 보이는 키 작은 남자가 입원실 문을 열고 밖을 내다봤다. 지나가던 환자들과 간호사들도 수군거리며 이쪽을 쳐다봤다.

"그냥 말을 말죠."

"뭘 말을 말아, 이봐요!"

내가 대화를 끊고 돌아섰다. 더 이상 목소리를 높이고 싶지 않았다. 기자와의 대화는 짧으면 짧을수록 좋다는 선배들의 말을 다시 한 번 통감했다. 입원실을 향해 걸어가는데 그가 뒤에서 소리쳤다.

"기자만 더러운 사람 취급하지 말라고. 당신들도 다를 바 없으니까."

나는 뒤돌아보지 않고 입원실 문을 열었다.

이광호 경정은 침대에 앉아 채광이 잘 되는 창문 밖을 내다보고 있었다. 유도선수 출신답게 떡 벌어진 어깨와 일그러진 귀를 가진 그가 푸른색 세로 줄무늬 환자복을 입고 있으니 어쩐지 어색해 보였다.

"오랜만이야, 최 형사."

인기척을 내자 그가 환한 웃음을 지어 보였다.

"안녕하세요."

허리를 숙여 인사했다.

"건강은 괜찮으신 거죠?"

"뭐, 보다시피. 작년 세미나 때 이후로 얼굴 본 건 처음인가?"

"네. 그동안 찾아뵙고 인사드리지 못해서 죄송합니다."

"죄송하긴. 서 있지 말고 이리 와서 좀 앉아."

침대 앞에 놓인 간이 의자에 앉았다. 이른 아침의 가느다란 햇살이 내 허벅지를 반으로 갈라놓았다.

"애야, 중요한 손님 오셨으니까 음료수 한 잔 갖다드리고 잠깐 밖에 나가 있어라. 박 형사도 이만 돌아가고."

"네, 아버님."

가습기 물을 교체하던 젊은 여자가 선물용 박스에서 오렌지 주스를 한 병 꺼내 내게 건넸다. 그러고는 키 작은 형사와 함께 조용히 문을 닫고 나갔다.

"요즘 가는 곳마다 최 형사 명성이 자자해."

"별말씀을요. 퇴임식 때 참석 못 하셔서 많이 아쉬우시겠어요."

"오히려 잘됐지. 사람들 축하 받으면서 퇴직하면 더 그만두기 싫어졌을걸."

그는 협탁 서랍에서 담배를 꺼냈다.

"만 33년이나 몸 바쳐 일한 곳에서 영영 떠나야 되는 마음,

최 형사는 아직 모를 거야."

담배를 깊게 빨아들이는 그의 표정에 못내 아쉬움이 가득 묻어났다. 나도 습관적으로 담배를 피우고 싶었지만 그만두었다. 그는 내 심정을 눈치챘는지 나를 향해 희미하게 웃어 보였다.

"한 대 줄까?"

"아니요. 괜찮습니다."

"받아. 어려워하지 말고."

나는 담배를 건네받아 손가락 사이에 끼운 다음 다리 사이로 내려놓았다.

"이런 곳까지 최 형사가 날 찾아온다고 했을 때 사실 많이 놀랐어. 한편으로는 잘나가는 젊은 형사가 다 늙은 노인네한테 무슨 할 말이 있나 싶어서 궁금하기도 했고."

"과찬이십니다."

"무슨 이야기를 듣고 싶은지 한번 말해봐. 내가 아는 선에서는 다 대답해줄 테니까."

"그게……."

나는 잠시 뜸을 들였다가 말했다.

"사실 차아령에 관한 겁니다."

"차아령?"

그는 그녀의 이름을 한 번 되뇐 뒤 내 머리보다 조금 높은 지점을 쳐다보며 기억을 더듬었다.

"그 딸아이?"

"네. 마스칸파 사건 때 살아남은 모녀 중 딸아이요."

"최 형사가 그 아이를 어떻게 알아?"

그의 상체가 점점 내 쪽으로 기울었다.

"혹시 이번에 서울에서 벌어진 연쇄살인사건 알고 계신가요?"

"알지. 벌써 여섯 명이나 살해당했다면서. 그걸 모를 리가 있나."

"사실은 그 사건 용의자로 임의동행 돼 왔어요. 전 그때 심문하러 갔었구요."

"그 아이가 용의자였다고?"

"네, 처음에는요. 지금은 혐의가 없는 걸로 밝혀졌구요."

"……인생 참 기구하구나."

이제는 당신의 퇴직 기사에 맞춰 더욱 기구한 삶을 살아가게 됐다고 말하고 싶었지만 겨우 참았다.

"아직은 추측에 불과하지만, 제 생각에는 이번 연쇄살인사건의 범인과 차아령 사이에 어떤 연관성이 존재하는 거 같아요."

"범행에 같이 참여했다고 생각하는 거야?"

"참여는 아니고, 범인이 자꾸만 차아령을 끌어들이고 있어요. 무슨 이유 때문인지는 모르겠지만요."

"자세히 말해봐. 빙빙 둘러서 얘기하지 말고."

그는 조금이라도 빨리 차아령에 관한 이야기를 듣고 싶어 했다. 나는 그에게 여태까지 벌어진 일들 중 그녀와 관련된 이야기들을 남김없이 차근차근 설명했다. 그동안 그는 줄담배를 세 대나 피워댔다. 퇴직을 하루 남긴 상황인데도 어쩐지 사건에 참여하고 싶다는 의지가 엿보였다.

"참 별일이야, 별일……. 수사본부에서는 아직 아무런 단서도 못 잡았나?"

"네, 현재까지는요."

"그렇겠지. 쉬운 사건은 아니니까. 그래, 내가 뭘 도와주면 되는데?"

그가 주스를 한 모금 마신 뒤 물었다. 나는 그의 눈을 마주 보면서 대답했다.

"마스칸파 사건 당시 상황을 말씀해주세요. 최대한 자세히요. 그 속에 이번 사건의 단서가 있을지도 모르거든요."

그는 네 번째 담배를 입에 물었다. 그러고는 깊은 우물에서 길어올리듯 그때의 기억을 조심스럽게 입 밖으로 꺼내놓았다.

1994년 가을 어느 날, 차아령과 그녀의 어머니는 목숨을 걸고 탈출을 시도했다. 아버지와 함께 팔당댐 인근 도로를 달리다가 납치당한 지 약 3개월 후의 일이었다. 그동안 그들은 마스칸파 일원들이 직접 개조한 이른바 '살인 공장'에 감금된 채 절망적인 나날을 보내야 했다. 창고 바닥에 뚫린 구멍이 지하실로 이어지는 유일한 비밀 통로였는데, 그곳을 막아놓은 철판 뚜껑이 열릴 때마다 희미한 빛과 함께 낯선 인질들이 잡혀왔다. 마스칸파 일원들은 그들이 보는 앞에서 인질들의 목을 베고 눈알을 파내고 피를 뺀 뒤 토막을 냈다. 그러고는 한쪽 구석에 마련한 소각로에 집어넣어 흔적도 없이 태워버렸다. 소리를 지를 수도, 눈을 감을 수도 없었다. 그랬다가는 자신들도 똑같이 당할 게 뻔했다. 차아령과 그녀의 어머니는 두 눈을 부릅뜨고 어금니를 깨물면서 그렇게 여섯 명이 살해되는 광경을 똑똑히 지켜보았다.

그녀의 아버지가 살해당할 때에도 예외는 아니었다. 심지어 어머니는 죽어가는 아버지의 목을 졸라 범행에 동참하기도 했다. 명령을 어길 시에는 차아령을 살해하겠다고 협박했기 때문이다. 그들은 아버지에게 가스총과 공기총을 쏘는 등 수집한 연장들을 죄다 실험한 후 온몸의 피가 빠져나가 얼굴이 새하얘질 무렵 어머니에게 아버지의 목을 조르라고 지시했다. 두 손이 떨렸지만 어머니는 살기 위해 그들의 요구를 따랐다. 뿐만 아니라 아버지의 살점을 베어내어 차아령과 함께 나눠 먹기까지 했다.

마스칸파 일원들이 차아령과 그녀의 어머니만을 살려둔 데에는 다 이유가 있었다. 이십대 초반의 혈기왕성한 남자들이 폐쇄적인 공간에서 생활하려면 성적인 욕구를 충족시켜줄 대상이 필요했기 때문이다. 그들은 혼자서, 또 때로는 집단으로 어머니를 강간했다. 당시 일곱 살이었던 차아령은 청소 및 잡일을 도맡았다. 각자의 역할이 곧 삶의 연장 수단이었기에 불평 따윈 하지 않았다. 언젠간 나갈 수 있을 거야, 그들은 매일 서로를 부둥켜안고 그렇게 중얼거리고 나서야 잠을 이루었다.

대전과 분당의 신도시 건설 현장에서 처음 만난 마스칸파 일행들은 당시 연이어 보도되던 대학 입시 부정 사건을 보면서 결속력을 다졌다. 돈이 없어 배우지 못해 힘든 삶을 연명해야 하는 자신들과는 달리 돈과 백으로 학벌마저 위조하려는 상류층 시민들의 비겁한 행태를 더 이상 눈 뜨고 봐줄 수가 없어 살인을 결심한 것이다. 공사 현장에서 벌어들인 돈을 모아 전남 영광군의 한 외딴 창고 건물을 개조한 그들은 추가로 돈이 생길 때마다 부자들을 살해할 도구를 사 모았다. 건물 지하에 감금실과 소각로를 설치하고 연기를 빼낼 대형 환풍기마저 연결했다. 드디어 모든 준비가 끝났을 때, 그들은 경기도 외곽지역을 지나가는 외제차를 납치하기로 계획했다. 외제차야말로 부자들을 알아보는 가장 쉬운 방법이라고 생각했기 때문이다.

이쯤 되면 한 가지 의문이 생긴다. 차아령네 역시 상류층이었나? 아니다. 그들은 부자도 아니었고 외제차를 몰고 다니지도 않았다. 그저 작은 카페를 운영하며 근근이 생활을 영위해나가는 소시민에 불과했다. 그렇다면 왜 마스칸파 일원들에게 납치되고 만 것일까.

이광호 경정은 그 이유에 대해 이렇게 설명했다.

"예행연습."

나는 짐짓 진지하게 고개를 끄덕였다.

"그 후로는 어떻게 됐나요?"

"믿기 어렵겠지만 마스칸파 일행 중 한 놈이 차아령의 어머니를 흠모하게 됐어. 그래서 죽이자는 두목의 의견에 반대했지. 워낙 다혈질인 놈들이라 그 자리에서 바로 난투극이 벌어졌고. 그때 반대했던 녀석이 손에 큰 부상을 입고 읍내 병원에서 치료를 받는데, 이때 차아령 모녀를 병원까지 데리고 갔던 거야. 자기가 없을 때 해코지당할까 봐. 녀석은 수중에 있던 현금이랑 휴대전화를 그 둘한테 맡기고 대신 수속해달라고 부탁한 다음 진료실로 들어갔어. 내심 도망치기를 바랐던 거 같아. 그 길로 차아령과 어머니는 택시를 타고 인근 마을 어귀로 도망쳐서 어느 슈퍼 가게 주인에게 서울까지만 태워다달라고 부탁했지. 그 뒤로 날 찾아와서 신고하게 된 거고."

"그렇군요."

손가락 사이에 끼워두었던 담배를 돌리며 내가 대답했다. 이광호 경정은 서랍에서 새 담배를 꺼내 불을 붙였다.

"그때만 생각하면 아직도 등골이 서늘해. 내 인생에서 가장 끔찍하고 긴박했던 순간이었거든."

이광호 경정은 상류층의 재산을 갈취해 총기와 다이너마이트

등을 구입한 마스칸파 일원들을 어떻게 검거해냈는지 상세하게 설명하기 시작했다. 이제까지와는 다른 밝은 표정이 어디선가 은근히 떠올라 자리를 잡아갔다.

"우리가 멀리서 잠복해 있는데 철문이 열리더니 트럭 한 대가 빠져나왔어. 운전석에는 한 놈만 타고 있었지. 일단 은신처와 멀어지기만을 기다렸다가 덮치려고 했는데 그만 이 녀석이 추격조를 발견한 거야. 갑자기 급발진을 해버리더라고. 우리도 곧바로 달렸지. 비포장도로 위를 정말 필사적으로 달렸어. 그런데 절대 안 서더라고. 그냥 냅다 밟기만 하는데 참 난감한 거야. 이대로 읍내까지 나가도록 내버려뒀다가는 둘 중 하나였거든. 놓치거나 큰 사고가 나거나. 그래서 에라 모르겠다 하는 심정으로 내가 트럭 옆구리를 그냥 받아버렸어. 그랬더니 트럭이 길 한구석에 처박혀버리더라고."

그는 큰 제스처를 취하며 자신의 무용담을 실감나게 설명했다. 사실 그들을 잡기 위해 어떤 계획을 세웠는지, 또 나머지 일당을 어떻게 검거했는지는 전혀 궁금하지 않았다. 내가 듣고 싶은 건 그게 아니었다. 하지만 이미 시작한 이야기를 끊을 수는 없었다. 그래서 잠자코 집중하는 척하며 적당한 기회가 왔을 때 담배에 불을 붙였다. 이제야 조금 숨통이 트이는 기분이었다.

이광호 경정의 이야기는 내가 담배를 다 피우고 오렌지 주스를 마신 다음 벽에 걸린 시계를 세 번이나 훔쳐봤을 무렵에야 끝이 났다.

"그렇게 해서 두목인 조한희만 빼고 한 번에 일망타진하게 된 거야. 청계천이나 부산에서 불법으로 사 모은 총기랑 폭발물들도 싹 다 수거했고."

"그렇군요."

반사적으로 고개를 끄덕이면서 그의 표정을 흘겨봤다. 희미한 미소가 아직도 얼굴 전체에 고스란히 남아 있었다.

"조한희도 결국 잡힌 거죠?"

"이틀 만에 잡았지. 가장 흉악한 놈일 거라 예상했는데, 의외로 순순히 따라 나오더라고."

"제가 듣기로는 마스칸파 녀석들이 조한희의 정체를 끝까지 발설하지 않았던 걸로 기억하는데요."

"그랬지. 그런데 에어컨 전원 버튼에서 녀석의 지문을 발견했어. 이상화 선생이 용케도 그걸 찾아냈지."

낯익은 이름이었다. 재빨리 기억을 더듬었다.

"안광훈 교수의 사수였다는 분 말씀하시는 거죠?"

"사수인지 아닌지는 모르겠고, 원래 이상화 선생이야 과학수사 쪽에서는 유명하잖아. 최 형사도 모를 리 없을 텐데."

"전에 한 번 만난 적이 있는 거 같아요. 수사연수원에서."

"그 양반도 현역 시절에는 참 대단했지."

그는 창밖을 내다보면서 회상에 잠기듯 반쯤 눈을 감았다. 그의 얼굴 주위로 미세한 먼지가 떠다니며 햇빛에 반짝였다.

"그때 이후로 피해자들은 어떻게 됐나요?"

그제야 나는 듣고 싶었던 질문을 던졌다.

"글쎄. 내가 아는 건 탈출하고 나서부터 몇 개월뿐이라……."

그는 연골이 일그러진 귀를 몇 번 어루만지다가 입을 열었다. 이야기는 이랬다. 그들은 사건이 마무리된 후 집과 카페를 청산하고 충주로 이사를 갔다. 하지만 얼마 지나지 않아 언론 매체의 잦은 보도와 예기치 못한 기자들의 방문으로 주변 사람들까지 눈치채게 됐다. 이에 어머니는 항상 기자들에게 호소했다고 한다.

그만 좀 오세요, 제발. 우리도 이제 살아야 하잖아요.

그럼에도 불구하고 기자들은 갖가지 기사를 쏟아내기에 급급했고, 불편한 소문들이 그들을 집요하게 따라다녔다. 심지어 마스칸파 일원의 아이를 임신했다는 소문마저 나돌았다. 믿기지 않는다와 그럴 법하다는 의견들이 주변 사람들 사이에서 분분하게 일어났다. 하지만 얼마 안 가 그 소문은 확실한 생명력을 가지게 되었다. 때마침 그녀의 배가 부풀어 오르기 시작한 것이다.

"그 여자 말로는 납치되기 전부터 생리를 하지 않았대. 죽은 남편의 아이였던 거지. 그런데도 외출할 때마다 압박붕대로 배를 묶고 다녔다는 거야. 남편까지 잃은 상황에 주변 사람들까지 그러니 도저히 감당할 수가 없었던 거지."

그녀는 매일 밤 울었고, 매일 밤 자해를 했다. 그럴 때마다 차아령은 생채기 가득한 그녀의 배에 연고를 발라주며 말했다.

우리 도망가. 동생 태어나면, 그때 아무도 모르는 데 가서 우리끼리 살자.

그러나 차아령의 바람은 이루어지지 않았다. 어머니는 극심한 스트레스를 견디지 못해 결국 유산을 하고 말았다.

"충격이 심했나 봐. 이성을 잃고 망가져버렸으니까."

"어느 정도로요?"

"딸아이한테 같이 죽자고 흉기를 휘둘렀으니까 말 다했지. 다행히 주민들이 신고해서 별일은 없었는데, 어쨌든 그 일로 정신병원에 갇히게 됐어. 의사 말로도 앞으로 완쾌되기는 무리일 거라고 했고."

"그럼 차아령은요? 누가 맡았나요?"

"아무도."

"버려졌다는 건가요?"

"아니…… 도망쳤어."

그는 씁쓸한 표정을 지으며 머리카락을 몇 번 쓸어 올렸다.

"보육원에 맡길 계획이었는데, 다 필요 없으니까 제발 좀 놔달라고 하더라고. 울며불며 사정하는 모습이 마치 이제 막 검거된 피의자들처럼 너무 애절했어. 죄 없는 어린 게 얼마나 고생이 많았으면 이럴까 싶었지. 그래서 그냥 모른 체하고 돌아온 거야. 그게 그 아이를 위한 길이라고 생각했거든."

"그날 이후로 아무런 소식도 못 들었구요?"

"딱 한 번 들었어. 몇 년 전이었는데, 아마 동기들 모임이었을 거야. 수업시간에 잠을 못 자게 했다나 어쨌다나 해서 선생을 샤프로 찌르고 잡혀온 여고생이 있었는데, 그 애가 바로 차아령 이었어. 다행히 소년원 신세는 면했지만, 대신 정신과 치료를 받도록 조치됐을 거야."

"학교 선생이 차아령에게 뭐라고 했는지는 모르시죠?"

"거기까지는 내가 알 길이 없지."

"그렇군요."

그는 상체를 뒤로 뉘어 벽에 몸을 기댔다. 그러고는 웅크렸던 어깨를 쭉 폈다.

"아무튼 이게 내가 아는 전부야. 더 이상은 나도 아는 게 없 어."

이광호 경정은 습관처럼 담뱃갑을 잡았다가 더 이상 피우면 안 되겠다고 생각했는지 도로 내려놓았다.

"혹시 조한희를 직접 심문하셨나요?"

"나뿐만 아니라 우리 팀원들이 한 번씩 돌아가면서 했지. 본 청이나 서울청에서도 나왔고."

"심문 과정에서 별다른 얘기는 없었구요?"

"우리들 말은 들을 생각도 않더라고. 밥 먹을 때 빼고는 입도 뻥긋 안 했어. 그러다가 한 삼 일 지나서 대뜸 이상화 선생을 불러달라더라고. 아, 이제 끝났구나 싶었지. 원래 범인들은 자백하고 싶을 때 자기를 검거한 형사를 찾잖아."

맞는 말이었다. 강호순도, 김길태도, 유기훈도 같은 반응을 보였다.

"이상화 선생님을 제가 한번 만나볼 수 있을까요?"

내 질문에 이광호 경정은 멋쩍게 웃으며 손사래를 쳤다.

"내가 그 양반 연락처를 알 리가 없지. 최 형사도 알잖아, 원래부터 강력반이랑 감식반은 사이가 좋을 수 없다는 거."

Chapter 9

다른 이야기

이상화 전 총경을 보았을 때 나는 그가 이전과 달리 매우 심약해졌다는 인상을 받았다. 사실 첫 대면 때는 관심이 없어 주의 깊게 보지 않은 탓도 있을 테지만, 오래된 체크 무늬 담요를 두르고 커다란 안락의자에 앉아 밭은기침을 내뱉는 그의 모습은 영락없는 퇴직 노인의 행색이었다. 그렇다고 뼈마디만 앙상하게 남거나 거동이 불편해 보이는 건 아니었다. 오히려 연령대에 비해 체격은 아직까지도 훌륭했다. 다만 그에게서는 삶을 관리하는 사람들의 정서 따위가 느껴지지 않았다. 그저 하루하루를 저 먼 곳으로 흘러가게 내버려두고 있는 듯했다.

안광훈 교수에게 주소를 물어 찾아간 그의 집은 간혹 가다 들리는 기침 소리를 제외하고는 어떠한 소리도 들리지 않을 만큼 조용했다. 나는 여느 때와 마찬가지로 집 안 곳곳을 빠르게 훑어보면서 안내해준 의자에 앉았다. 현역 시절 받은 상패들과 반듯하게 걸린 정복이 정면에 배치돼 있었다.

"최 형사도 직업병은 어쩔 수 없나 보네."

그가 말했다. 나는 얼굴을 붉히며 시선을 발치로 끌어내렸다.

"불쾌하셨다면 죄송합니다."

"아니야. 괜찮아."

그는 희미하게 고개를 끄덕였다.

"형사라면 당연히 그래야지."

혼잣말을 하듯 읊조리는 탓에 대꾸를 해야 할지 말아야 할지 고민하고 있는데 누군가 가볍게 방문을 두드렸다.

"차 가져왔어요."

파출부로 보이는 노년의 여성이었다. 눈치를 보며 조심스럽게 들어오는 걸로 봐서는 이 일을 시작한 지 얼마 안 된 듯했다. 그녀는 어색한 몸짓으로 쟁반을 내려놓더니 아무 말 없이 사라졌다. 덕분에 탁상시계의 초침 소리만 더욱 두드러졌다.

"제가 너무 갑작스럽게 찾아온 거 같네요."

"아니야. 그러잖아도 한번 만나보고 싶었어."

"저를요?"

"전에 말했잖아. 최 형사 강의 인상 깊게 들었다고. 그날 같이 얘기 좀 나눠볼까 했는데."

"아, 그때는 갑자기 사건이 터지는 바람에……."

"그냥 관심이 없었던 게 아니라?"

라이터로 담배 끝을 그슬리며 그가 말했다. 나는 그 말이 농담이기를 바랐지만 그는 웃지 않았다.

"아닙니다. 전 그저……."

"괜찮아."

푸른 담배 연기가 그의 얼굴을 뒤덮었다.

"젊은 사람이 뭐하러 나 같은 노인네랑 말을 섞고 싶겠나. 빨리 자리를 피하고 싶은 게 당연하지."

"……그땐 경솔했습니다."

그는 고개를 저으면서 자욱한 담배 연기를 손으로 걷어냈다.

"사과 받자고 하는 얘기 아니니까 신경 쓰지 마. 다만 지금부터라도 서로에게 솔직해지자는 거야, 이왕 찾아왔으면."

나는 고개를 끄덕였다.

"그러니까 말 돌리지 말고 말해봐. 어인 일로 여까지 행차하신 건지."

"사실…… 이광호 과장님을 만나고 왔습니다."

"이광호?"

그는 생소한 이름을 되뇌듯 그렇게 물었다.

"마스칸파 사건 때 같이 수사하셨다고 들었어요."

"그래?"

"네, 당시에는 서초서 강력팀장을 맡으셨던 분이구요."

"그렇군…… 맞아, 누군지 알겠어."

관자놀이 부근을 긁으면서 기억을 더듬던 그가 이윽고 말했다.

"그런데, 그 양반이 왜?"

"조한희를 검거하신 분이 선생님이라고 알려주었어요. 게다가 자백도 직접 받아내셨다고 했구요."

"그 양반이 그런 소리를 해? 자기가 잡았다고 길길이 날뛰던 사람이?"

그가 중간 중간 기침을 내뱉으며 의외라는 투로 말을 이었다.

"정말 오래 살고 볼 일이구만."

그러고는 재떨이에 담배를 내려놓고 녹차를 한 모금 머금어 목을 가다듬었다. 담배를 피우는 것조차 그에게는 어쩐지 힘겨워 보였다.

"사실, 지금 제가 맡은 사건과 선생님께서 해결하신 사건 사이에 어떤 연관성이 존재하는 거 같아요. 그래서 당시의 이야기를 들을 수 있을까 해서 찾아온 거구요."

"그 녀석들은 이미 다 사형당했을 텐데."

"제가 궁금한 건 피의자들이 아니에요. 피해자들입니다."

"피해자들?"

"네, 탈출한 차아령 모녀요."

그는 재떨이에 내려 놓았던 담배를 다시 집어 들었다.

"범인의 의도는 모르겠지만, 자꾸만 그들을 끌어들이고 있어요."

"예를 들면?"

"반복해서 용의선상에 오르게 하는 거죠. 현장에 차아령이 처방받은 약봉지를 남겨두고 가는 식으로요. 게다가 과거까지 들춰내고 있구요."

그는 필터까지 타들어간 담배를 깊게 빨아들인 후 재떨이에 비벼 껐다.

"이광호 과장은 뭐라던가?"

"특별히 어떤 의견을 말해주지는 않았어요. 그저 마스칸파 사건에 대해서만 전체적으로 설명해줬죠."

"그럼 된 거 아닌가?"

"아니요. 아직 듣지 못한 게 있어요."

나는 그의 눈을 똑바로 바라보면서 말했다.

"조한희와의 심문 과정에서 어떤 이야기들이 오갔는지는 선생님 말고는 아무도 모른다고 했거든요."

"그래서, 나더러 그걸 얘기해달라?"

"부탁드립니다."

그는 안락의자에 몸을 파묻고 깊게 숨을 들이마셨다가 천천히 내뱉었다.

"자네는 그 사건과 관련된 사람 중에 범인이 있다고 생각하는 건가?"

"확실하진 않지만, 가능성은 배제할 수 없다고 봅니다."

"벌써 17년이나 지난 사건인데……."

그가 탐탁지 않은 표정으로 고개를 저었다.

"만약 최 형사 말대로 관련된 사람 중에 범인이 있다고 친다면, 그는 왜 이제야 범행을 저질렀을까?"

"일종의 잠복기였을 수도 있죠. 혹은 활동할 수 있는 여건이 드디어 생긴 걸 수도 있구요."

"꼭 피해자들을 염두에 두고 하는 말 같군. 좀 전까지는 범인이 그들을 끌어들인다고 하더니."

"그들을 염두에 두고 하는 얘기가 아니에요."

"그럼?"

"나비효과 같은 거예요. 가령 직장 상사에게 문책을 받은 남자가 술집 여자에게 화풀이를 했는데 그 여자가 집에 들어가서 아들을 학대하고, 그 결과 아들이 십여 년 후 연쇄살인범이 될 수도 있거든요. 전 그런 의미에서 이번 사건과 마스칸파 사건 사이에 존재하는 어떤 시작점을 찾으려는 거예요."

"그렇게 본다면 피해자들이 가장 가능성 있는 존재들 아닌가?"

"왜죠?"

"정상적인 사람은 다른 사람을 고문하지 않는다, 고문을 당한 사람만이 고문자가 된다는 칼 융의 말, 자네가 강의에서 인용했던 것 같은데."

"그랬죠. 하지만 이제까지의 수사 내용을 보면 피해자들이 범행을 저질렀을 확률은 극히 적어요."

"그래도 가능성이 있긴 있다는 거군."

나는 대답하지 않았다.

"자네는 벌써 그들을 용의선상에서 지운 건가?"

그가 낮은 목소리로 물었다.

"마스칸파 녀석들은 전부 죽었고 살아 있는 건 오직 그들뿐인데도? 범행을 저질렀을 확률이 남아 있는데도?"

"선생님."

"응?"

"말씀 중에 죄송하지만, 수사는 제가 하겠습니다."

내가 딱 잘라 말했다. 그러자 그는 손가락 끝으로 팔걸이를 톡톡 두드릴 뿐 한동안 아무 말도 하지 않았다.

"……그래, 그래야지."

허망하게 고개를 끄덕이던 그가 마침내 입을 열었을 때 나는 우리 사이가 다시 원래대로 되돌아왔다는 걸 느낄 수 있었다.

"오랜만에 옛 버릇이 나와서 그만……."

그가 멋쩍게 웃으며 말했다. 나는 이번에도 대답을 하지 않았다.

탁상시계의 초침 소리가 방 안 가득 들어찰 무렵 그는 덮고 있던 담요를 반으로 포개어 의자 팔걸이에 걸어놓고 자리에서 일어났다. 그러고는 강력 사건의 수사일지와 보고서, 현장 사진들이 차곡차곡 정리된 서랍장 속에서 어렵지 않게 색 바랜 파일을 하나 골라냈다. 예상대로 '마스칸파 살인사건'이라는 타이틀이 앞면에 큼지막하게 적혀 있었다.

"연수원에서 강의할 때 썼던 자료들이야. 나한텐 더 이상 필요 없는 것들이지. 강의도 수사도 이젠 다 자네 몫이니까."

그가 태연한 척 파일을 내게 건넸다.

"조한희와의 심문 기록도 포함된 건가요?"

나는 대꾸조차 하지 않고 말을 돌렸다.

"아니, 그건 자료화되지 않았어."

"왜죠?"

"피해자들을 위해서."

그는 의자에 몸을 파묻었다. 담요는 덮지 않았다.

"법정에서 원한 건 조한희의 범죄 사실 인정 여부였어. 더 이상의 진실은 굳이 기록할 필요가 없었지. 더욱이 피해자들의 앞날을 가로막는 사실이라면 묻어주는 게 당연했고."

조한희의 자백이 왜 피해자들에게 해가 되는지 이해할 수 없었다. 그래서 내가 묻자 그는 녹차를 한 모금 마신 후 내게 되물었다.

"자네는 차아령의 어머니가 가장 두려워했던 게 뭔지 아나?"

"주변 사람들의 시선이었겠죠."

"아니."

그가 고개를 저었다.

"딸아이의 시선이었어."

나는 그의 말을 도무지 이해할 수 없었다.

"무슨 뜻인지 모르겠어요."

"다른 인질들이 여섯 명이나 됐다는 건 알고 있나?"

"네."

"이십대 초반의 여성이 두 명이나 있었다는 것도?"

"알고 있어요."

"그런데 왜 차아령의 어머니만 살아남았다고 생각하나?"

나는 여러 가능성을 떠올려보았다. 그럴수록 갖가지 의구심이 뒷목을 타고 올라와 눈앞에 불쾌한 영상들을 만들어냈다. 순간 나도 모르게 설마, 라는 말이 입 밖으로 새어 나왔다.

"맞아. 유혹한 거야. 자기를 계속 이용해달라고."

그가 나지막이 말했다. 몸속 세포들이 일제히 소스라치는 기분이었다.

"살아남는 게 우선이라고 생각했던 거야. 어떻게든 살아남으면 다 잊고 새 출발할 수 있을 거라 믿은 거지. 어차피 창고 안에서 벌어진 일들이야 입만 닫으면 아무도 모를 테니까. 임신한 애는 떼어버리면 그만이니까. 그래서 자신보다 젊은 여자들이 잡혀 오면 애걸복걸했던 거야, 저년들 죽이고 자기랑 자자고."

"믿을 수 없어요."

나는 무엇이 사실이고 무엇이 거짓인지 분간할 수 없었다. 일방적으로 강간을 당한 건지, 그녀가 살기 위해 먼저 유혹한 건지, 아니면 정상적으로 임신한 남편의 아이인지, 그들의 자식인지. 지금으로서는 그 무엇도 알 수 없었다.

"나도 믿지 못했어. 자기 딸에게 흉기를 휘두르기 전까지는."

"그건 유산에 의한 충격 때문이잖아요. 그래서 같이 죽자고……."

"그게 일반적인 얘기지. 하지만 진실은 달라."

"어떻게 다른데요?"

"자신이 저지른 행동을 모두 기억하고 있는 게 딸이야. 남편을 죽인 사람들과 자청해서 잠자리를 가진 걸 죄다 지켜본 게 딸이라고. 그런데, 멀쩡히 같이 사는 게 가능할 거 같아?"

그는 고개를 가로저었다.

"절대 그럴 수 없어."

확신에 찬 목소리로 말했다. 그런 태도가 어쩐지 불쾌했다.

"지금 조한희의 말만 듣고 이러시는 건가요? 그러기엔 상황 자체가 너무 비현실적이지 않나요?"

내 물음에 그는 섣불리 대답하지 않았다. 단지 얼마간 나와 눈을 마주치다가 창밖으로 시선을 돌릴 뿐이었다.

"말씀해주세요. 그런 건가요?"

내가 재차 물었다. 그의 이마에 깊은 주름이 잡혔다.

"비현실적이라고?"

"네."

"자네답지 않군."

"나답지 않은 게 아니라 증거가 없잖아요. 어떻게 범죄자의 말을 곧이곧대로 믿습니까?"

"딸도 그렇게 증언했다면?"

그가 나를 쳐다보며 말했다.

"그러면 믿겠나?"

"……정말입니까?"

"내가 왜 자네한테 거짓말을 할 거라고 생각하지?"

그는 상체까지 내 쪽으로 돌린 다음 말을 이었다.

"내 이야기를 들으려고 여기까지 온 거 아니었나? 도움을 받기 위해 찾아온 거 아니냐고. 그런데, 지금의 태도는 뭔가? 피해자들을 무조건 감싸려고만 하잖아. 진실을 받아들일 자세가 되어 있지 않잖아. 그런 게 수사관의 자세인가? 그리고, 비현실? 그걸 지금 말이라고 하나? 본능에서 멀어지면 멀어질수록, 생존의 문제와 멀어지면 멀어질수록 더 비현실적이라는 걸 모르나? 범죄는 현실이야, 살인도 현실이고. 피비린내 나는 공장 안에서 벌어질 수 있는 일들 중에 이보다 더 현실적인 게 대체 어디 있나?"

말문이 막혔다. 쏟아지는 질문 중에 내가 대답할 수 있는 건 하나도 없었다.

"자네 강의를 들으면서 난 자네가 진정으로 범죄자들의 심리를 이해한다고 느꼈어. 그들이 왜 살인을 하는지, 왜 살인을 할 수밖에 없는지, 살인을 할 때는 어떤 심정인지. 그들처럼 보고 그들처럼 생각할 수 있기 때문에 연쇄살인범들을 검거해냈다고 생각했어. 그래서 더욱 자네와 얘기해보고 싶었던 거고. 그런데, 지금의 자네한테는 그때의 예리함이 전혀 느껴지지 않아. 대체 왜 그렇게 변한 건가? 그새 세태에 젖어 물러진 건가? 아니면……."

그가 잠시 틈을 두고 덧붙였다.

"피해자들에게 감정적으로 치우친 건가?"

나는 아무 말 없이 고개를 숙인 채 한 손으로 머리를 쓸어 올렸다. 관자놀이 주위가 갑자기 지끈거렸다. 엄지와 새끼손가락으로 문지르고 있는데 그가 연이어 말했다.

"답은 자네만 알고 있겠지."

그러고는 창문 밖으로 시선을 돌렸다. 또다시 탁상시계의 초침 소리가 두드러지기 시작했다. 그 소리는 반복해서 내 신경을 건드렸다. 점점 괴어오는 침묵 사이로 날카롭게, 그리고 꾸준히 파고들었다. 답답했다. 미치도록 답답했다. 마치 몸속 깊은 곳에서 알 수 없는 진공이 서서히 부풀어 오르는 느낌이었다.

그래서 말했다.

"감정적으로 치우쳐진 거 맞아요. 변한 것도 맞구요. 나도 내가 왜 이러는지 모르겠어요. 그냥…… 뭐에 홀린 것처럼 자꾸 이끌려요. 어떻게 멈춰야 할지도 모르겠고 어떻게 피해야 할지도 모르겠어요. ……정말 아무것도 모르겠어요."

그러나 답답함은 조금도 가시지 않았다. 오히려 괜한 얘기를 내뱉었다는 후회만 밀려왔다. 고개를 들었다. 그가 나를 물끄러미 내려다보고 있었다.

"멈출 수 없다면 가봐. 가서 확인해. 그 끝에 뭐가 있는지."

차에 올라탈 무렵부터 한 방울씩 내리기 시작한 비는 어느새 굵어져 도로를 흠뻑 적셨다. 내가 날씨의 변화를 인식한 건 앞 유리가 투명하게 뭉그러진 후였다. 그때까지 나는 이상화 선생에게 들은 이야기들 속에서 정처 없이 부유하고 있었다. 그것들은 마치 쏟아지는 비처럼 갑자기 나타나 순식간에 모든 걸 적셨다. 나로서는 손쓸 겨를도, 피할 겨를도 없었다.

돌이켜보면 이상화 선생이 내게 거짓말을 한다고 잠시나마 생각했던 내 자신이 믿겨지지가 않는다. 차아령을 향한 동정심이 판단력을 흩트려놓은 건 아닐까, 라고도 생각해봤지만 그건 아니었다. 그때 나는 전적으로 나 자신을 방어하고자 했다. 그녀에 관한 이야기를 들으면 들을수록 어딘가로 급히 빨려 들어가는 기분이었기 때문이다. 범인이 만들어놓은 깊은 늪으로 빠지는 기분, 들어가면 절대 나올 수 없을 것만 같은 축축하고 찝찝한 예감. 당시 나는 그런 느낌을 강하게 받았다. 그리고 더욱 이상한 건 그 느낌이 내게는 너무나 익숙했다는 거였다.

젖은 도로 위를 달리는 바퀴의 마찰음이 빗소리와 섞여 차내에 무겁게 스며들었다. 나는 와이퍼가 반복적으로 만들어내는 일시적인 시야에 의존하며 운전에 집중하고자 노력했다. 하지만 곧 속도에 익숙해지자 또다시 여러 의문이 머릿속으로 파고들었다.

그 녀석은 왜 나를 선택한 걸까. 그리고, 녀석이 나를 이끄는 곳은 대체 어디일까.

그런 생각에 빠져 있는데 갑자기 어디선가 경적이 울렸다. 중앙선 너머에서 달려오던 차량이 정면으로 헤드라이트를 비추고 있었다. 재빨리 반대 방향으로 핸들을 꺾었다. 바퀴가 미끄러지며 차내의 물품들이 급격하게 한쪽으로 쏠렸다. 사방에서 경적소리와 브레이크 밟는 소리가 날카롭게 울려 퍼졌다. 그 소리들이 나를 향해 달려들고 있다는 걸 본능적으로 알 수 있었다. 중심을 잡기 위해 다시 한 번 핸들을 꺾었다. 옆 차선을 달리던 검은색 차량이 아슬아슬하게 비껴갔다.

등줄기를 타고 식은땀이 흘러내렸다. 손이 떨려 핸들을 고정하는 것조차 힘겨웠다. 그 와중에 붉은 미등이 굴절하며 또 한 번 내 앞을 가로질러 갔다. 이대로는 안 되겠다 싶어 갓길에 차를 세우고 시트 깊숙이 몸을 파묻었다. 빗줄기는 점점 더 거세지고 있었다.

격앙된 호흡이 진정되기까지는 꽤 오랜 시간이 걸렸다. 차 안은 이미 엉망이 된 상태였다. 정리하려고 보니 조수석에 떨어진 마스칸파 사건 파일 밖으로 한 장의 사진이 삐져나와 있었다. 아이를 품에 안고 주저앉은 한 여성의 뒷모습을 찍은 거였다. 정지된 사진만으로도 그녀의 어깨가 떨리고 있다는 걸 충분히 직감할 수 있었다. 그에 반해 아이의 시선은 한 치의 흔들림도 없었다. 이유를 알 수 없는 적대감과 분노를 띤 채 정면으로 카메라를 노려보고 있었다.

그녀가 가장 두려워한 건 딸아이의 시선이었어.

문득 이상화 선생의 말이 떠올랐다. 덩달아 카메라를 등진 그녀의 표정이 궁금해졌다. 그래서 사건 파일을 뒤적여봤지만 그녀의 얼굴이 담긴 사진은 찾아볼 수 없었다. 대신 조한희의 인터뷰 기사가 눈에 띄었다. 그는 공개석상에서 기자들의 플래시 세례를 받으며 당당히 이렇게 내뱉었다고 한다.

더 못 죽인 게 한이다.

그는 마치 나를 쏘아보듯 두 눈을 부릅뜨고 있었다. 호소력과 절실함이 짙게 담긴 눈빛이었다. 나는 차아령과 그의 눈빛을 번

갈아 보다가 조용히 그가 남긴 말을 몇 번 되뇐 뒤 파일을 덮었다. 차창에 비친 내 모습 뒤로 수많은 불빛이 스쳐 지나갔다. 그럴 때마다 내 모습은 차례차례 벗겨져 점점 본래의 색을 잃어갔다.

Chapter 10

의심과 의혹

논현동에서 벌어진 살인사건의 범인이 검거됐다는 소식을 들은 건 다음날 아침이었다. 범인은 예상한 대로 피해자의 내연남 중 한 명으로 밝혀졌다. 강남의 한 병원 원장 아들로 유복하게 자란 피의자는 피해자에게 소위 말해 '작업' 당한 남자였다. 유흥업소에 더 이상 출근하지 않겠다는 조건 하에 매달 집세와 5백만원 상당의 생활비를 대주면서도 피해자에게 무슨 일이 생길 때마다 3천만원에서 크게는 1억원씩 선뜻 내주곤 했다. 그만큼 그는 그녀를 소유하고 싶어 했다.

주변 사람들의 진술로 미루어볼 때 피의자는 지독한 변태성욕자였다. 그는 무엇보다 여성의 생리혈에 집착했다. 특히 시각적 효과 때문인지 찹쌀떡에 찍어 먹길 좋아했다. 그런 성향을 눈치챈 업소 관계자와 동료들이 일찌감치 떨어지라고 당부했지만 그녀는 불쾌한 만남을 계속 이어갔다. 경제적 원조 없이는 늘어난 자신의 소비량을 감당할 수 없었기 때문이다.

그녀는 그에게 받은 돈으로 원하는 삶을 마음껏 누렸다. 입고 싶은 옷을 사고 타고 싶은 차를 몰았다. 심지어 다른 남자들을 몰래 만나기까지 했다. 이 모든 게 변태적인 잠자리를 참아주는 대가라고 생각했다. 그거면 충분하다고 판단했다. 허나 그는 달랐다. 자신의 돈으로 다른 남자를 만나고 다니는 걸 도저히 용납할 수가 없었던 것이다.

그렇다고 그가 계획적으로 범행을 저지른 건 아니었다. 다시는 다른 남자를 만나지 않겠다는 약속을 받기 위해 찾아갔다가 우발적으로 범한 살인이라고 했다. 현장을 조작하기로 마음먹은 건 그다음 일이었다. 사체를 어떻게 처리할까 고민하고 있을 때 마침 연쇄살인사건이 TV에 보도됐고, 피해자의 연령대와 범죄 현장의 위치 등 여러모로 유사한 점이 많아 즉흥적으로 꾸민 일이라고 했다.

그럴 만도 한 게, 언론에서는 이번 연쇄살인사건을 시도 때도 없이 보도했다. 어떠한 정치적 압력이 작용했는지는 모르겠으나 누가 봐도 지나칠 정도임에는 틀림없었다. 무언가를 감추기 위해 사회 분위기를 억지로 몰아간다는 인상이 너무나도 강했다. 게다가 모방범죄까지 벌어졌으니 사람들의 비난은 자연스레 경찰 당국으로 향했고, 더 이상 무능력하게 비춰질 수 없다며 내부 역시 비상체제에 돌입했다. 위에서 내려오는 지시사항은 매우 간단했다.

잡아라, 목숨 걸고 반드시 잡아라, 였다.

하지만 막상 수사를 맡은 형사들로서는 당장 이렇다 할 방법이 없었다. 게다가 상황은 점점 더 불리하게만 흘러갔다. 한동안 며칠 간격으로 벌어지던 사건은 공개수사가 진행되고부터 열흘간이나 잠잠했고, 이에 범죄 전문가들은 벌써부터 범인에게 냉각기가 찾아온 게 아니냐며 우려를 표하기도 했다. 별다른 단서조차 없는 실정에 범인까지 잠적해버려 결국 미제 사건으로 처리되고 말 거라는 게 그들의 예상이었다. 그러나 내 생각은 달랐다. 범인은 이미 살인을 준비하고 있는 게 분명했다. 그가 무엇을 위해 살인을 저지르는지, 언제 끝을 맺을지는 알 수 없지만 이대로 멈추지 않을 거라는 것쯤은 충분히 짐작할 수 있었다. 그리고 내 불길한 예감은 얼마 지나지 않아 그대로 적중하고 말았다. 물론 범행 대상과 범죄수법은 전혀 예측할 수도 없는 것이었지만.

그의 범행으로 추정되는 사건이 발생한 곳은 일산 신도시에 위치한 신축 오피스텔이었다. 우리 팀보다 먼저 임장한 일산경찰서 형사들이 간단한 설명과 함께 현장으로 안내했다. 나는 팀원들이 방호복을 착용하는 동안 문을 열고 안으로 들어섰다. 센서등은 작동되지 않았다. 형광등 스위치를 만져봐도 마찬가지였다. 하는 수 없이 안주머니에서 손전등을 꺼내 실내를 비췄다. 바닥에 들어찬 물 위로 몇 장의 폴라로이드 사진이 둥둥 떠다니고 있는 게 보였다. 조심스럽게 그중 한 장을 집어 들었다. 익숙한 남자가 겁에 질린 얼굴로 무언가를 호소하고 있었다.

"전구를 다 빼버렸나 봐요."

형광등 스위치를 켰다가 끄기를 반복하며 김 형사가 말했다. 나는 곧바로 다른 사진을 집어 들었다. 얼굴 전체가 혈흔으로 뒤덮인 채 카메라를 향해 뭐라고 소리치고 있었다. 상처가 생기거나 광대가 부어오른 정도의 차이만 있을 뿐 다른 사진들도 그와 같았다. 아무래도 시차를 두고 한 남자의 얼굴만 집중적으로 찍은 듯했다.

"뭐야, 이거. 어떻게 된 거야?"

오진환 선배가 화장실을 비추며 말했다. 수도꼭지에 연결된 고무 호스가 거실까지 길게 이어져 있었다.

"누가 형광등 좀 가져와봐."

나는 조금 더 안쪽으로 들어갔다. 똑같은 남자의 얼굴을 연속해서 찍은 사진들이 갈수록 발에 차였다. 그 사진들은 벽면에도 가득 붙어 있었다. 자세히 들여다보니 점점 상처가 벌어지고 멀쩡하던 곳이 찢겨져 갔다. 남자의 시선이 프레임 아래를 향하는 순간부터는 공포에 질린 표정으로 바뀌었고, 주황색 불꽃이 밑에서부터 솟구쳐 올라 그의 얼굴을 태우기 시작했다. 있는 힘을 다해 버둥대고 있다는 걸 사진만 봐도 알 수 있었다. 안색은 보랏빛으로 변했고 혈흔 위로 땀이 솟았다. 피부는 즙이 되어 아래로 뚝뚝 떨어졌다. 지방질 타는 소리가 실제로 들리는 착각마저 일었다. 타들어가던 피부가 까맣게 변색되어 눌어붙는 순간까지 사진은 계속 이어졌다. 마치 하나의 과정을 빠짐없이 담은 듯했다. 현실에서는 매우 생소한, 그러나 범인에게는 익숙한 과정.

바로 피해자가 살해당하는 모습이었다.

"이 사람, 기잔가 봐요."

김 형사가 말했다. 뒤돌아보니 그녀가 비춘 자리에 기자증과 휴대용 음성녹음기가 놓여 있었다.

"유제연 기자……."

그의 이름이 저절로 새어 나왔다. 내가 한눈에 알아보지 못한 건 그가 안경을 벗고 있었기 때문이었다.

"아는 사람이야?"

등 뒤에서 도 반장이 다가오며 물었다. 그가 비춘 불빛의 원이 케이블타이에 묶인 채 모로 쓰러져 있는 한 남자의 얼굴을 밝혔다. 녹아내린 피부 전체에 끈끈하고 무거운 액체가 검게 들러붙어 있었다. 나는 희미하게 고개를 끄덕인 후 대답했다.

"……아마도요."

형사들의 신경은 어느 때보다 곤두서 있었다. 어떻게 알고 찾아왔는지 현장 밖에는 기자들로 북적였다. 그들은 한 장면이라도 더 담기 위해 쉬지 않고 플래시를 터뜨렸다. 한동안 잠잠하던 연쇄살인의 발생, 게다가 피해자는 같은 업종의 사회부 기자. 이들에게 이보다 더 자극적이고 직업 의식을 발동시키는 특종도 없을 터였다. 그에 반해 감식을 맡은 형사들은 갈수록 의기소침해졌다. 이렇다 할 단서는 발견되지 않고 바닥 또한 물로 가득 차 있어서 기본적인 감식조차 진행하기 어려웠다. 게다가 CCTV 자료까지 전부 삭제된 상태였다. 이번에도 놓치고 말 거라는 불안감이 벌써부터 우리를 옥죄었다.

"이 사람, 금연자 아니에요?"

김 형사가 종이컵 끄트머리를 잡아 들고 말했다. 모두의 시선이 그쪽으로 쏠렸다.

"집에 재떨이도 없고 라이터도 없는데 딸랑 이거 한 개비만 있다는 게 조금 이상하지 않아요?"

"그러게. 어딨었어?"

나 형사가 사진을 찍다 말고 물었다.

"TV 뒤에요."

"범인이 놓고 간 건가?"

"에이, 설마요. 그렇게 철두철미한 놈이 이런 초보적인 실수를 했을라구."

"왜, 갑자기 긴장이 풀렸을 수도 있잖아."

"아닐 거예요."

종이컵 안을 들여다보며 내가 말했다. 필터까지 다 피운 담배 꽁초가 커피에 수직으로 잠겨 있었다.

"담뱃재도 없고 필터 끝도 젖지 않았잖아요. DNA 감식에 용이하도록 일부러 놓고 간 거예요."

"또 함정이야?"

"안타깝지만 그래 보여요."

"이 새끼 이거, 완전히 우리를 호구로 아는구만."

"근데 굳이 이걸 놓고 갈 이유가 있을까요?"

김 형사가 의아하다는 듯이 물었다.

"사실 그렇잖아요. 이미 우리를 쥐락펴락하면서 뭐하러 이런 초보적인 짓까지 하냐구요. 번거롭게."

"내가 볼 때 이 새낀 프로 의식이 없는 놈이야."

오진환 선배가 말을 꺼냈다.

"아니, 뭐. 그냥 그렇다구."

그러고는 반응이 안 좋다는 걸 깨달았는지 다시 제자리로 돌아갔다.

"네가 볼 땐 어때?"

어느새 다가온 도 반장이 내게 물었다.

"왜 놓고 간 걸까?"

"아마 다른 사람이 피우던 걸 주워왔을 거예요. DNA로 쉽게 신원 파악이 되는 사람이겠죠. 가령 국과수 DB에 저장돼 있거나 피해자의 주변 사람이거나. 혹은 우리가 모르는 피해자일 수도 있구요."

그는 가만히 고개를 끄덕였다.

"여지없이 혼선을 심어놓는군. 다른 건?"

"강제 침입한 흔적이 없어요. 손목과 발목에 뚜렷한 결박 자국도 보이지 않구요. 아마도 피해자를 기습적으로 쓰러뜨린 후에 케이블타이로 묶은 듯해요. 그리고 성적 징후는 이번에도 발견되지 않았구요."

"이것도 나름 패턴이라면 패턴인가?"

"그렇게 봐야겠죠."

"그래. 혹시 다른 단서는 없나?"

그가 현장을 둘러보며 큰소리로 물었다. 형사들은 서로 눈치만 볼 뿐 아무런 대답도 하지 못했다.

"하는 수 없군. 일단 그거라도 의뢰해. 결과가 나와야 죽이 되든 밥이 되든 할 테니까."

"네."

"아, 그럴 리 없겠지만……."

그가 잠시 망설이다가 말을 이었다.

"지금처럼 객관성을 잃지 마. 이건 개인적인 일이 아니니까."

"알겠어요."

증거물 봉투에 종이컵과 담배꽁초를 따로 담으며 내가 대답했다. 도 반장은 한시름 놓은 표정이었다. 사실 내색은 하지 않았지만 그가 생각하는 것처럼 괜찮을 리는 없었다. 이 담배는 내가 피우는 것과 같았다. 물론 내가 과민반응을 보이는 걸 수도 있다. 하지만 살해 방법과 묶어 생각해보면 무리한 억측도 아니다. 최근 그에게 사진 찍혀 손해 본 사람은 나와 차아령, 단둘뿐이니까.

명심해요. 날 건드린 건 당신들이라는 거.

정말 차아령을 아무런 혐의가 없다고 봐도 되는 걸까.

"최재준 어딨어!"

누군가 인파를 뚫고 급하게 뛰어 들어왔다. 다짜고짜 내게 반말하는 걸로 봐서는 윤재길 형사임이 뻔했다.

"너 이 새끼, 어쩐지 내가 이상하다 했어. 구라 칠 생각 말고 똑바로 말해."

"뭘?"

"너, 이 사람 누군지 알지?"

그가 무슨 말을 하려는지 더 듣지 않고도 알 수 있었다.

"그치? 대답 못하겠지?"

"또 무슨 일이에요?"

김 형사가 분말 붓으로 서랍장을 문지르다 말고 끼어들었다.

"자꾸 이런 식으로 방해할 거예요!"

"넌 빠져."

"당신, 진짜……."

"어디 모른다고 말해봐. 왜, 찔려?"

"어이, 거기! 조용히 안 해!"

도 반장도 소리를 듣고 다가왔다. 윤 형사는 잠시 주춤하는가 싶더니 곧바로 말을 이었다.

"너 이광호 과장 병실 앞에서 이 사람이랑 대판 싸웠다며? 그 것도 사진 문제로. 내 후배가 다 봤대, 인마."

그의 말이 끝나자 병실 앞을 기웃거리던 키 작은 형사가 떠올 랐다.

"그래서?"

"그래서?"

그가 혀를 찼다.

"이 현장을 봐도 그딴 소리가 나와?"

"본론만 말해."

"이야, 뭐 이런 미친 새끼가…… 아니다, 아니야. 그렇게 나 와야지. 그래, 그래야 너답지."

그는 내가 들고 있는 증거물 봉투를 잠시 쳐다보는가 싶더니 순식간에 낚아챘다.

"이 담배, 네 거 아냐? 필터 끝까지 피우는 거, 네 거 아니냐고."

"지금 무슨 소리 하시는 거예요!"

김 형사가 소리쳤다.

"저리 안 비켜!"

그는 김 형사의 손을 뿌리치며 나를 노려보았다.

"단도직입적으로 묻는다. 너, 어제 어디서 뭐했냐?"

"윤재길!"

도 반장이 참다못해 소리쳤다.

"너 진짜 뭐하는 새끼야!"

"같은 팀원이라고 진짜 너무하시는 거 아닙니까?"

그가 아랑곳하지 않고 맞받아쳤다.

"헛소리 지껄이지 말고 당장 꺼져!"

"이 새끼가 어제 피해자한테 왜 자기 사진 찍었냐면서 화냈다잖아요. 그리고 씨발, 이렇게 죽었잖아요, 지 모습 찍혀서. 이게 그냥 넘어갈 문제예요?"

"꺼지라고!"

"아, 진짜 돌아버리겠네."

그가 두 손으로 머리카락을 거칠게 쓸어 올렸다.

"그래, 어디 한번 두고 보자. 이거 내가 국과수에 가져갈 거니까, 만에 하나 걸리면 다들 어떻게 되나 보자고."

그는 과장된 몸짓으로 돌아섰다. 하지만 얼마 못 가 다시 상체를 외틀었다.

"나, 이래 봬도 형사 생활 10년차야. 좆같은 새끼가 좆같다는 것쯤은 냄새만 맡아도 안다고. 씨발, 넌 처음부터 존나게 찝찝했어."

현관문이 닫히는 소리가 들리자 다른 형사들이 나를 힐끔거렸다. 이전까지 없던 의혹이 각각의 시선에 담겨 있었다. 당연한 반응이었다. 나는 담담하게 받아들였다.

"괜찮아요?"

"응, 괜찮아."

생각해보니 범인은 항상 누군가를 의심하게 만들었다. 그리고 그가 지목한 사람들은 저마다 내재된 살인의 이유가 있었다. 더욱 정확히 말하면 그 이유를 행동으로 옮길 법한 사람들이었다. 어쨌든, 이번에 그가 지목한 의심의 대상은 나다. 머릿속에서 수백 번 떠올려온 환상을 표출할 가능성이 누구보다 높은 사람.

"저런 새끼 말 일일이 신경 쓰지 마."

"그래, 여기 있는 사람 다 널 믿으니까."

팀원들이 격려하듯 말했다.

"믿지 마요."

내가 말했다.

"나도 날 모르겠으니까."

Chapter 11

실수

정신병원에서 나오자마자 굵은 물방울이 발치에 뚝 떨어졌다. 손바닥을 위로 한 채 하늘을 올려다보니 곧 비가 쏟아질 듯 먹구름이 몰려오고 있었다. 간호사가 우산을 챙겨준다고 할 때 사양하지 말 걸 그랬나, 잠시나마 후회하며 지하철역 쪽으로 걸어갔다. 일단 도착만 하면 큰 문제가 될 리 없었다. 그러나 야속하게도 빗줄기는 계속 굵어졌다. 걸음을 내딛을 때마다 무서운 속도로 쏟아졌다. 이대로 가다가는 흠뻑 젖을 게 뻔했다. 어쩔수 없이 건물 안으로 몸을 피했다. 저 멀리서부터 몰려오는 구름의 형상을 보니 한참이 지나도 잦아들 것 같지 않았다. 아니나 다를까, 가방이나 옷가지로 겨우 머리만 가린 사람들이 일제히 지하철역 쪽으로 뛰기 시작했다. 나도 같이 뛸까 생각하고 있는데 어디선가 경적 소리가 울렸다.

"재준아."

소리가 나는 방향으로 고개를 돌렸다. 나원학 형사가 차창을 내리고 내게 손짓하고 있었다.

"어디까지 가?"

"선배는요?"

"나? 너 가는 곳."

나는 그의 차에 올라탔다. 그리고 목적지를 말했다. 그는 내 말에 황당하다는 반응을 보였다.

"거길 또 가? 왜?"

"우리가 갖고 있는 패는 현장밖에 없잖아요."

"그래도 그렇지, 1차 감식 끝난 지 몇 시간이나 됐다고."

"바쁘면 가까운 지하철역에 세워줘도 돼요."

"……하여튼 넌."

그는 고개를 저으며 액셀러레이터를 밟았다. 도로는 한산했다. 우리는 수월하게 강변북로로 진입했다.

"아까 보니까 정신병원에서 나온 거 같던데, 거긴 뭐 하러 간 거야?"

"차아령이 다니던 데예요."

"약 처방 받았던 곳?"

"네."

"의사는 뭐래?"

"가끔 와서 수면제랑 진정제만 받아 간대요."

"증세는?"

"불면증하고 우울증, 정신분열이요. 카그라스증후군도 간혹 나타나고."

"별일 아니라는 듯 말한다?"

"예상보단 그렇지 않아요?"

"전혀 안 그런데."

"그런가."

내가 갸우뚱거리자 그가 혀를 찼다.

"그래도 어떻게 제 발로 치료는 받고 다니네. 우리한테는 입도 뻥긋 안 하던 게. 범죄자들이 신부 찾아가서 고해성사하는 거랑 같은 이치인가."

"고등학교 때 샤프로 담임 목을 찔렀나 봐요. 그래서 소년원 가는 대신 정신과 치료를 받았는데, 지금은 순수하게 진정제 탈 요량으로만 다니는 모양이에요."

"생긴 거답지 않게 살벌하구만. 왜 찔렀대?"

"예전 기억이 떠오르면 회피하려는 성향이 강했대요. 갑자기 뛰쳐나가거나 엎드려 있거나. 문제는 그걸 다른 사람들한테 말하지 않았다는 거죠. 그러니 담임 입장에서는 자기를 무시한다고 오해를 했나 봐요."

"설마 때렸을까?"

"인신공격도 했다던데."

"그래도 그렇지, 목을 찌르는 건 너무 극단적이잖아."

"순간적으로 겹쳐 보였겠죠. 마스칸파 녀석들로."

그는 소리 없이 한숨을 길게 내쉬었다. 차창을 두드리는 빗소리가 빈틈없이 차올랐다.

"비가 많이 오네."

"그러네요."

우리는 더 이상 그녀에 관한 이야기를 나누지 않았다.

정발산역을 지나자 오피스텔이 눈에 들어왔다. 언제 그랬냐는 듯 현장 밖은 말끔히 정리되어 있었다.

"밥 좀 먹고 있을게. 일찍 끝나면 전화해."

"어디 있을 건데요?"

"호수공원 못 가서. 갈게."

멀어져가는 그를 지켜보다가 경비실로 향했다. 비상 출입카드와 열쇠를 받아 주머니에 넣고 엘리베이터에 올라탔다. 아직 증거물로 제출하지 않은 휴대용 음성녹음기가 손에 잡혔다. 습관적으로 재생 버튼을 누르자 이광호 경정의 목소리가 흘러나왔다. 그와의 인터뷰는 총 네 개의 파일로 나뉘어 있었다. 그보다 먼저 녹음된 파일에는 차아령의 목소리가 담겨 있었다. 악을 쓰는 소리와 집기가 깨지는 소리 등이 섞여 있는 걸로 봐서 그녀를 찾아갔을 때 몰래 녹음한 듯했다. 그리고 마지막 파일에는 알아들을 수 없는 잡음만 약 십 초간 녹음돼 있었다.

엘리베이터 문이 열렸다. 출입카드를 찍고 복도로 들어섰다. 마지막 파일에 귀를 기울이며 걷고 있는데 검은색 모자를 쓴 누군가가 고개를 숙인 채 내 옆을 지나쳐 갔다. 신경 쓰지 않고 소리에만 집중했다. 이광호 경정의 인터뷰에 같이 참여한 사진기자의 진술로는 유제연 기자가 나와 마주친 이후 누군가의 연락을 받고 급히 떠났다고 했다. 통신수사 결과를 지켜봐야 알겠지만, 정황상으로 따지면 이 마지막 파일에 범인의 흔적이 담겨 있을 가능성이 컸다.

열쇠를 끼워 넣고 잠금 장치를 돌렸다. 문이 열리지 않았다. 반대 방향으로 열쇠를 돌렸다. 그제야 문이 열렸다. 경비원이 직접 잠갔다고 했는데, 느낌이 이상했다. 유심히 살펴보니 문고리에 미세한 물기가 묻어 있었다. 문득 출입카드와 열쇠가 현장에서 발견되지 않았다는 사실이 떠올랐다. 뒤를 돌아봤다. 비상구가 활짝 열려 있었다.

재빨리 그쪽으로 달려갔다. 계단 사이로 내려다보니 고개를 숙인 채 내 옆을 지나쳤던 남자가 뛰어 내려가고 있었다. 간격은 약 4층 높이 정도였다. 곧바로 그의 뒤를 쫓았다. 달리면서도 그의 얼굴을 주시했다. 끌어올린 옷깃과 눌러쓴 모자 때문에 도무지 알아볼 수가 없었다. 체격으로만 봐서는 나이조차 가늠하기 어려웠다. 이렇게 되면 붙잡는 수밖에 없었다. 속도를 높였다. 얼마 안 가 1층으로 빠져나가는 게 보였다. 있는 힘을 다해 뛰어 1층에 다다랐다. 주위를 둘러봤다. 중앙통로는 텅 비어 있었다. 출입구는 양쪽으로 나 있었다. 어디로 가야 할지 잠시 망설이다가 경비원과 눈이 마주쳤다.

"방금 모자 쓴 남자 내려온 거 못 봤어요?"

"아, 요 바깥 주차장으로……."

출구를 끼고 오른쪽으로 돌았다. 지하 2층부터 지상 1층까지 설계된 주차장 입구는 단 하나였다. 어떻게든 막아야 했다. 이번이 마지막 기회일지도 모른다. 경보음이 울렸다. 검은색 소나타 한 대가 이제 막 빠져나오고 있었다. 가죽장갑을 낀 손으로 얼굴을 가린 채였다. 앞뒤 가리지 않고 차에 뛰어들었다. 둔중한 충격이 상체에 그대로 전달됐다. 그는 속도를 줄이지 않고 나를 친 다음 호수공원 쪽으로 달아났다. 바닥을 짚고 일어나 어떻게든 쫓아갔다. 숨을 쉬기가 곤란했다. 5251. 곧바로 나 형사에게 전화를 걸었다. 이대로 간다면 자유로를 탈 확률이 높았다. 신호음이 미치도록 길게 느껴졌다.

"선배, 검은색 NF 소나타, 5251. 그쪽으로 가고 있으니까 무조건 세워요. 장항 IC 진입하기 전에 빨리요."

내 속도로는 차량을 따라잡을 수 없었다. 눈 깜짝할 사이에 세 블록 이상 차이가 났다. 하지만 예상대로 그는 호수공원을 정면으로 두고 오른쪽으로 방향을 틀었다. 이제 나 형사를 믿는 방법밖에 없었다. 나는 일산경찰서에 공조수사를 요청하고 경비실로 돌아갔다.

"CCTV 좀 앞으로 감아봐요. 빨리요."

"나 이거 어떻게 만지는지 모르는데……."

말문이 막혔다. 경비원을 밀쳐내고 내가 직접 CCTV를 작동했다. 녀석은 복도, 비상구, 중앙통로, 주차장 등에 설치된 카메라의 위치를 전부 꿰뚫고 있었다. 급하게 뛰는 와중에도 얼굴을 완벽하게 가리고 있었다. 사전조사를 한 게 틀림없다. 그리고 어제까지의 CCTV 자료를 삭제한 것도 이 녀석이 한 짓이 분명했다.

"얼굴 기억해요?"

"아니, 나는 경황이 없어서……."

"그럼 대체 뭐한 거예요!"

답답한 마음에 나도 모르게 소리쳤다. 전화벨이 울렸다. 나 형사였다.

"잡았어요?"

"야, 네가 말한 차 안 오는데. 이쪽으로 간 거 맞아?"

"안 왔다구요? 그럴 리가……."

"진짜야. 네 전화 받자마자 나왔는데 없어."

"알았어요. 잠시만 기다려요."

다시 그쪽으로 달려갔다. 발을 내딛을 때마다 갈비뼈가 욱신 거렸다. 호수공원 쪽으로 가다가 오른쪽으로 꺾는 걸 내 두 눈 으로 똑똑히 봤다. 그렇다면 길은 하나다. 절대 사라질 수 없다.

그가 방향을 꺾은 곳에 다다랐다. 저 멀리 경광등과 비상등을 켠 채 차선을 막고 있는 나 형사가 보였다. 그의 말대로 도로 위 에는 검은색 소나타가 없었다. 그러나 바로 내 앞에, 그것도 보 란 듯이 녀석의 차가 세워져 있었다. 내 시야에서 사라지자마자 차를 버리고 도보로 이동한 거였다.

고개를 돌렸다. 수많은 인파가 우산을 든 채 일산 라페스타 거리에 몰려 있었다.

수사는 철저한 저인망식으로 진행됐다. 비록 얼굴이 드러나 지는 않았지만 CCTV에 찍힌 모습을 프린트해 현장 일대에 배 포했고, 오피스텔 거주자와 인근 주민들을 상대로 대대적인 탐 문을 벌였다. 통신사에 기지국 압수수색영장을 보낸 뒤 그가 출 몰한 시간을 기점으로 휴대폰 전원을 끈 사람들도 가려냈다. 그 리고 일산에서 타 도시로 연결되는 도로를 통행한 차량의 CCTV 자료와 민간인들이 설치한 개인 방범카메라까지 일일이 확보해 분석했다. 물론 대중교통을 이용해 빠져나갔을 가능성 도 배제하지 않았다.

차량 감식 또한 꼼꼼하게 진행했다. 번호판과 차대번호까지 위조한 도난 차량이라 본 소유자를 찾기란 어려울 걸로 예상됐지만 의외의 성과는 있었다. 트렁크와 뒷좌석에서 미세한 크기의 혈흔이 한 점씩 발견된 것이다. 그 외에 머리카락이나 지문, DNA 등 운전자의 신원 파악을 위한 결정적 단서는 이번에도 발견되지 않았다.

수사본부 형사들이 발 빠르게 뛰어다니는 동안 우리 팀은 일산경찰서 과학수사팀과 함께 다시 현장 감식을 맡았다. 혹시나 새로 남기고 간 흔적이 있는지 확인하기 위해서였다. 범인이 범죄를 저지른 현장에 다시 나타났다는 건 자신의 신원이 드러날 만한 무언가를 수거해 가기 위함이라고 추정해볼 수 있었다. 물론 단순히 범행 당시의 희열을 되새김하기 위해 찾아왔을 수도 있다. 그러나 이제까지의 패턴으로만 본다면 전자가 더 그럴듯했다. 범인은 이 일을 스스로 선택한 자기애적 사회병질자에 가까웠다. 그에게 있어 살인이란 자신의 확고한 신념을 사회에 내보이기 위한 하나의 수단임이 틀림없었다.

"아, 하나 잡았나 했더니."

휴대용 가변광선기로 바닥을 비추던 오진환 선배가 안타까운 표정을 지으며 말했다. 힘없이 꺾인 손목 탓에 그가 비추는 대상이 제대로 보이지 않았지만 무늬 없는 족적이라는 것쯤은 쉽게 예측할 수 있었다.

"바닥을 죄다 갈아버렸어. 대체 얜 왜 이러냐."

"군소리 말고 얼른 사이즈나 재."

나 형사가 돌아보지도 않고 말했다.

"집에 가고 싶다. 집에 가고 싶어."

"어이구, 투정은."

"내 딸이 지금 아버지를 몰라본다. 초인종 누르니까 지들 엄마한테 진짜 아빠 맞냐고 묻는다. 이게 말이나 되는 상황이냐."

"잡소리 그만하고 할 일이나 해."

도 반장이 쇠자를 건네며 말했다.

"억울하면 빨리 잡든가."

"……네."

오진환 선배가 힘없이 대답했다. 고개를 숙인 채 족적의 크기를 재면서도 투덜거림은 멈추지 않았다.

"아니, 근데 경비원들은 대체 뭘 한 거야. 맨날 순찰 중이니 용무 있으면 전화하래. 오피스텔 경비원이 왜 사우나에서 순찰을 하냐고. 옆에 사는 놈들도 그래. 사람이 죽어가는데 어떻게 아무 소리도 못 들어. 아무리 관심이 없어도 그렇지. 에이, 냉정한 새끼들."

"방음이 잘 돼서 못 들었을 수도 있잖아."

"방음은 무슨. 새벽에 감식하다 보니까 떡치는 소리는 생생하게 들리더만."

"선배!"

김 형사가 인상을 찌푸렸다.

"어? 아, 있었구나. ……270밀리미터."

그가 나를 쳐다보며 급하게 화제를 돌렸다. 예의상 고개를 끄덕여줬다.

나는 범행 직후의 현장을 머릿속에 떠올리며 집 안 전체를 꼼꼼히 둘러봤다. 그러고 나서 차분히 범행을 재구성했다. 일단은 침입 단계부터 시작했다. 오피스텔 구조상 출입카드 없이는 복도로 진입조차 할 수 없었다. 같은 층에 사는 거주자가 출입할 때까지 기다렸다가 함께 들어왔거나 피해자가 문을 열어줬거나 둘 중 하나였다. 그렇게 들어온 범인은 잠금 장치를 손괴하지 않고 자연스럽게 침입했다. 피해자가 경계심 없이 받아들인 상대라고 봐도 무방했다. 후두부를 둔기로 가격당해 생긴 상처 또한 이 가설을 뒷받침해준다. 그 뒤로는 케이블타이로 손과 발을 결박하고 정신이 들 때까지 기다렸다가 천천히 고문하며 사진을 찍었다. 포커스는 오로지 피해자의 얼굴이었다. 그가 괴로워하는 표정만을 화면 가득 담았다. 그러고 나서 사진을 벽면 가득 붙이고 호스를 길게 연결해 바닥에 물을 채웠다. 처음으로 현장을 훼손한 것이다.

이제까지는 보란 듯이 현장을 조작해 우리에게 혼란을 줬던 놈이 왜 이번에는 훼손하고 떠난 걸까. 패턴에 변화를 주기 위해? 아니면 실수를 감추기 위해? 살인에 취한 나머지 실수라도 저질렀나? 그래서 위험을 무릅쓰고 다시 돌아왔나? 그런 건가? 만약 그렇다면, 여기서 뭘 갖고 간 거지?

복도에서 녀석과 마주쳤을 때를 떠올려봤다. 확실히 빈손이었다. 우산조차 들려 있지 않았다. 부피가 큰 무언가를 가져갔거나 가져갈 생각이었다면 미리 가방을 준비했을 터였다. 그렇지 않았다는 건 주머니에 넣을 만큼 작은 크기거나 애초에 가져갈 게 없다는 걸 의미했다. 무언가를 지우거나 삭제하기 위해 다시 나타났을 가능성도 다분하다. 그런데, 우리가 감식을 끝낸 현장에 과연 그런 게 존재할까. 범인 역시 우리가 다 수거해 갔다는 걸 모를 리 없을 텐데 왜 굳이 찾아온 걸까. 집에서 살인을 반추하다가 뒤늦게 자신이 한 실수가 떠올랐나? 그만큼 치명적인 거였나?

나는 우리 팀이 그가 원하는 걸 이미 수거해 갔다는 가능성에 초점을 두고 현장을 둘러봤다. 아마도 그는 불필요한 움직임 없이 원하는 곳에만 손을 댔을 거다. 그가 남긴 족적을 따라 이동하며 생각했다. 무엇이 달라졌을까. 과연 어디에 손을 댄 걸까.

그때 둔탁한 마찰음이 귓가를 스쳤다. 급하게 고개를 돌렸다. 김 형사가 눈을 크게 뜬 채 잔뜩 움츠러들었다.

"왜, 왜요?"

"아니야, 아무것도 아니야. 내가 좀 예민해졌나 봐."

"아우, 놀래라. 난 또 내가 무슨 잘못한 줄 알았잖아요."

김 형사가 가슴께를 쓸어내리며 말했다. 다른 한 손은 서랍장을 짚은 채였다.

"혹시 그 서랍에 손댔어?"

"……네, 왜요?"

"열었다가 닫았어, 아니면 열려 있었어?"

"조금 튀어나와 있길래 그냥……."

"맨 윗 서랍만?"

"네."

문득 한 가지 가능성이 떠올랐다. 카메라를 꺼내 어제 찍은 사진들을 훑어봤다. 다행히 현장 감식이 끝난 후 찍은 사진들도 CF카드에 그대로 저장되어 있었다. 그중 서랍장이 담긴 사진을 찾아 크게 확대했다. 아귀가 똑바로 맞게 닫혀 있었다.

"오늘 이 서랍장에 손댄 사람 있어요?"

일산서 과학수사요원들이 서로를 쳐다보며 고개를 가로저었다. 우리 팀원들 역시 마찬가지였다. 그렇다면 답은 하나다.

"왜? 무슨 일인데?"

"이 서랍장, 범인이 열어봤던 거 같아요."

"뭐?"

"진짜?"

현장에 임장한 형사들 전원이 몰려들었다. 나는 서랍 속을 찍은 사진을 크게 확대했다. 기자증과 휴대용 음성녹음기, 명함 케이스가 티셔츠 위에 가지런히 놓여 있었다.

"이 중 하나를 가져가려고 했던 거 같아요."

"이 증거물들, 누가 맡아서 수거했어?"

도 반장이 큰 소리로 물었다.

"별로 특별한 건 없었는데……."

일산서 과학수사요원 한 명이 고개를 갸웃거리며 대답했다.

"그냥 퇴근하고 소지품들 놓아둔 거 같았거든요."

"명함 케이스는 확인해봤어?"

"네, 딱히 특정할 만한 건 없었어요."

"다시 한 번 확인해봐. 그 안에 든 명함 중에 범인과 연관된 사람이 있을지도 모르니까."

"알겠어요."

"녹음기는?"

"그건 제가 안 만졌어요."

"뭐?"

"저한테 있어요."

주머니에서 녹음기를 꺼내며 내가 대답했다.

"만약 그가 이걸 가져가려고 했다면 단서는 여기 녹음돼 있을 거예요."

마지막 파일을 재생시키며 내가 말했다. 약 십 초간 녹음된 잡음에 형사들 전원이 귀 기울였다.

"빗소리 같은데…… 차 엔진 소리 같기도 하고…….."

"다시 한 번 틀어봐."

재생 버튼을 눌렀다. 우리는 숨죽인 채 세 번 연속 반복해서 들었다.

"얼핏 육성도 섞인 거 같아요."

"범인 목소릴까?"

"가능성이 전혀 없지는 않아요. 그날은 저녁 늦게부터 비가 내렸거든요. 사진기자 말로는 이광호 경정이랑 인터뷰하자마자 누군가에게 연락받고 사라졌다고 하니까……."

"현장에서 녹음된 거 아냐? 가령 쓰러질 때 녹음 버튼이 눌렸다든지."

오진환 선배가 말했다.

"말이 되냐. 서랍장에서 발견됐잖아. 그리고 여기가 7층인데 어떻게 빗소리랑 차 엔진 소리가 들리냐."

"하긴 그렇네."

"어쨌든 녹음기는 성문聲紋분석실에 의뢰해. 중요한 단서가 될 수도 있으니까 삭제되지 않게 특별히 주의하고."

"잠시만요. 뭔가 이상해요."

책상 위를 찍은 사진을 보여주며 내가 말했다.

"카메라랑 기자 수첩 등은 전부 여기 있는데 녹음기랑 명함 케이스만 서랍에 있었잖아요. 그것도 티셔츠를 개어놓은 곳에."

"그게 왜?"

"취재에 필요한 물건들은 한곳에 보관하는 게 자연스럽지 않나요? 더욱이 티셔츠 위에 놓는 건……."

내 말에 팀원들이 고개를 끄덕였다.

"그리고 피해자는 사건 발생 전날 카메라를 들고 있지 않았어요. 수첩도 그렇구요. 만약 제 기억이 맞다면 지금 여기 놓인 것들은 그날 소지했던 물건들일 거예요."

"그러니까 원래는 책상 위에 놓아야 할 물품들을 살해된 날에만 부자연스럽게 이 서랍장 안에 넣었다는 말이지?"

"네."

"아, 반장님."

일산서 과학수사요원이 머리를 긁적이다가 무언가 생각난 듯이 말했다.

"생각해보니까 지문이 없었어요. 다 깨끗하게 닦여 있었어요."

"녀석의 짓이 맞나 보네."

우리는 한동안 아무 말 없이 각자 생각하는 가능성들에 집중했다. 나는 이번 사건에 나타난 부자연스러운 점들을 한데 끌어모았다. 현장 훼손부터 피해자의 얼굴만 찍은 사진, 서랍장 속에 놓은 물건들, 빗소리, 엔진 소리, 차량에서 발견된 혈흔들, 아무도 듣지 못한 비명 소리, 그가 다시 돌아온 이유 등을 어떻게든 자연스럽게 묶으려 노력했다. 그러나 하나가 맞으면 다른 게 틀렸고 다른 데 초점을 두면 전체가 일그러졌다. 아무리 생각해도 이것들은 하나로 묶일 수 없었다. 무엇이 잘못된 걸까. 이 좁은 곳에서 벌어진 일들이 어째서 이토록 앞뒤가 맞지 않는 걸까…….

머리가 지끈거렸다. 창밖으로 시선을 돌렸다. 도로 위를 달리는 자동차들이 눈에 들어왔다. 그 모습을 멍하니 바라보고 있는데 어떤 가능성이 불현듯 머릿속에 떠올랐다. 나는 그 가설이 어떻게 귀결되는지를 가만히 지켜보았다. 그러다 어느 정도 완성된 형태를 갖췄을 때 이번 사건의 의문들을 대입시켜 범행을 재구성해봤다. 몇 번을 반복해도 자연스럽게 들어맞았다. 이곳에 어렵지 않게 침입한 점도, 현장을 훼손한 이유도 이 가설이라면 충분히 설명됐다.

"반장님."

내가 말했다.

"범인은 피해자를 여기서 살해한 게 아니었어요. 다른 곳에서 살해하고 이 현장으로 옮긴 거였어요."

"뭐?"

"그게 무슨 소리야?"

나는 현장 사진들을 차근차근 보여주며 설명했다.

"이 오피스텔에서 살인을 저질렀다는 증거가 어디에도 없어요. 폴라로이드 사진에도 얼굴만 있지 장소를 특정할 만한 배경이 없잖아요. 사진 속에서는 비명을 지르고 있는데 옆방 사람들은 아무도 듣지 못했구요. 또 출입카드가 없으면 복도조차 진입 못 하는 오피스텔에 아무런 제약 없이 들어왔어요. 그건 이미 밖에서 피해자를 살해하고 출입카드와 현관문 열쇠를 소지했기 때문에 가능했던 거예요."

"반대로 다른 곳에서 살해했다는 근거도 없잖아."

"차에서 발견된 혈흔과 녹음기요."

내가 곧바로 대답했다.

"결과가 나오면 알겠지만 분명히 피해자와 같은 DNA일 거예요. 그리고 녹음된 빗소리와 엔진 소리 등도 이곳에서 살해된 게 아니라는 걸 뒷받침해주고 있구요."

"그래, 천천히 생각해보자."

도 반장이 분위기를 가라앉혔다.

"네 말대로 다른 곳에서 살해한 뒤 옮겼다고 쳐. 그럼 범인이 이 현장에 다시 나타난 이유는 어떻게 설명할 수 있는데?"

"그것도 혈흔과 녹음기로 가능해요."

팀원들의 얼굴에 번진 의아함이 더 짙어졌다.

"아시다시피 범인은 이제까지 단 한 번도 실수를 하지 않았어요. 다시 현장에 나타날 이유가 없었던 거죠. 하지만 이번엔 달랐어요. 피해자가 이곳에서 살해당했다는 걸 나타내기 위해서 소지품을 놓고 간 건데 돌이켜보니 그게 자신의 발목을 잡게 되리라는 걸 깨달은 거예요. 그래서 발각될 위험을 무릅쓰고 우리가 잠시 자리를 비웠을 때 잠입했던 거구요."

"그건 단순한 추정일 뿐이잖아. 확실한 근거가 아니잖아."

"생각해보세요. 그가 왜 소지품을 카메라 옆이 아닌 티셔츠를 개어놓은 서랍장 속에 놓고 갔는지를요. 그건 분명히 심리적으로 쫓겼기 때문일 거예요. 그리고……."

"잠깐만. 심리적 압박을 느낀 놈이 현장에 사진을 도배하고 갔다고? 게다가 증거까지 훼손하고?"

"사진을 붙이고 현장을 훼손하는 것쯤은 눈 감고도 할 수 있었을 거예요. 왜냐하면 그의 머릿속에서 이미 수백 번 이상 되풀이된 일이었을 테니까요. 그저 생각했던 대로, 준비한 대로 재현만 하면 됐을 거예요."

"그렇게까지 해서 놈이 얻는 게 뭔데? 그런 수고를 할 이유가 없잖아."

"그는 살인 자체를 즐기는 아네토패스 _{태어날 때부터 영혼이 부재한 자}가 아니에요. 이제까지의 현장을 한번 돌이켜보세요. 어떠한 물색 흔적도, 어떠한 물품 수집도, 어떠한 성적 징후도 나타나 있지 않았어요. 그저 자신이 계획한 대로 혼란만 남겼다구요. 그는 어떤 메시지를 전달하고자 하는 거예요. 살인이라는 수단으로 자신의 환상을 사회에 재현하고 싶어 하는 거라구요."

"그래서 사체를 옮기고 현장을 훼손했다?"

"정확히 말하면 훼손처럼 보이는 조작을 한 거죠."

도 반장이 팔짱을 낀 채 나를 물끄러미 바라보았다. 나는 잠시 틈을 두었다가 말을 이었다.

"어지간한 일로는 흔들리지도 않는 그가 평정심을 잃었다는 건 아마도 자신의 계획 중 일부가 틀어져버렸기 때문일 거예요. 즉, 부득이하게 계획하지 않았던 일을 저지르고 말았다는 거죠."

"계획하지 않았던 일?"

"네, 애꿎은 사람을 죽인 거예요."

도 반장의 눈썹이 한쪽으로 치켜 올라갔다.

"재준아, 그건……."

"혈흔은 뒷좌석과 트렁크에서 각각 한 점씩 발견됐어요. 두 혈흔은 분명 다른 DNA로 판명 날 거예요."

나 형사의 말을 끊고 내가 말했다.

"네 말대로 범인이 당황했을 수도 있어. 실수를 했을 수도 있고. 그런데 다른 사람까지 죽였다고 추정하는 건 현재로서는 일리 있는 판단이 아니야."

"가능성은 충분히 있어요."

"그건 결과가 나왔을 때 판단해도 돼."

"그러기엔 늦어요. 몇 건이 더 발생할지 모른다구요."

"그래도 지금은······."

"좋아. 네 말대로 하지."

대화를 듣고 있던 도 반장이 말했다.

"원하는 대로 해줄 테니까 어떻게 했으면 좋겠는지 말해봐."

"최근에 은폐 성향이 짙은 사체가 발견된 곳이 있는지 전국적
으로 알아봐주세요. 수색이 필요하다면 병력 동원도 요구해주
시구요."

"재준아, 이건 너무······."

"그래, 좋아."

나 형사가 말을 맺기도 전에 도 반장이 잘라 말했다.

"반장님!"

"수사본부에 연락해서 곧바로 요구할게. 대신, 하나만 기억
해. 넌 지금 현장에서 가장 위험한 일을 벌인 거야."

"그건 저도 알아요."

"다 알면서 왜 이렇게 성급하게 굴어!"

나 형사가 목소리를 높였다. 나는 호흡을 가다듬고 차분하게
대답했다.

"······제가 범인이라면 그렇게 했을 테니까요."

Chapter 12

예기치 못한 답변

국과수는 개소 55주년 기념식 준비로 한창 북적였다. 우리는 양성우 부검의를 따라 건물 왼쪽으로 돌아갔다. 지하로 이어진 계단을 내려가자 부검실 특유의 냄새가 가볍게 코를 찔렀다.

"수사는 잘돼가요?"

앞장서 걸어가던 양성우 부검의가 뒤돌아보지 않고 물었다. 별 뜻 없이 던진 질문일 텐데도 우리는 쉽게 대답하지 못했다. 여러 차례 입만 들썩이기를 반복할 뿐이었다.

그가 버튼을 누르자 연한 베이지색 자동문이 열렸다. 정재윤 부검의가 부검대 위에 배를 올려놓은 채 집도에 열중하고 있었다.

"언니, 너무 무리하시는 거 아니에요?"

김 형사가 안쓰러운 표정을 지으며 살며시 그녀의 팔을 붙잡았다. 언뜻 보기에도 만삭에 가까웠다.

"어머, 오랜만이네."

마스크 위로 보이는 그녀의 눈매가 반달 모양으로 굽어졌다.

"예정일 얼마 안 남은 거 아니에요? 괜찮아요?"

"한 일주일 남았는데 아직까지는 견딜 만해."

"그래도 쉬셔야죠. 이러다 큰일 나겠어요."

"인원이 딸려서 안 돼. 한 명이 결핵으로 입원했거든."

"결핵이요?"

"응, 여기선 누구나 한 번쯤 겪는 일이야."

"결핵이 완쾌돼야 진정한 부검의라고 할 수 있죠."

양성우 부검의가 농담 삼아 덧붙였다. 그러고는 새벽에 의뢰받은 사체를 우리에게 보여줬다.

"이건데요……."

사체는 머리와 상체를 제외한 모든 부위가 불에 타버린 상태였다. 게다가 탄화되는 과정에서 뼈가 골편으로 해체되어 성별은 물론 나이와 신체의 크기조차 짐작하기 어려워 보였다.

"보세요, 치아가 전부 손상됐어요."

"누군가 일부러 부러뜨린 거죠?"

"잘 아시네."

"유류품들은요?"

"아마 감정 중일 거예요."

보고서에는 타다 만 점퍼와 집 키로 추정되는 열쇠만 남았다고 적혀 있었다. 신원을 확인할 만한 지갑이나 휴대폰 등은 잔해조차 발견되지 않았다. 불태우기 전에 피의자가 미리 빼간 듯했다.

"양평이라고 했지?"

나 형사가 내게 물었다.

"네, 퇴촌 쪽으로 가는 국도예요. 산림감시원이 우연히 지나가다가 목격했대요."

"진화는 119에서 맡았나?"

"아니요, 면사무소 직원이랑 같이 했다던데요."

"그 사람들도 많이 놀랐겠네."

사체가 발견된 장소는 도로와 매우 근접한 배수로였다. 새벽이면 인적이 드문 곳이긴 해도 사체를 은폐하기에는 마땅한 장소가 아니었다. 그런 점으로 미루어 볼 때 누군가 교통사고를 내고 위장하려는 마음에 급히 피해자를 불태우고 도망친 것 같았다. 물론 우리가 쫓는 녀석이 아닐 때에만 가능한 추론이다.

"신원 확인은 힘든가요?"

"부검으로는 불가능하다고 보시면 될 거예요."

"치아라도 온전히 남아 있어야 치과 기록으로 알아볼 텐데, 참 난감하네."

"녀석이 한 짓일까?"

오진환 선배가 내게 물었다.

"이것만 보고 어떻게 알겠어요."

"하긴, 성별도 모르는데."

"아, 내가 아직 말씀 안 드렸구나."

양성우 부검의가 검지와 엄지를 튕기며 말했다.

"남자 두개골이에요. 연령대는 한 이삼십대쯤."

"남자라구요?"

얘기를 듣고 있던 정재윤 부검의가 마스크를 살짝 내리고 물었다.

"아까 김진욱 박사님은 여자라고 했는데……."

"무슨 소리야. 두개골이 딱 봐도 남잔데."

"유전자 검사는 여자로 나왔대요."

"진짜야?"

"네."

"말도 안 돼."

"정말이라니까요. 못 믿겠으면 직접 물어보세요."

우리는 다 같이 유전자분석1실로 이동했다. 김진욱 박사는 재확인된 결과를 보여주며 여성임이 틀림없다는 소견을 밝혔다.

"박사님, 실수하신 거 아니에요?"

양성우 부검의가 격앙된 목소리로 물었다.

"자네야말로 착각한 거 아니야?"

"두개골은 남자라니까요."

"DNA도 여자야."

"그러면 말이 안 되잖아요."

"내 말이."

둘은 흔들림 없이 서로의 의견을 맞받아쳤다.

"저기, 그러지 말고 다시 확인해보는 게 낫지 않겠어요? 어차
피 둘 중 한 명은 틀린 거 같은데……."

오진환 선배가 조심스럽게 입을 열었다. 김진욱 박사의 표정
에 언뜻 불쾌함이 스쳐 지나갔다.

"난 확실해."

"저도 확실해요."

"그럼 트랜스젠더인가 보네."

오진환 선배가 비아냥거리듯 말했다.

"너, 진짜 네가 한 말에 책임질 수 있어?"

김진욱 박사가 양성우 부검의를 바라보며 물었다.

"물론이죠."

"그래…… 좋아. 그렇다면 답은 하나야."

손에 쥐고 있던 볼펜을 책상 위에 툭 내던지며 그가 말했다.

"이 사람, 골수이식 받은 거야."

"네?"

우리가 놀란 반응을 보이자 그는 안경을 고쳐 쓴 후 설명했다.

"그래서 여자의 DNA가 검출된 거야. 원래 골수이식 받으면 한동안 혈액이 공존하다가 서서히 본인 걸로 바뀌거든."

"정말이에요?"

"몇 년 전에 비슷한 사례가 있었어."

"그럼 수술한 지 얼마 안 됐다는 얘긴가요?"

내가 물었다.

"성우랑 내 의견이 다 맞다면 그렇겠지."

"지금 하신 말, 믿어도 되는 거죠?"

내 말에 김진욱 박사가 나를 물끄러미 쳐다보았다.

"이것 말고는 설명이 안 돼."

우리는 국과수를 빠져나오자마자 수사본부에 이 사실을 알렸다. 형사들은 곧바로 전국 경찰서에 공문을 배포했다. 최근 가출 신고된 사람 중 골수이식 환자가 있는지 확인해달라는 내용이었다. 결과는 예상보다 빨리 나왔다. 이진영, 이태원1동에 거주하고 며칠 전 백혈병 치료차 골수이식을 받은 30세 남성이었다. 그는 사체가 발견되기 전날 밤 잠시 산책하고 오겠다며 집을 나간 뒤 실종됐다. 퇴원한 지 만 하루도 안 된 상황이었다.

용산경찰서 형사들은 그의 집을 찾아가 현장에서 발견된 열쇠를 현관문에 찔러 넣었다. 잠금 장치가 풀리는 순간 유가족들은 참았던 눈물을 한꺼번에 쏟아내고 말았다. 완강히 거부했던

DNA 검사도 서로의 구강세포를 채취해 비교해본 결과 아들인 이진영으로 최종 확인됐다.

그때부터 수사본부 형사들은 대규모 병력을 지원받아 이태원 일대를 샅샅이 수색했다. 피해자의 휴대폰이 마지막으로 꺼진 곳은 그의 집에서 불과 500미터도 떨어지지 않은 지역이었기 때문이다. 게다가 퇴원한 지 얼마 안 된 상황이라 거동이 불편해 멀리 이동할 수도 없을 터였다. 그래서 일반 가정집부터 상가, 창고, 무허가 주택들까지 무작정 탐문하며 그의 흔적을 찾기 위해 노력했다. 그러다 마침내 골목길 한편에 단독으로 지은 허름한 주택에서 결정적인 단서를 발견했다는 보고가 들어왔다. 우리 팀도 장비를 챙겨 곧바로 출동했다.

도착한 곳은 7평 남짓 돼 보이는 단층 주택이었다. 길가로 난 출입문은 마치 안 쓰는 창문처럼 벽에 붙어 있었다. 외벽의 상태로 보아하니 꽤 오랜 기간 동안 사람의 손길이 닿지 않은 집으로 추정됐다. 재개발을 기다리느라 방치된 게 틀림없었다. 우리는 폴리스라인을 젖히고 안으로 들어섰다. 구체적인 설명을 듣지 않아도 무엇이 결정적 단서인지 한눈에 알아볼 수 있었다.

"녀석이야."

도 반장이 머뭇거리지 않고 말했다. 방 한가운데에 놓인 의자와 무차별하게 튀어 있는 혈흔들, 범행 도구, 두 대의 부서진 휴대폰, 커다란 비닐, 출입문과 반대 방향으로 나 있는 창문, 그곳을 통해 들려오는 빗소리, 자동차 소리……. 모든 요소들이 유제연 기자와 피해자가 살해된 장소라는 걸 증명해주고 있었다.

"인적도 드물고 찾기도 어렵고, 장소 섭외 한번 기가 막히게 했네."

오진환 선배가 주위를 둘러보며 감탄하듯 말했다. 나도 그 의견에는 동의했다.

"주인하고 통화해보셨어요?"

도 반장이 용산서 강력팀 형사에게 다가가 물었다.

"2년 전에 러시아 여자가 집세 안 내고 도망친 후로는 쭉 방치해두고 있었대요. 전기랑 수도 끊긴 거 보니까 거짓말은 아닌 거 같아요."

"그래도 출입문은 잠가놨을 텐데."

"저도 그게 의문이긴 해요."

"아무튼 수사하시다가 추가로 밝혀지는 거 있으면 저희한테도 좀 알려주세요."

"물론 그래야죠. 반장님도 바로바로 연락주세요."

그 뒤로 우리는 현장 감식에 몰두했고 형사들은 가가호호 방문하며 추가 정보를 수집했다. 어느 팀도 범인의 흔적을 찾아냈다는 데 만족하거나 급물살을 탄 수사의 고삐를 늦추지 않았다. 그 결과 여러 사실이 속속 밝혀졌다. 그중에서도 가장 눈에 띄는 성과는 역시 도난 차량을 범인에게 공급한 차량 절도 전문가를 윤재길 형사가 검거해낸 일이었다. 엔진번호를 토대로 차 출고 시 특정된 본래의 차대번호를 확인해보니 화성에서 도난당한 차량이었고, 동종 전과자와 유사범죄 수법을 검색해 잡아낸 거였다. 혹시 범인이 아닐까, 라는 기대감에 직접 만나보기도 했지만 그는 체격도 작았고 알리바이마저 확실했다.

"의뢰한 사람에 대해서는 전혀 몰라요?"

내 질문에 절도범은 이렇게 진술했다.

"전 그냥 무통장 입금으로 선금 받으면 차 훔쳐서 한강에 세워놓기만 해요. 키는 뒷바퀴 위에 놔두고요. 구질구질하게 다른 정보들은 안 캐물어요. 그게 우리들 사이의 규칙이거든요."

범인이 그에게 차량을 구입한 시기는 6개월 전이었다. 이로써 최소한 반년 전부터 이번 연쇄살인을 계획하고 준비했으리라는 걸 짐작할 수 있었다. 그 무렵 범인은 무엇 때문에 살인을 결심하게 된 걸까. 그리고 왜 나를 표적으로 삼았을까. 나는 시간을 6개월 전으로 되돌려 당시 내가 무엇을 하고 있었는지를 떠올려보았다. 기억에 남을 만한 일은 단 하나뿐이었다.

유기훈 검거.

그것 말고는 없었다.

그날 저녁 열린 수사회의는 여느 때보다 활기차게 진행됐다. 이제야 수사할 맛 난다고 말하는 형사들도 곳곳에서 눈에 띄었다. 아직 신원을 특정할 만한 단서는 발견되지 않았지만 그래도 처음으로 범인의 꼬리를 잡았다는 데에 의미를 두는 모양이었다.

나는 형사들 앞에서 나름대로 추정한 범행 재구성 내용을 발표했다.

"유제연 기자의 휴대폰에 마지막으로 수신된 번호는 공중전화였어요. 발신인은 아마도 범인이었겠죠. 주민들의 왕래가 잦은 시각이라 가벼운 저항만으로 손쉽게 도망칠 수 있는 상황이었음에도 범인은 유제연 기자를 범행 현장까지 별다른 무리 없이 데려갔어요. 기자로서 구미가 당기는 어떤 꺼리를 제공한 거라고 볼 수 있겠죠. 그는 유제연 기자가 현장으로 들어서자마자 방심한 틈을 타 준비해놓은 둔기로 뒷머리를 가격했어요. 온갖 고문을 행하면서 사진도 찍었죠. 그다음부터가 중요해요. 보시는 대로 범행 현장에는 길가로 난 창문이 없어요. 밖을 내다볼 방법이 없는 거죠. 그 바람에 범인은 범행을 끝마친 다음 문을 열고 나오다가 길을 걷던 또 다른 피해자와 마주치게 된 거예요. 한마디로 불가피한 살인을 범하게 된 거죠. 피해자는 퇴원한 지 얼마 안 된 상황이라 도망칠 수도 없었구요. 그 이후의 상황들은 다들 알고 계신 내용과 같아요."

준비해온 사진들을 마지막 장으로 넘겨 앞으로의 수사 방향을 정리한 표를 스크린에 띄웠다.

"저는 이번이 범인을 검거하기 위한 최적의 기회라고 생각해요. 앞으로 이런 기회는 다시없을지도 모르거든요. 그는 치명적인 실수를 범했고, 평정심을 잃었어요. 그 점을 공개적으로 지적해서 그의 자존심을 꺾어놓아야 돼요. 그래야만 또 다른 실수를 기대할 수 있어요."

"그러다 아예 잠적해버리면 어떡합니까?"

"절대 그럴 리 없을 거예요. 그는 우리가 자극하면 자극할수록 더 큰 범죄를 계획할 거예요. 이미 예정된 범죄가 아닌 조금 더 자극적이고 완벽한 범행을요. 그럼으로써 자신이 우리보다 높은 위치에 있다는 걸 증명하려고 들 거예요."

"꽤나 확신하고 있는 거 같네."

안경 너머로 나를 쳐다보던 수사과장이 날카롭게 말했다.

"그렇진 않아요. 다만 실낱같은 가능성을 믿는 것뿐이에요."

"좋아, 나쁘지 않아."

수사과장이 한참을 고민하다가 입을 열었다. 그러고는 자리를 털고 일어섰다.

"구체적으로 어떻게 자극했으면 좋겠나?"

형사들의 시선이 모두 내게 쏠렸다. 나는 뜸 들이지 않고 이렇게 대답했다.

"제가 직접 범인의 프로파일을 언론에 공개하겠습니다."

기자회견은 성공적으로 진행됐다. 대부분의 매체들이 앞다투어 내 인터뷰를 일면에 실었다. 이제까지의 수사 성과를 적당히 부풀려 설명했고 단어 하나하나에 날을 세워 범인을 자극했다. 더불어 그의 치졸하고 피해의식 짙은 범죄 행각은 이제 곧 마무리될 거라고 호언장담했다.

팀원들은 나의 갑작스럽고 도발적인 태도에 좀처럼 당혹감을 감추지 못했다. 무엇보다도 앞으로의 신변에 대해 걱정했다.

"이제부터는 절대 개인행동하지 마."

그런 점은 신경 쓰지 않아도 된다고 내가 말했다. 범인은 절대로 내 앞에 나타날 리가 없다. 나를 위협하거나 살해하는 건 그에게 있어 하등의 만족도 되지 않을 게 뻔했다. 자신의 능력을 내게 선보이고, 그래서 자신의 가치를 인정하게끔 만드는 게 녀석의 유일한 목적이자 즐거움인데 그걸 직접 끝낼 리는 없었다.

그동안 수집한 자료들을 책상 위에 펼쳐놓고 처음부터 차근차근 범인의 패턴을 정리해나갔다. 무엇이 현장에 나타났고 무엇이 나타나지 않았는가를 철저하게 나누어 기재했다. 그다음 내게 원한을 품을 만한 이유와 차아령, 유기훈과의 연관관계도 다각도로 추정했다. 그러고 나서 마지막으로 집중한 건 그가 어떤 범행을 저지를지를 떠올려본 일이다. 방법은 간단했다. 내가 범인이라면 이제부터 무엇을 할 것인가, 나는 가만히 그 생각에 몰두했다.

한참이 지난 뒤 점점 크게 들려오는 구둣발 소리에 눈을 떴다. 사무실 밖에서 그림자가 어른거리고 있었다. 누군가 느닷없이 문을 열었다. 윤재길 형사였다.

"범인은 경찰 업무를 동경한 나머지 경찰 흉내를 내고 다니는 반사회적 성격장애자입니다. 삼십 대 후반 이상의 남성으로 군 복무 경험이 있고 고등교육을 받았습니다. 통제에 관한 욕구가 강하게 드러나는 걸 보니 공공기관에서 근무한 경험이 있을 걸로 예상됩니다. 또한 시간에 구애받지 않는 걸로 봐서 현재 무직이나 프리랜서일 가능성이 높고, 거주지는 서울이나 수도권으로 추정됩니다……."

그는 비아냥거리는 목소리로 내 인터뷰 기사를 읽었다.

"이런 남자들은 우리나라에 최소한 백만 명은 되지 않겠어?"

"당신도 그 속에 포함되죠."

"너도 그렇고."

윤 형사는 뒷주머니에서 감정서를 꺼내 보란 듯이 내 앞에 올려놓았다. 국과수에서 보내온 유전자 감식 회보였다.

"현장에서 발견된 담배 기억나지? 어찌 된 일일까, 네 DNA랑 똑같네."

그는 어서 읽어보라는 듯 고개를 까딱거렸다.

"그럼 내가 범인이겠네요."

"너도 그렇게 생각해?"

"어느 정도는."

그의 이마에 짙은 주름이 잡혔다.

"어디서 나오는 자신감일까."

"그건 내가 묻고 싶은 말인데."

내 말에 그의 표정이 경직되는가 싶더니 이내 알 수 없는 미소를 띠었다.

"아무튼 헛수고 그만하고 나가주시죠. 노닥거릴 시간 없으니까."

"헛수고? 웃기고 있네."

"현장이 조작됐다는 건 공공연히 밝혀진 사실 아닌가요? 뭐하러 이제 와서 시간 낭비를 하는 겁니까?"

"누가 뭐래?"

그가 다시 비아냥거렸다.

"난 네가 범인이라고 말한 적 없어. 다만 거치적거린다는 거야. 그것도 굉장히 찝찝하게."

"그런 감정이라면 피차 같다는 거 잘 아실 텐데요."

나는 시선을 피하지 않고 대꾸했다.

"그래. 뭐, 어쨌든 난 이 사실을 전해주려고 온 것뿐이니까. 갈게. 부디 범인이 다른 사람이기를 바라자고."

그가 거칠게 문을 닫고 나갔다. 그림자가 완전히 사라진 후 책상 위에 놓인 감정 회보를 집어 들었다. 내색하진 않았지만 점점 가슴이 조여왔다. 범인은 나와 얼굴을 맞대고 담배를 피운 적이 있는 사람인가. 아니면 내 주위를 맴돌고 있는 사람인가. 어쨌든 그가 내 곁에 나타났었다는 사실만으로도 소름이 끼쳤다. 하지만 크게 신경 쓰지 않으려고 노력했다. 이제부터가 진짜 시작일 테니까.

벽시계를 올려다보니 책상에 앉은 지 벌써 네 시간이나 흐른 뒤였다. 나는 이제껏 정리한 서류들을 서랍 속에 집어넣고 열쇠로 잠근 다음 자리에서 일어났다. 밖으로 나오자마자 습관적으로 담배 한 개비를 꺼내 물었다. 하지만 이내 피우기를 그만두었다. 이제부터는 담배 하나 마음 편히 못 피우겠군, 나는 속으로 생각했다.

차에 올라타 시동을 걸고 출발하려는데 윤 형사의 모습이 룸미러에 비쳤다. 그는 건물 사이에 몸을 숨긴 채 아직도 나를 힐끔거리고 있었다. 당장 내려서 그만두라고 쏘아붙이고 싶었지만 애써 참았다. 그의 심정이 이해되지 않는 것도 아니니까. 내가 그의 입장이라도 한 번쯤 나를 의심해봤을 테니까. 그만큼 범인과 나는…….

양손으로 얼굴을 문지르며 한숨을 크게 내쉬었다. 몰려드는 생각들을 어떻게든 떨쳐내기 위해 정신을 집중했다. 내게는 더 이상 다른 생각을 할 여유도 체력도 없었다. 현재로서는 그의 반응에 대해서만 신경 써야 했다. 그래야만 버틸 수 있었다. 나는 그동안 사건을 정리하며 내린 나름의 결론에 따라 목적지로 차를 몰았다.

옅은 안개 사이로 부드러운 비가 내리기 시작했다. 그리 늦은 시간이 아닌데도 거리는 의외로 적막했다. 어디를 둘러봐도 그림자조차 볼 수 없었다. 가능한 한 먼 곳에 차를 세웠다. 발각의 위험을 미연에 방지하기 위해서였다. 범인은 이미 나에 관한 모든 걸 꿰뚫고 있다, 그러니 매사에 신중을 기해야 한다, 예측보다 빠르게 움직여야 한다, 그래야만 그를 검거할 수 있다…….
나는 그런 생각을 하며 그녀의 집 쪽으로 천천히 걸어갔다.

걸음을 내딛을 때마다 도시 특유의 기분 나쁜 열기가 온몸에 들러붙었다. 축축하고 찝찝해 가끔 짜증 나기도 했지만 주의력을 흐트러뜨릴 만큼 불쾌하지는 않았다. 거리의 작은 움직임에도 신경을 곤두세우며 골목길로 접어들었다. 누군가 그녀의 집 앞에서 서성거리고 있는 게 보였다. 혹시나 하는 마음에 재빨리 가로등 뒤로 몸을 숨겼다. 자세히 보니 오십대 초중반의 평범한 여성이었다. 한눈에 봐도 범인과는 거리가 멀었다. 안심하고 다시 걸어가기 시작했다. 만약 내 예상이 맞다면 놈은 빠른 시일 내에 이곳에 나타날 것이다. 무슨 일이 있어도 그때 검거해내야 한다. 그러기 위해서는 무엇보다 그녀의 도움이 필요하다. 물론 내게 협조해줄지는 아직 미지수지만.

다행히 그녀의 방에는 불이 켜져 있었다. 나는 중년의 여성을 지나쳐 4층으로 올라갔다. 한 층씩 오를 때마다 층계참에 멈춰 주위를 살폈다. 어떠한 움직임도 찾아볼 수 없었다. 그녀의 집 앞에 다다랐다. 무슨 말부터 꺼내야 할지 잠시 고민하다가 초인종을 눌렀다. 대답이 없었다. 문고리를 돌려봤다. 잠겨 있었다. 다시 눌렀다. 이번에도 마찬가지였다. 잠시 밖에 나간 건가, 뒤를 돌아보았다. 그 순간 잠금장치가 풀렸다.

"허락 없이 함부로 돌리지 마요."

안전 장치가 되어 있는 상태로 밖을 내다보며 차아령이 말했다.

"아, 난 그저⋯⋯."

"무슨 일이에요?"

내 말이 끝나기도 전에 그녀가 차갑게 물었다.

"할 말이 있어서 왔어요."

그녀는 잠시 나를 올려다보더니 문을 닫았다. 그러고는 안전 장치를 풀었다.

"들어와요."

그녀가 무심하게 말했다. 나는 멋쩍은 기분으로 들어가 신발을 벗었다. 그때 누군가 멀리서 달려오는 게 느껴졌다. 그 소리는 급속도로 가까워지고 있었다. 불길했다. 아니나 다를까, 문을 닫으려는데 갑자기 누군가의 손이 불쑥 나타났다. 곧이어 알 수 없는 무언가가 날카롭게 날아들었다.

허리를 뒤로 젖혀 간신히 피했다. 균형을 잃고 뒷걸음치다가 바닥을 짚었다. 올려다보니 집 앞에서 마주친 중년 여성이 15센티미터가량 되는 예리한 칼을 손에 든 채 우두커니 서 있었다.

"엄마……."

불안정한 음색으로 차아령이 말했다.

엄마?

중년 여성은 대꾸도 없이 문을 잠갔다.

"나 없는 동안 잘도 놀아났구나."

그녀가 칼날을 세운 채 천천히 다가왔다. 전혀 예상치 못한 반응이었다. 생각을 정리할 겨를조차 없었다.

나는 몸을 일으켜 두 손을 앞으로 내밀었다.

"진정해요."

그녀의 얼굴에 서늘한 웃음기가 서렸다.

"넌 비켜."

칼날을 옆으로 까딱거리며 말했다. 시선은 차아령에게 고정되어 있었다.

"이러지 마요."

간격을 유지하기 위해 조금씩 뒤로 물러났다. 내가 뒷걸음치는 만큼 그녀는 차아령에게 가까워졌다. 이런 식으로는 더 이상 피할 방법이 없었다. 어떻게든 그녀를 멈춰야 했다.

나는 서서히 앞으로 다가갔다.

"비키라고!"

"진정해요."

"가까이 오면 너도 죽여버릴 거야!"

"그만둬요. 이러지 마요."

"가까이 오지 말랬지!"

"그만 좀 해!"

차아령이 소리쳤다.

"입 닥쳐."

그녀는 칼날을 세우고 내 움직임을 경계하면서 조심스레 차아령에게 다가갔다.

"애초에 너만 없었으면 됐어. 너 때문에 내 인생이 이렇게 된 거야."

"엄만 미쳤어."

"엄마라고도 부르지 마, 이 개 같은 년아!"

"제발 정신 좀 차려!"

또 한 번 소리를 지르자 그녀가 다짜고짜 덤벼들었다. 차아령은 피할 생각도 없어 보였다. 내가 재빨리 달려가 손목을 낚아챘다.

"뭐 하는 짓이에요!"

"이거 놔!"

그녀는 손톱으로 내 팔을 사정없이 할퀴며 반항했다. 하는 수 없이 다리를 걸어 넘어뜨린 다음 팔목을 꺾었다. 바닥에 떨어진 칼을 차아령 쪽으로 걸어찼다.

"빨리 치워요."

차아령은 눈물만 흘릴 뿐 손가락 하나 움직이지 않았다. 미동조차 하지 않는다는 게 맞는 표현일 듯했다. 순간 중년 여성이 가차 없이 내 손목을 물어뜯었다. 힘이 풀렸다. 내게서 벗어난 그녀는 곧바로 차아령에게 달려갔다.

"죽어, 이 씨발년아!"

그녀가 칼을 집어 들었다. 나도 곧바로 쫓아갔지만 간격을 좁히지 못했다. 급한 대로 그녀의 목덜미를 잡고 늘어졌다. 그녀가 상체를 비틀며 칼을 휘둘렀다. 차갑도록 예리한 통증이 내뺨을 스쳤다. 다시 손목을 잡아챘다. 거칠게 반항하는 그녀의 팔을 등 뒤로 꺾어버렸다.

"놔, 이거 놔!"

뺨을 타고 피가 흐르는 게 느껴졌다. 욱신대던 상처가 이내 극심한 통증으로 번졌다.

"뭐해요, 빨리 신고 안 하고."

"이거 놓으라고!"

차아령은 넋이 나간 표정으로 한 걸음씩 물러섰다. 신고하려는 움직임이 아니었다. 그저 본능이 시키는 대로, 단순히 이곳에서 벗어나고자 일차적으로 반응하는 움직임에 가까워 보였다.

중년 여성은 엎드려 있는 상황에서도 고개를 치켜들었다. 그리고 소리쳤다.

"너만 없으면 돼. 너만 없으면 된단 말이야!"

"어서 신고하라구요!"

차아령은 말없이 눈물만 흘렸다.

"젠장."

발버둥치는 걸 겨우 제압하며 반대편 주머니에서 힘겹게 휴대폰을 꺼냈다. 그녀는 소용없다는 걸 알면서도 끝끝내 허망한 몸부림을 멈추지 않았다. 팀원들과 함께 출동한 형사들이 두 손에 수갑을 채우기 전까지는.

가느다랗던 빗줄기가 굵어지는가 싶더니 다시 소강 상태로 접어들었다. 내뿜은 담배 연기가 농밀한 형태로 허공을 떠돌았다.

"괜찮아요?"

손수건을 내밀며 김 형사가 물었다. 나는 가만히 고개를 끄덕였다.

"어디 봐요."

"괜찮다니까."

"그러지 말고 한번 봐요."

상처를 휴지로 막고 있던 내 팔을 김 형사가 억지로 끌어내렸다. 까치발을 들더니 눈을 가느다랗게 찌푸렸다.

"아직도 흐르잖아요. 빨리 병원 가요."

"괜찮아."

"그러다 흉터 생겨요."

"상관없어."

"내가 있어요."

흔들림 없는 시선으로 김 형사가 말했다. 이토록 단호하게 나온 이상 나로서는 어쩔 도리가 없었다.

"알았어. 가볼게."

내가 마지못해 말했다.

"약속 지켜요."

그녀의 표정이 한결 밝아졌다. 괜스레 멋쩍어진 나는 자리를 옮겨 피우던 담배를 마저 피웠다.

무슨 일인가 궁금해하던 주민들이 어느새 하나둘씩 모여들었다. 그들은 요즘 동네가 뒤숭숭하다는 말부터 시작해 "또 저 여자야?"라는 말을 서슴없이 내뱉었다.

"쟨 대체 뭐 하는 애야?"

"못 들었어? 그 왜, 마스칸파한테 납치됐다가⋯⋯."

"아, 쟤가 개야? 어쩐지."

그들은 주변 눈치를 봐가며 조심스럽게 몇 마디 더 주고받았다. 성량을 줄인 탓인지, 아니면 내가 몇 걸음 옮긴 탓인지 다행히도 알아듣지는 못했다.

"어떻게 된 거야?"

뒤늦게 다가온 오진환 선배가 물었다. 그의 뒤로 이제 막 형사들이 차아령의 어머니를 연행해가고 있었다.

"저도 잘 모르겠어요."

그녀에게 시선을 고정한 채 대답했다. 그녀는 내 시선을 전혀 의식하지 못했다. 형사들의 완력에 끌려가면서도 아직 할 일이 남았다는 듯 완강하게 버티고 있었다. 그러면서도 차아령만 끈질기게 노려보고 있었다.

그렇게 벗어나고 싶었던 걸까. 자신의 딸까지 살해해가면서 과거를 지우고 싶었던 걸까. 정말 그 방법밖에는 없었던 걸까.

"놀랐잖아. 반장님이 개인 활동 하지 말라고 한 거 잊었어?"

나는 별다른 대꾸 없이 그저 손수건으로 상처를 누르고 있었다.

"어쨌든 잘됐다. 사람 한 명 살렸으니까…… 이만 가자."

그는 대답을 요구하지 않았고, 우리는 차에 올라탔다. 시동을 걸고 출발하려는데 이번에는 형사들과 함께 차아령이 걸어 나왔다. 눈물이 마른, 어쩐지 무언가 닳아 없어진 얼굴이었다.

"네, 반장님."

벨이 울리자마자 뒷좌석에 탄 김 형사가 잽싸게 전화를 받았다. 그러고 보니 도 반장과 나 형사가 보이지 않았다.

"반장님은 사무실로 돌아가셨고 원학이는 오늘 아버지 제사라 일찍 들어갔어."

내가 묻자 오진환 선배가 대답했다.

"그렇군요."

김 형사는 손가락을 세워 우리에게 조용히 해달라며 이마를 찡그렸다.

"반장님, 잘 안 들려요. 좀 크게 말씀해주세요."

오진환 선배가 나를 돌아보더니 김 형사와 똑같은 표정을 지어 보였다. 나는 가볍게 대꾸해주고 차창 밖을 내다보았다. 무심코 던진 내 시선은 차아령 쪽으로 자연스럽게 향했다. 그녀역시 내 시선을 알아챘는지 고개를 숙이고 걷다가 이쪽을 돌아보았다. 붉게 달아오른 눈에서는 더 이상 흘러내릴 눈물조차 없어 보였다. 알 수 없는 울림만이 눈가에 매달려 위태롭게 흔들리고 있었다.

그녀는 이제 어디로 가게 될까. 언제까지 빠져나올 수 없는 진창 속을 헤매게 될까.

짧은 시간이었지만 우리는 그렇게 말없이 서로의 눈을 바라보았다. 그녀의 이름을 불러보려 했지만, 목까지 올라온 음성이 차마 형태를 갖추지 못하고 침묵 속에 녹아들었다. 순간 어디선가 울먹이는 소리가 들리는 듯했다. 그리고 어쩐 일인지 그 소리는 점점 현실성 있게 다가왔다. 아니, 현실에서 나는 소리가 분명했다.

"선배…… 어떡해요……."

룸미러에 비친 김 형사가 눈물을 흘리고 있었다. 힘없이 꺾인 손목에는 아직 통화가 끊기지 않은 휴대폰이 들려 있었다.

"왜? 무슨 일인데?"

오진환 선배가 물었다. 김 형사는 좀처럼 흐느낌을 멈추지 못했다. 이윽고 한 음절 한 음절 힘겹게 입 밖으로 끄집어냈을 때 우리는 그 기분을 이해할 수 있었다. 곧바로 핸들을 꺾고 액셀러레이터를 밟았다. 엔진의 회전 소리가 급격하게 울렸다. 경광등을 부착하고 무작정 앞만 보고 달렸다. 가는 동안 누구도 입을 열지 않았다. 그녀의 울음소리만 차내에 무겁게 차올랐다. 답답했다. 숨이 막혔다. 몸에서 힘이 스르르 빠져나갔다. 머릿속도 먹먹해져 마치 현실과는 다른 세계로 급히 빨려 들어가고 있는 느낌이었다. 그렇게 빠른 속도로 달리던 차는 익숙한 주택 앞에 멈춰 섰다. 머뭇거림 없이 계단을 뛰어 올라갔다. 초동수사관들을 지나쳐 가니 도 반장이 우두커니 서 있었다.

"반장님."

그는 말없이 뒤돌아섰다. 미세하게 떨리는 그의 등이 모든 게 현실이라고 말해주고 있었다. 김 형사는 다리에 힘이 풀렸는지 그만 주저앉고 말았다. 나 역시 움직일 수가 없었다. 담배를 피워 물었다. 얼마 후 오진환 선배의 오열하는 소리가 건물 안에서 애처롭게 들려왔다.

Chapter 13

살인의 이유

사 일이 지났다. 장례식이 끝났고, 수사가 재개됐다. 현장 감식은 다른 팀에서 맡아 진행했다. 도 반장은 이 사실을 담담히 받아들였다.

"어쩔 수 없어. 상부의 결정이야."

나 역시 다른 부분들은 군말 없이 받아들였다. 하지만 수사권 박탈만은 도저히 수긍할 수 없었다.

"몇 번을 말해야 알아들어!"

내가 강력히 의견을 표명하자 수사과장이 맞받아쳤다.

"벌써 위에서 결정한 일이라고 했잖아!"

"한 번만 더 말씀해주세요."

"안 된다니까."

"과장님."

"너 자꾸 이럴 거야!"

수사과장의 목소리가 더욱 높아졌다.

"누군 괜찮은 줄 알아? 동료애는 너만 있어? 나도 마음 같아선 당장 뛰어들고 싶어, 인마!"

"동료애 문제가 아니에요."

"뭐?"

"개인적인 일이에요. 수사에 참여할 수 있게 해주세요."

"미친놈."

그가 고개를 저었다.

"넌 진짜 미쳤어."

"제가 그렇게 잘못한 겁니까?"

"잘못?"

내 질문에 그가 혀를 찼다.

"막말로 네가 잘한 건 있어? 언론에 도발한 뒤로 이런 일이 생긴 거잖아. 네가 그러지만 않았어도……."

그는 복받쳐 오르는 감정을 억누르느라 말을 참았다. 그건 나도 마찬가지였다.

"그럼 휴가라도 쓰겠습니다."

내가 가능한 한 차분하게 말을 꺼냈다. 그는 양손으로 깍지를 낀 채 고개를 숙였다.

"나 미쳐버리는 꼴 보기 싫으면 당장 자리로 돌아가."

"이대로는 못 가요."

"좋은 말로 할 때 돌아가라고!"

그가 소리쳤다. 더 이상 방법이 없었다. 안주머니에 든 지갑에서 신분증을 꺼내 책상 위에 내려놓았다. 그리고 말했다.

"안녕히 계십시오."

"최 형사!"

그를 뒤로하고 곧장 사무실로 향했다. 팀원들이 걱정스러운 눈빛으로 나를 쳐다보았다. 내게는 비어 있는 한 자리가 유독 눈에 걸렸다.

"어떻게 됐어?"

오진환 선배가 어색한 자세로 일어나 물었다. 나는 대답 없이 책상 서랍에 넣어둔 사건 서류를 꺼내 들고 밖으로 나갔다. 차에 올라타자마자 무작정 도로로 진입했다. 서울역 부근을 지날 때쯤 집으로 갈까 하다가 수사본부로 방향을 바꿨다. 형사라는 직책이 남아 있을 때 한 장이라도 더 많은 서류를 확보하기 위해서였다.

필요한 자료들을 있는 대로 챙겨 집으로 돌아왔다. 책상 앞에 앉아 이제껏 모은 사건 자료들을 한데 펴놓았다. 탐문 보고서와 감식 보고서, 증거물 감정서, 현장을 담은 사진들과 영상, 부검 결과 등을 사건 발생 순서대로 차례차례 정리했다. 그러다 무의

식적으로 최근 사건의 혈흔형태분석 보고서를 찾고 있었다는 사실을 깨달았다. 나도 모르게 한숨이 새어 나왔다.

"얼마나 오래 살아 있었을까요?"

김 형사는 내게 눈물을 흘리면서 그런 질문을 했다. 그만큼 나 형사는 자신이 맡아온 어떤 강력 사건의 피해자들보다 끔찍하게 목숨을 잃었다. 그녀로서는 차라리 일찍 숨졌으면 하고 바라는 게 당연한 일이었을지도 모른다. 피해자들의 원한을 풀어주기 위해 누구보다 열심히 임했던 나 형사가 이런 일을 당하게 되리라고는 상상조차 못 했을 테니까……. 어찌됐든 일은 벌어졌고 나 형사 본인이 피해자가 되었다. 그건 돌이킬 수 없는 사실이었다.

최근 발생한 사건의 현장 사진을 책상 앞 벽면에 붙였다. 그리고 한 장 한 장 눈여겨보며 사건을 재구성해나갔다. 우선 현장의 외경부터 시작했다. 나 형사의 집은 담을 넘지 않는 이상 철제 대문을 통과해야만 출입할 수 있는 일반적인 주택이었다. 이제껏 벌어진 사건들과 마찬가지로 잠금 장치가 손괴되지 않은 점으로 미루어볼 때 범인은 초인종을 누르고 당당히 그의 집으로 걸어 들어갔을 확률이 높다. 다른 피해자들처럼 나 형사 또한 경계심을 늦출 만한 인물이라는 뜻이다. 나는 그 점을 다시 한 번 노트에 적고 다음 사진을 들여다보았다.

현관문이 열리자 범인은 뒤돌아선 나 형사의 뒤통수를 둔기로 2회 이상 가격했다. 균형을 잃고 쓰러진 자신의 아들을 목격한 어머니는 제사상에 올릴 그릇들을 쟁반째 떨어뜨리고 말았다. 어머니에게 다가가지 못하게 나 형사가 범인의 발목을 붙잡았다. 또다시 수차례의 가격이 가해졌다. 그 과정에서 선상 형태를 이룬 혈흔들이 벽면에 새겨졌고 부서진 나무 파편들이 바닥에 흩어졌다. 주변 가구들은 하얀색이나 밝은 갈색인데 비해 빛바랜 갈색에 가까운 나무 파편들은 색깔뿐 아니라 나뭇결, 촉감 등 모든 면이 목재 몽둥이에서 떨어져 나온 것으로 추정됐다. 이번에는 거실 바닥을 위주로 찍은 사진들을 훑어보았다. 세차게 뿌려진 혈흔들 사이로 스키드마크와 비슷한 검은 자국이 몇 군데 새겨져 있었다. 고무에 의해 끌린 자국일까? 다시 나 형사의 사체 사진을 살펴보았다. 안면을 집중적으로 가격당해 십여 개의 커다란 열창이 생겼고 입술이 심하게 파열된 상태였다. 조금 더 자세히 보니 상하 치아 네 개가 파손되었다는 점도 알 수 있었다. 얼굴에 비해 다른 곳에 난 상처는 대부분 미미했다. 가슴과 복부에 3×2센티미터 정도의 원형 표피박탈이 네다섯개 정도 눈에 띄었을 뿐이다. 이 상처는 아무래도 목발이나 지팡이 끝으로 가격당해 생긴 듯했다. 그렇다면 범인은 다리에 장애가 있는 사람일까. 아니면 장애를 가장하고 들어온 사람일까.

다른 사진들로 시선을 옮겼다. 유리 테이블 위에 놓인 유선

전화기가 바닥에 떨어져 있었다. 케이블은 뽑혀진 상태였고 둥 글게 말려 올라간 수화기 선은 잘려져 있었다. 아마도 나 형사 가 범인의 발목을 잡고 있는 동안 어머니가 신고하려다 무산된 것으로 보였다. 또 하나 눈에 띄는 건 유리 테이블 아래부터 거 실 중앙으로 길게 쓸려나온 핏자국이었다. 소파나 제사상에 수 많은 비산혈흔이 튄 점이나 벽면 가득 메운 캐스트오프 등으로 봤을 때 어머니 역시 그 자리에서 무자비한 공격을 받은 게 분 명했다. 그 과정에서 공격을 피하기 위해 유리 테이블 아래로 기어 들어갔고, 범인은 그녀의 하체를 붙잡고 밖으로 빼낸 것 이다.

그다음부터는 범행 도구가 예기로 바뀌었다. 미리 준비해온 건지 아니면 현장에 있던 식칼을 사용했는지는 알 수 없다. 다 만 한 가지 확실한 건 그 칼로 어머니에게 최후의 일격을 가했 다는 것이다. 그것도 나 형사가 보는 앞에서.

범인은 쓰러진 채 바닥을 기고 있던 나 형사의 발목 인대를 잘라버렸다. 이러한 범행 수법은 맨 처음 발생한 보광동 모녀 살해사건에서도 나타난 바 있었다. 당시는 정신분열 환자의 과 도한 살상 형태로 보이게끔 조작했던 거였지만 이번에는 무계 획적이고 본능적으로 행동했다. 이건 범인 자체가 어떤 일로 하 여금 과도하게 흥분했거나 그런 행동을 통해 희열을 느끼고자 했다는 걸 의미한다. 이 부분 역시 노트에 기재했다.

그렇다면 범인은 나 형사의 어머니를 어떻게 살해했을까. 사체 사진과 부검 소견서를 찾아 자세히 훑어보았다. 그의 어머니는 거실 바닥에서 쓰러진 채 발견되었다. 손바닥은 아래로 향한 채 양 옆에 놓여 있었고 다리는 약간 벌려진 상태였다. 흑갈색으로 염색한 머리카락은 다량으로 흘러나온 혈흔 위로 꼼꼼히 부채처럼 펼쳐져 있었다. 안면에도 수차례 둔기로 가격당해 움푹 파이고 찢겨진 상처가 여러 군데 있었지만 확실한 사인은 가로로 길게 잘린 목이었다. 그녀의 목은 좌측에서 우측으로 약 25센티미터나 깊이 베여 있었다. 양경동맥과 내·외경정맥, 기도와 식도 등이 완전히 절단된 상태였다. 날카로운 흉기로 최소한 3회 이상 그었다고 봐야 했다.

어머니의 목에서 질척질척한 피가 쏟아져 나오는 걸 두 눈으로 목격한 나 형사의 기분은 과연 어땠을까. 나는 잠시 눈을 감고 생각해보았다. 그러나 머릿속에 떠오르는 건 단 한 번도 본 적 없는 범인의 미소뿐이었다. 나 형사와 어머니를 살해한 직후 지었을 흡족한 미소, 무엇보다 내게 앙갚음했다는 만족감에서 기인한 그의 웃음이 나를 치 떨리게 만들었다. 나도 모르게 주먹으로 책상을 내리쳤다. 하지만 이내 정신을 추스르고 다시 재구성에 몰두했다.

얼굴을 집중적으로 공격당한 나 형사는 두 손목마저 잘린 상태였다. 예기를 사용해 마구잡이로 내려쳐서 뼈를 부러뜨린 거였다. 가격 횟수는 적어도 5, 6회, 그런데 팔목에 남은 상처는 3개소에 불과했다. 나머지 공격들은 아마도 잘려나간 손목에 새겨져 있는 게 분명했다.

범인은 왜 그의 손목을 잘라낸 걸까.

소매를 걷은 사진을 들여다보았다. 팔뚝에 생긴 수많은 방어흔들이 범행 당시의 격렬한 상황을 짐작케 했다. 나 형사는 무엇을 위해 그토록 반항한 걸까. 이미 치명상을 입은 상태에서 왜 끝까지 물고 늘어진 걸까. 형사로서의 사명감 때문에? 아니면 어머니를 지키기 위해? 그래서 필사적으로 손을 뻗은 건가? 아니면 다른 무언가를 지키기 위해서였나? 그런 건가?

팔꿈치를 책상에 괸 채 두 손으로 얼굴을 감쌌다. 그리고 범인이 이제껏 단 한 번도 무의미한 행동을 하지 않았다는 점에 착안해 생각을 이어나갔다. 그가 나 형사의 손목을 잘랐다는 건 그럴 만한 이유가 있다는 뜻으로 봐야 했다. 그렇다면 나 형사의 손에는 대체 무엇이 있었던 걸까. 사건 해결에 도움이 될 만한 무언가를 쥐고 있었던 걸까? 그래서 잘라버린 건가? 아니면 손 자체에 어떤 의미가 있는 걸까? 필사적으로 범인의 발목을 잡아챘던 그 손에?

이제까지 정리한 사항들을 노트에 기재하고 있는데 별안간 생소한 멜로디가 울려 퍼졌다. 정확히 말하면 짧은 두 마디 단음에 가까웠다. 그 소리는 비현실적일 만큼 가까운 곳에서 들려와 단번에 머릿속을 술렁거리게 만들었다. 숨을 죽인 채 집 안 전체를 살폈다. 인터폰 액정이 환하게 밝혀져 있었다. 이윽고 다시 한 번 그 소리가 울렸을 때 비로소 알아챘다. 누군가 밖에서 초인종을 눌렀다는 걸. 초인종 소리가 왜 이토록 낯설게 느껴진 걸까, 문득 의문이 들었다. 생각해보니 이제껏 이 집에 찾아온 사람이 단 한 명도 없었다는 걸 깨달았다. 자리에서 일어나 인터폰 쪽으로 다가갔다. 오진환 선배와 김 형사가 이쪽을 빤히 들여다보고 있었다.

현관으로 들어선 그들은 애써 밝은 표정을 짓고 있었다. 그러면서도 눈은 자연스럽게 집 안 내부를 살폈다.

"이젠 대놓고 땡땡이치는구나."

오진환 선배가 말했다. 그러고는 한 손으로 내 어깨를 살며시 감쌌다.

"좋은 자세야. 인간적이고 참 좋네."

반면 김 형사는 경직된 표정을 숨기지 못했다.

"다 알고 온 거예요?"

내가 물었다.

"커피나 한 잔 줘. 그럼 말해줄게."

오진환 선배는 조금 과장된 자세로 소파에 몸을 파묻었다.

"미안하지만 그런 거 없어요."

"없으면 물이라도 줘."

"저 지금 장난칠 기분 아니에요."

"장난? 동료가 동료한테 물 좀 달라는 게 장난이냐?"

"선배."

"왜 그랬어요?"

가만히 있던 김 형사가 불쑥 끼어들었다.

"뭘?"

"과장님한테 얘기 다 들었어요. 그러니까 선배야말로 장난치지 마요."

"그래, 인마. 그리고 이게 다 뭐냐. 정말 떠나려는 거야?"

오진환 선배가 일어서며 한마디 거들었다. 아마도 거실 곳곳에 쌓인 이삿짐용 상자를 문제 삼는 듯했다.

"안 가요. 아무 데도."

"그럼 이 박스들은 뭔데?"

"별거 아니에요."

내가 대답하자 오진환 선배가 가까이에 있는 상자를 열었다. 안을 들여다보는가 싶더니 손에 묻어 나온 먼지를 보고 내게 시선을 돌렸다.

"너 설마 여태까지 이러고 살았던 거야?"

나는 대답하지 않았다. 사실 대답하고 싶지도 않았다. 누군가 내 물건에 손대는 행위 자체가 마음에 들지 않았다. 그럼에도 그는 내 기분을 전혀 눈치채지 못한 채 집 안 곳곳을 헤집고 다녔다. 거실부터 주방까지 옮겨 다니며 잡히는 대로 들었다 놓았다 하기를 반복했다.

"아니, 어떻게…… TV도 없고 주방기기도 없고……."

그러다 언제 던져졌는지도 모르는 먼지 쌓인 문건 하나를 엄지와 검지로 조심스럽게 들어올렸다. '서울 북부 연쇄살인사건 범죄 심리분석 보고서' 라고 적혀 있었다.

"뭐야, 이거 유기훈 사건이잖아? 그럼 1년이 넘도록 이렇게 살았던 거야?"

"그만해요."

"너 설마 팀에 합류할 때부터 이랬던 거니?"

"그런 거 아니니까 그만하라구요."

"왜? 언제든지 떠나려고? 그럴 생각이었어?"

"그냥 좀 놔둬요, 제발."

"어떻게 그냥 놔둬요."

김 형사가 또 한 번 끼어들었다.

"언제까지 자기 마음대로 할 거예요? 우리 같은 팀 아니에요? 왜 자꾸 혼자만 겉돌라고 그래요!"

"애초부터 정 붙일 생각도 없었던 거야? 지금처럼 그냥 떠나버리면 된다고 생각했던 거야?"

오진환 선배가 나를 바라보면서 물었다. 나는 한숨을 내쉬고 대답했다.

"그래요. 없었어요. 됐어요?"

"대단하다. 정말 대단해."

그는 몇 번이나 고개를 끄덕이면서 비아냥거리듯 말했다.

"과장님한테 들었을 때도 안 믿었는데…… 이제야 알겠다. 네 속마음을."

"진환 선배!"

김 형사가 돌아서며 소리쳤다.

"그래. 이제부터 네 뜻대로 해줄게."

"선배까지 진짜 왜 이래요!"

"그럼 어쩌자고? 저딴 자식을 언제까지 붙잡으라고?"

"이러지 말고 우리랑 같이 가요, 네? 계속 이러면 정말 못 돌아와요."

김 형사가 나를 돌아보며 설득했다.

"상관없어."

내가 대답했다.

"여기서 그만두면 원학 선배 볼 면목이 있을 거 같아요?"

"안 그만두면?"

내가 물었다. 그리고 덧붙였다.

"뭐가 달라지는데? 수사권도 박탈당한 상황에서 우리가 뭘 바꿀 수 있는데?"

"그렇다고 팀에서 뛰쳐나가는 게 능사는 아니잖아요."

"이러나저러나 어차피 똑같아. 그러니까 가만히 좀 내버려
둬."

"계속 왜 이래요? 우린 한 팀이잖아요."

"한 팀이면 뭘 어쩌라고!"

내가 소리쳤다.

"그깟 팀이 뭔 대수인데? 우리가 모여 있는 동안 나아진 게
있었어? 막말로 원학 선배 살해당한 거 말고 뭐가 있냐고!"

그들은 말없이 멈춰 섰다. 하고 싶은 말은 많았지만 필사적으
로 참고 있는 듯했다. 나는 조용히 덧붙였다.

"이건 녀석과 내 문제야. 더 이상 끼어들지 마."

김 형사의 눈가가 점점 붉게 물들어갔다. 감정의 미세한 떨림
이 내게도 전이되는 느낌이었다.

"지금 한 말, 진심이에요?"

그녀가 위태로운 목소리로 물었다.

"응."

나는 짧게 대답했다.

"……가자, 김 형사."

한동안 침묵하던 오진환 선배가 낮은 음성으로 말했다. 김 형
사는 눈가에 맺혔던 눈물이 떨어지기 전에 얼른 고개를 돌렸다.
문이 열리고, 결국 그들은 돌아갔다. 하지만 그들이 떠난 자리
에는 아릿한 무언가가 남아 오래도록 나를 혼란스럽게 만들었

다. 아무리 범행 재구성에 집중하려 해도, 현장 사진들을 분석하려 해도 소용없었다. 형체 없는 감정들이 어떠한 생각들을 자꾸만 강요하고 또 부추겼다. 하는 수없이 몸을 늘어뜨린 채 생각이 이끌리는 대로 가만히 놓아두었다. 그러자 사진 속에 담긴 범인의 행각이나 사체의 피해 정도가 아닌 나 형사의 평소 생활 모습이 새롭게 보이기 시작했다. 그가 읽던 책들과 먼지 하나 없이 닦인 상패들, 액자에 걸린 졸업사진과 가족사진, 장식장을 빼곡히 채운 CD와 DVD, 고교 밴드 시절 사진들, 화분, 달력, 구석에 방치된 기타, 옷가지, 심지어 이불에서까지 그의 일상이 고스란히 묻어 나왔다. 그는 이곳에서 책을 읽고 밥을 먹고 TV를 보고 음악을 듣고 화분을 키우며 가족들과 휴일을 보냈던 거였다. 팀원들과 회식할 때 식탁에 떨어진 찌개 국물의 형태만 보고 흘린 사람을 맞히던 그에게도, 승진을 반납하고서라도 형사 일을 계속 하고 싶어 하던 그에게도 남들과 같은 일상이라는 게 존재했던 거였다.

그런 그가 죽었다. 그것도 나 때문에. 살인과 폭력, 강간, 절도 등에서 비롯된 불길한 기운들을 자신의 집으로 절대 끌어들이지 않았던 그가 나 때문에 살해되고 말았다. 손쓸 겨를도 없이, 자신이 가장 아끼던 어머니와 함께.

눈을 감았다. 발목 인대가 잘린 채 엎드려 오열하는 나 형사의 표정이 생생하게 그려졌다. 그의 얼굴이, 주름이, 눈물이 무엇을 의미하는지 이제야 이해할 수 있었다. 그는 어쩔 수 없이 어머니가 살해당하는 순간을 지켜봐야만 했다. 팽팽하던 목이 날카로운 흉기에 잘려 크게 벌어지는 광경을 똑똑히 지켜봐야만 했다. 쏟아져 내리는 피를 보며, 꺽꺽 숨이 넘어가는 소리를 들으며 예감했을 거다, 어떻게 해도 살아남을 수 없다는 걸. 그 상황에서 그는 어떤 행동을 취했을까. 누군가 자신을 도와주길 바랐을까. 아니면 이 사실을 누군가 밝혀내 주기를 바랐던 걸까. 내가 만약 그였다면 어떻게 행동했을까. 내가 만약 그였다면······.

순간 하나의 가능성이 불현듯 떠올랐다. 생각해보니 이 가설이라면 범인이 손목을 잘라 은폐한 이유도 설명할 수 있을 것 같았다. 더욱이 나 형사이기에 가능한 일이었다. 그는 다른 피해자들과는 달리 범인의 발목을 단순히 잡아챈 게 아니라 증거를 남기기 위해 손을 뻗었던 것이다. 어떻게든 범인의 DNA를 손톱에 남기기 위해 피부를 긁고자 했던 것이다.

휴대폰을 집어 들었다. 그나마 안면이 있는 용산경찰서 지역 형사1팀 정 형사의 번호를 눌렀다.

"최 형사님!"

과로로 인해 축 늘어진 목소리임에도 다소 들뜬 기색이 배어 있었다. 다행히 나에 대한 경계심은 전혀 느껴지지 않았다.

나는 새로 수집된 결과들이 있는지 물었다.

"그게, 잠시만요……."

여러 장의 종이를 넘기는 소리가 수화기를 통해 들려왔다. 아마도 휴대폰을 귀와 어깨 사이에 낀 채 자료를 찾고 있는 듯했다.

"성문분석 결과는 나온 지 며칠 됐고……."

"유제연 기자 녹음기 말하는 거죠?"

"네."

"결과가 어떻게 나왔죠?"

"아, 아직 못 들으셨어요? 분석관 말로는 사람 기침 소리로 추정된다고 하던데요. 그 왜, 자동차 엔진 소리랑 빗소리 뒤에 깔리던 거요."

나는 그 사실을 노트에 받아 적었다.

"연령대까지는 알 수 없구요?"

"네, 거기까지는 불가능하다고 했어요."

"그밖에 다른 거는요?"

"다른 거는, 글쎄요……."

다시 서류를 넘기는 소리가 들려왔다. 한 장 한 장 넘길 때마다 그가 눈치채고 입을 닫아버리면 어쩌나 초조하고 불안했다. 그래서인지 그 소리가 마치 시간의 유한성을 재촉하는 초침처럼 숨 가쁘게 느껴졌다.

"혹시, 나 형사 손목은 발견됐나요?"

내가 참지 못하고 물었다. 이쯤 되면 그도 눈치챌 게 뻔했지만 어쩔 수 없었다. 내게 필요한 건 오직 이 사실뿐이었고 더 이상의 질문들을 주고받을 여유도 체력도 남아 있지 않았다.

"수색 중이긴 한데요, 워낙 막막해서……."

그는 내 예상과는 다르게 별다른 의심 없이 받아들였다.

"그렇군요."

내가 말했다. 그러자 그는 또 한 번 예상 밖의 행동을 보였다.

"그거 말고, 혹시 나 형사님 셔츠 주머니에서 손가락 발견됐다는 건 들으셨나요?"

"손가락이요?"

모르던 사실이었다. 나는 놀라 물었다.

"네, 손톱 절반 정도 크기인데요. 그러니까, 검지 끝에서부터 절단된 거죠."

"어떻게 잘려 있던가요?"

"잘린 건 아니고, 불규칙하게 뜯겨져 있었어요."

자신의 손가락 끝을 물어뜯었구나, 나는 속으로 생각했다. 나 형사라면 충분히 그럴 만했다.

"어디에 감정 의뢰됐죠?"

"아마 경찰청일 거예요."

경찰청에 보냈다는 건 지문 감식을 의뢰했다는 뜻이었다. 수사본부 측에서는 누구의 손가락인지를 밝혀내는 게 무엇보다

시급하다고 판단했던 모양이다.

"그럼 제가 하나만 부탁할게요."

내친김에 내가 말했다.

"뭔데요?"

"당장 연락해서 국과수 유전자분석실이나 고분자연구실로 감정 의뢰하라고 요청해주세요. 그 손가락이 나원학 형사 게 맞다면 손톱 끝에 범인의 피부나 바지 섬유가 끼어 있을 확률이 높으니까요."

"아, 예…… 그렇게 할게요."

"부탁드리겠습니다."

"근데 저, 최 형사님."

통화를 끊으려는데 그가 말끝을 붙잡았다. 잠시 무거운 침묵이 드리워졌다.

"이번 일, 너무 개의치 마세요."

"……다 알고 있었군요."

내가 낮은 음성으로 대답했다.

"네, 뭐…… 그리고……."

그는 이번에도 말을 끌었다. 그러고는 소리를 낮춰 이렇게 덧붙였다.

"마포서 윤 형사가 주시하고 있어요. 조심하세요."

나는 쓸쓸하게 웃으며 고맙다고 말한 뒤 전화를 끊었다.

휴대폰을 내려놓고 의자 등받이에 몸을 기댔다. 습관적으로 담배를 꺼내 입에 물었다. 불은 붙이지 않았다. 그저 휴대폰의 불빛이 사그라지는 과정만 멍하니 바라보고 있었다. 그러다 자리에서 일어나 베란다로 걸어갔다. 셔츠 주머니에서 라이터를 꺼내 부싯돌을 돌렸다. 깊이 빨아들인 연기가 가슴 언저리를 답답하게 맴돌았다. 크게 숨을 내쉬자 연기는 빨래 건조대에 널린 옷가지들 사이에서 묘하게 구부러지다 사라졌다. 하지만 내 안에 남은 답답함은 억누를 수도, 뱉어낼 수도 없었다.

손가락 사이에 담배를 낀 채 두 손바닥으로 얼굴을 쓸어내렸다. 또 한 번 크게 숨을 내쉬었다. 그러고는 전신거울 앞에 다가섰다. 이사할 때 문턱에 부딪혀 끝이 갈라진 거울이 지금은 잎맥처럼 여러 갈래로 갈라져 있었다. 나는 기괴하게 조각난 내 모습을 빤히 들여다보면서 그가 왜 나를 그토록 갈망했는지에 대해 생각했다. 대부분의 범죄자들처럼 단순히 주변에 존재하는 사람들 중 한 명을 범행 대상으로 삼은 건 아닐까, 라는 의구심도 들었지만 그러기에는 범행의 연속성과 원한의 크기가 터무니없이 컸다. 그에게 있어 나는 자신이 받은 피해를 되갚아줘야만 하는 인물, 자신의 인생 전체를 걸면서까지 무너뜨려야 할 존재임이 틀림없었다. 그렇다면 대체 왜 내게 원한을 품게 된 걸까. 그만큼 내가 그에게 피해를 입혔던 적이 있었던 걸까. 아니면, 내 존재 자체가 그에게 곧 피해였던 걸까.

생각이 그곳에 닿자 문득 24년 전, 그날의 기억이 떠올랐다. 그 기억들은 생각지 않으려 해도 아무런 마찰 없이 머릿속으로 스며 들어와 눈앞에 겹겹이 쌓여갔다. 눈을 감았다. 그러자 누군가의 목소리가 귓가에 들려왔다.

너만 없으면 돼.

그 말을 떠올린 순간 갑자기 머릿속이 뜨거워지고 숨이 턱 막혔다. 마치 그때의 공간 안에 다시 갇히게 된 느낌이었다. 슬레이트 지붕 아래에서 겪었던 오 일간의 어둠이, 8월의 무더운 날씨와 숨쉬기 힘들 정도로 축축한 공기가 나를 감싸는 듯했다. 동시에 그때의 모든 요소들까지 감당할 수 없을 만큼 빠르게 밀려들었다.

비가 내리던 소리, 습기, 식어가는 여름의 열기, 생리혈 냄새, 소변과 대변 냄새, 쓰레기 냄새, 주먹밥이 쉬어버린 냄새, 썩은 이유식 냄새, 땀 냄새, 사람들의 비명 소리, 신음 소리, 울음소리, 밧줄에 감겨 설골이 부러지는 메마른 소리, 힘없이 떨어뜨려진 팔과 다리, 결박된 자들의 허망한 몸부림, 이미 죽은 자들의 부패 냄새, 숨이 차 헐떡거리는 누군가의 목소리……

그것들은 차례를 반복하며 서로 엉키고 그 위에 다시 쌓여가더니 이윽고 한 사람의 목소리가 되어 내게 말했다.

너만 없으면 돼.

손끝에서 시작된 알 수 없는 진동이 온몸으로 퍼져나갔다. 수

많은 벌레들이 내 몸 구석구석을 마구 기어다니는 느낌이었다. 극심한 불쾌감이 위에서부터 치밀어 올랐다. 심지어 위액마저 역류했다. 급히 화장실로 달려가 세면대를 붙잡았다. 입 밖으로 쏟아져 나오는 건 없는데도 구역질을 멈출 수가 없었다. 가늘게 늘어진 타액이 미세하게 흔들리며 세면대에 가 닿았다. 수도를 틀어 입을 헹구고 머리에 물을 부었다. 그런데도 차오르는 기억들을 도저히 떨쳐버릴 수 없었다. 고개를 들었다. 눈앞이 비스듬히 기울어지더니 허공에 피어오르는 담배 연기처럼 제멋대로 구부러지기 시작했다. 몸이 축 늘어지고 다리에 힘이 풀렸다. 바닥에 주저앉아 벽에 기댔다. 숨을 몰아쉬면서도 혼미해져가는 정신을 놓치지 않으려고 온 신경을 집중했다. 자칫 놓아버리면 다시는 일어나지 못할 것만 같았다. 그래서 범인을 생각했다. 차아령을 생각했다. 유기훈을 생각하고 검거했던 살인자들을 생각했다. 닥치는 대로, 내가 아닌 다른 사람들이라면 누구든 상관없이 머릿속에 채워 넣었다. 그날의 기억 위에 무언가를 덮어씌울 수만 있다면 어느 누구든 가리지 않았다. 그러기 위해서 이 일을 선택한 거니까, 다른 사람의 심리 속에서 살아갈 수 있기 때문에 이 일을 선택한 거니까, 일반인들처럼 생각할 수 있지만 느끼는 게 다른 사람들, 그들이 만든 상황 속에서 그들이 행한 일들을 온전히 느끼며 살아갈 수 있었으니까.

그런데 이 일을 그만두게 되면 나는 어떻게 될까. 김 형사의 말대로 다시 예전처럼 돌아가지 못한다면 과연 어떻게 해야 할까. 지금처럼 내 과거를 마주하고 살아야 할까. 다시는 생각하기 싫었던 그때를 짊어지고 가야 할까. 그렇게, 남은 인생을 살아가야 하는 걸까…….

머리를 쥐어뜯었다. 솟구쳐 오르는 비명을 필사적으로 억눌렀다. 심장 박동에 맞춰 천천히 숨을 고르고 그 박자에 익숙해지기 위해 노력했다. 마침내 한 차례의 진통이 휩쓸고 지나가자 몸에 한기가 돌았다. 고개를 젖히고 천장을 바라보았다. 그리고 생각했다.

어쩌면 나는 이미 사건의 해답을 알고 있었는지도 모른다고. 범인이 처음 살인을 결심하게 된 이유는 나와 크게 다르지 않을 거라고.

그때부터 나는 만약 내가 살인을 저지르게 된다면 어떻게 할 것인가를 구체적으로 상상하기 시작했다. 살인을 계획하고 피해자를 물색하고 증거를 훼손하고 그 안에 어떤 메시지를 남기는 것까지 세세하게 떠올렸다. 특별한 계획과 대상이 없는 무동기 범죄가 아니라 범죄 자체가 내 일인 것처럼 완벽하게 수행하는 사명감적 살인을 이어나갔다. 나를 쫓는 자들의 인정과 수긍을 바라고 혼란스러워하는 사람들의 반응 또한 즐기며 더욱더 치밀하게 피해자들을 죽여나갔다. 양심의 가책 따위 전혀 없었다. 대상도, 목적도 중요하지 않았다. 무엇보다 내 안의 혼란을 표출해내는 게 우선이었다.

그런 생각들이 한번 내 안에서 일어나기 시작하자 끝없이 나를 끌어당겼다. 머릿속에 떠올리는 것만으로도 어떠한 위로가 됐고 균형이 흔들리는데도 점점 평온해졌다. 멈출 수가 없었다. 멈춰야 할 필요성도 느끼지 못했다. 그렇지만 동시에 의문점도 생겨났다.

이 또한 그가 남긴 정교하고 알 수 없는 계획의 일부는 아니었을까. 자신을 이해해달라고, 자신의 존재를 인정해달라고 호소했던 건 아니었을까.

거실로 걸어 나갔다. 오진환 선배가 찾았던 유기훈 관련 문건을 집어 들었다. 내가 쓴 게 아니었다. 최영미가 살해당한 시점에 누군가 작성한 보고서였다. 그럼에도 유기훈에 관한 정보들은 이미 구체적으로 명시돼 있었다. 삼십대 초반에서 후반 사이의 내성적이며 왜소한 남성일 거고, 김혜인과 이지현이 살해당한 현장에서 도보로 이동 가능한 곳에 홀로 거주할 거다, 성적 콤플렉스와 외적 상처를 지녔을 거고 그걸 감추기 위해 선글라스를 쓰거나 주로 밤에 움직일 거다, 친구를 만나는 일이 거의 없고 인터넷상에서만 활동할 거다, 가능한 한 검은색 옷이나 무채색 옷을 즐겨 입고 되도록이면 목이 파인 티셔츠는 피할 거다, 그리고 셔츠를 입어야 할 일이 있다면 단추를 모두 잠글 거다……

여기서 끝이 아니었다. 구체적인 수사 방향까지 제시되어 있었다. 피해 지역 인근 안과와 안경점을 탐문해 수상한 남성들이 다녀갔는지 알아볼 것, 만약 있다면 혹시라도 사체 유기나 그밖의 한계성을 극복하기 위해 조력자를 돈으로 매수했을 가능성이 있으니 용의자의 입출금 내역과 통화 내역을 확인해볼 것……. 물론 예측에서 벗어난 부분도 있었지만 대부분이 정확하게 들어맞았다.

이 문건을 받았던 시기가 언제였는지 기억을 더듬어봤다. 약 1년 전 수사연수원 복도에서 안광훈 교수에게 받은 기억이 났다. 그러나 거기까지였다. 누가 작성했는지, 혹은 내용이 어땠는지 단 한 번도 물어보거나 들춰보지 않았다. 그냥 아무 데나 던져둔 게 끝이었다.

만약 그때 이 보고서를 내가 참고했다면 사건은 어떻게 됐을까. 임희숙과 우연아가 양주의 한 창고에서 살해되기 전에 유기훈을 멈추게 할 수 있었을까. 범인은 그걸 증명하고 싶어서 일부러 똑같은 장소에서 사건을 재현한 건가. 그런 건가.

보고서를 훑어봤다. 작성자는 어디에도 나타나 있지 않았다. 하지만 문제될 건 없었다. 이런 보고서를 작성할 수 있는 건 단 한 사람뿐이었으니까.

한 명, 있었어요.

범인을 목격했던 꼬마의 증언이 불현듯 생각났다.

어떤 아저씨였어요. 얼굴은 몰라요. 뒤에서 봤어요. 누나가 문을 열어줬어요. 키는 형사 아저씨랑 비슷했어요. 머리도 비슷했고…….

유제연 기자가 살해당한 오피스텔에서 내가 목격한 녀석의 뒷모습도 그와 다를 바 없었다. 나는 프로파일과 현장에 나타난 특징들을 빠짐없이 떠올려봤다.

잠금 장치가 손괴되지 않았다…… 아무도 그를 경계하지 않았다…… 수사 지식이 해박하다…… 증거를 조작할 수 있는 능력을 갖췄다…… 혈흔형태를 마음대로 조절했다…… 족적이 점점 커지도록 만들었다…… 군복무 경험이 있을 거다…… 통제에 관한 욕구가 강하게 나타난다…… 공공기관에서 근무한 경험이 있을 거다…… 성적 징후가 나타나지 않았다…… 나이를 가늠할 수 없다…… 차아령을 끌어들였다…… 마스칸파 사건을 표면 위로 끌어올렸다…… 유제연 기자를 살해했다…… 나 형사를 살해했다…… 내 주변에 존재한다…… 빗소리…… 엔진 소리…… 기침 소리…….

이 모든 특징에 부합되는 사람 역시 단 한 사람뿐이었다.

눈을 감았다. 그가 보광동 모녀살해 현장으로 침입한다. 딸과 아내를 살해하고 현장을 꾸민다. 내가 주차했던 자리에서 남편을 살해한다. 나와 같은 옷을 입는다. 이은경을 살해한다. 내 번호를 1번으로 지정해두고 옷장에 가둔다. 신재형이라고 사칭해

나를 찾는다. 자수 편지를 보낸다. 유기훈이 했던 것처럼 양주 창고에서 두 명을 살해한다. 내게 접근한다. 아니, 내가 그에게 접근하도록 유도한다. 유제연 기자를 살해한다. 그 과정을 사진으로 남겨 내게 보여준다. 목격자를 배수로에 유기하고 불태운다. 나 형사의 집으로 자연스럽게 침입한다. 폭력을 가한다. 어머니도 가격한다. 유리 테이블 아래로 몸을 숨긴 그녀의 두 다리가 들린다. 얼굴에 둔기가 날아든다. 목을 자른다. 나 형사가 오열한다. 나는 그에게 전화한다. 번호는 이미 알고 있다. 벨이 울린다. 가격을 멈춘다. 전화를 받는다. 아무 말도 하지 않는다. 가만히 듣고만 있다. 그와 나 사이에 점점 침묵이 괴어온다. 서서히 얼굴이 걷힌다. 보이지 않았던 그의 얼굴이 드디어 드러나기 시작한다.

"어디야?"

내가 말했다. 그는 잠시 후 이렇게 대답했다.

"이제 알았나?"

Chapter 14

/

끝, 그리고 시작

며칠째 내린 비로 하천의 수위는 몰라보게 높아져 있었다. 그 위로 설치된 작은 교량을 지나 공터에 차를 세웠다. 가로등이 없는 탓에 앞이 제대로 보이지 않았다. 정면에 위치한 창고의 윤곽만이 어슴푸레 보일 뿐이었다. 그곳으로 천천히 걸어갔다. 이미 두 번의 살인이 일어난 곳이라 그런지 입구는 철저하게 폐쇄돼 있었다. 왼편에 위치한 또 다른 창고 쪽으로 발길을 돌렸다. 문을 열자 녹슨 문 특유의 신경을 긁는 소리가 도처에 울려 퍼졌다. 안이 보이지 않았다. 소리의 파장과 건물의 외부로 대충 크기를 가늠해보려고 했지만 그것도 어려웠다. 어떠한 구조인지 좀처럼 감을 잡을 수 없었다. 그래도 한 가지 확실한 건 있었다.

이 안에 그놈이 있다.

나는 한 걸음씩 안으로 들어섰다.

"형사라는 놈들은 꼭 이렇다니까. 일이 터지면 당장 앞에 보이는 하나만 덮어. 정작 중요한 일이 벌어지는 곳은 바로 옆인데 말야. 안 그래?"

아무 말 않고 서 있는 내게 녀석이 먼저 말을 걸었다. 세차게 몰아치는 비가 슬레이트 지붕을 끊임없이 두드렸다.

"신고는 왜 안 한 거야? 검거로는 분이 안 풀리나? 아니면 ……."

그가 발을 끌면서 덧붙였다.

"날 죽이기라도 할 생각인가?"

확실히 예전과는 다른 음색이었다. 마치 처음 보는 사람과 마주하고 있는 듯했다. 허나 정적이던 때보다 지금이 더 자연스럽게 느껴지는 건 사실이었다.

"왜? 뭔가 달라진 같아?"

내가 머뭇거리자 자리를 이동하며 그가 물었다. 발걸음 소리를 듣고 예상했을 뿐 녀석의 모습은 여전히 보이지 않았다.

"이상하게 생각하지 마. 사람은 환경에 따라 변하기 마련이니까."

"왜 죽인 거야?"

내가 낮은 음성으로 물었다.

"누구를? 하도 많아서……."

"말 돌리지 말고 얘기해."

"지금 날 취조하는 건가?"

"왜 죽인 거냐고."

"형사처럼 굴지 마."

주머니를 뒤적이며 그가 말했다. 잠시 후 지포라이터 뚜껑이 열리는 금속성 소리가 귓가를 스쳤다. 부싯돌이 돌아가자 은은한 주황빛이 눈앞에 감돌았다. 그는 얼굴로 불빛을 가져가 담배에 불을 붙였다.

"……그냥 너답게 굴어."

연기를 길게 내뿜으며 그가 말했다. 그러고는 몇 차례 밭은기침을 내뱉었다.

"이번엔 나야?"

그의 표정에 의아함이 드리워졌다.

"너라니? 누가 죽이기라도 한대?"

"그럼 왜 날 끌어들인 거야?"

"다른 놈들 같았으면 아직 내 의도도 파악 못 했을걸."

슬레이트 지붕을 두드리는 빗줄기가 더욱 거세졌다. 그는 가만히 천상을 응시하더니 시간을 두고 말을 이었다.

"네가 갇혔던 곳도 이런 지붕 아니었나? 시체들 사이에서 죽은 척했을 때 말야. 그게 벌써 24년 전인가?"

"미친 새끼."

그가 라이터를 내 쪽으로 내밀었다. 그러면서 재미있는 구경이라도 하듯 내 표정을 유심히 관찰했다.

"엄마가 목 졸려 죽을 때도 그런 눈이었어? 아니면, 엄마는 죽여도 상관없으니까 제발 날 좀 살려달라는 눈빛이었나?"

라이터 불빛이 그의 웃음에 맞춰 흔들렸다.

"입 닥쳐."

"그렇게까지 해서 살아남은 기분이 어때? 서른두 명 중에 혼자 탈출하니까 인생이 살 만하던가?"

"입 닥치라고, 이 새끼야!"

내가 달려들려고 하자 그가 라이터 뚜껑을 덮어버렸다. 순식간에 시야를 잃고 멈춰 섰다.

"그래, 그 얘긴 그만하지."

또다시 발소리가 들렸다. 어디론가 이동하는 게 느껴졌다.

"내가 왜 사람들을 죽였는지는 이미 다 알고 있잖아. 그래서 나한테 전화한 거잖아, 안 그래? 그리고, 너도 죽여보고 싶어서 여기 온 거 아니야?"

그의 움직임에 귀를 기울였다. 천천히 내게서 멀어지고 있었다. 얼마 지나지 않아 무언가 내 앞에 떨어지는 소리가 들렸다. 둔탁한 소리와 금속이 부딪히는 소리가 섞인 걸로 봐서는 대충 짐작이 갔다.

다시 한 번 라이터가 켜졌다. 예상대로였다. 바닥에 떨어진 칼날이 은은하게 빛나고 있었다.

"한번 찔러봐, 네 마음 가는 대로."

그가 다시 내 쪽으로 라이터를 들이밀었다. 웃음기 도는 녀석의 표정이 자꾸만 나를 자극했다. 칼집을 움켜쥐었다. 그러자 녀석이 뒤로 물러서며 손사래를 쳤다.

"아니지, 내가 아니야."

라이터가 꺼졌다. 다시 몇 걸음 움직이는 소리가 들렸다. 녀석의 호흡과 움직임에 집중하고 있는데 갑자기 조명이 켜졌다. 천장에서 밝은 빛이 쏟아져 순식간에 눈이 멀었다. 감고 있는데도 붉은 잔상이 현란하게 움직일 정도였다. 눈꺼풀을 조금씩 들었다. 녀석이 보이지 않았다. 주위를 둘러봤다. 무언가에 내 시선이 고정됐다.

차아령이다. 멀리 차아령이 기둥에 묶여 있었다.

"이런 개자식!"

"오, 움직이지 마."

라이터를 흔들면서 그가 말했다. 그러고는 바닥을 가리켰다. 휘발유가 뿌려져 있었다. 눈으로 따라가보니 차아령에게까지 길게 이어져 있었다. 그녀는 이미 휘발유를 덮어쓴 상태였다.

"네가 이렇게 나올 줄 알았거든."

그의 얼굴에 드리워진 웃음은 사라질 줄 몰랐다.

"잰 상관없어. 풀어줘."

"상관없긴. 내가 어떻게 구한 미낀데."

"풀어주라고!"

내가 소리쳤다.

"사람들 죽어갈 땐 눈 한 번 깜빡 안 하더니. 혹시 같은 처지라서 동질감이라도 느껴지나?"

"여태까지 괴롭힌 걸로도 충분하잖아."

"그렇게 말하면 섭하지. 이제부터가 시작인데."

내가 움직이려 하자 또 한 번 라이터를 흔들었다.

"잘 생각해봐. 네가 안 죽여도 난 애를 죽일 거야. 아깝지 않아? 너도 사람 죽여보고 싶었잖아? 안 그래?"

칼을 쥔 손이 떨리기 시작했다. 더불어 머릿속 회로마저 얽혀갔다.

"괜히 나중에 후회하지 말고 빨리 해. 어차피 앤 죽어."

나를 쳐다보는 차아령의 눈빛이 흔들렸다. 하지만 무언가를 호소하려는 의지 따위는 담겨 있지 않았다.

"고민돼? 뭐가? 잡힐까 봐? 내가 죽였다고 해줘? 그럼 할래?"

그는 피우던 담배를 바닥에 떨어뜨렸다.

"신념이니 고집이니 사명감이니, 그딴 건 다 집어치워. 봐, 난 30년을 믿고 따랐어. 근데 결과는 알다시피 이래. 더 이상 아무도 날 찾지 않는다고. 사용 가치가 떨어지니까 그냥 내다 버리는 거야. 범인 잡는다고, 사회에 공헌한다고 내 시간, 내 생활 전부 버리고 살았는데 결국 이렇다고. 그들처럼 생각하고 그들보다 먼저 행동하라고? 그래, 그렇게 살았어. 하라는 대로, 누구보다 열심히 살았어. 그런데 어느 날 눈 떠보니까 나 혼자야. 버려진 거야. 난 아직 그대론데, 능력이 이렇게나 많은데……. 이런 내가 뭘 할 수 있겠어? 머릿속엔 온통 범죄에 관한 생각뿐이고, 주위에는 가족도 친구도 없는데, 이제 와서 대체 뭘 할 수 있겠냐고."

담배를 밟아 끄며 그가 덧붙였다.

"너도 마찬가지잖아. 결국 잘렸잖아. 그런 거야, 필요성이 떨어지면 내다 버리는 게 이 사회야."

"그것 때문만은 아니잖아."

내가 말했다.

"사람을 죽이기로 결심한 이유, 그게 다가 아니잖아."

"그건 내가 먼저 했던 질문인데."

"뭐?"

"기억 안 나? 수사연수원 세미나 때……."

그의 말을 듣는 순간 당시의 상황이 떠올랐다. 프로젝터의 불빛이 잠시 꺼졌을 때 누군가 내게 했던 질문, 내가 끝내 대답하지 않았던 질문.

유기훈이 살인을 결심한 이유, 뭐라고 생각하십니까?

불현듯 기억 속에 환한 빛이 밝혀졌다. 어두컴컴한 강의실에 형광등이 켜졌을 때처럼, 아무것도 보이지 않던 이곳에 불빛이 밝혀졌을 때처럼 순식간에 베일이 걷혔다. 강의실 중앙에 앉아 있던 노인, 그의 목소리, 말투…….

이상화.

그래, 녀석이 확실하다.

"이제야 생각난 눈치네."

"그때부터 시작된 거였군."

내가 말했다.

"아니, 그전에."

그는 눈을 치켜뜨며 나를 올려다보았다.

"2004년에 검거된 오병준 알지? 왼팔에 화상 입은 애. 일곱 명 죽인 놈 말야. 사실 걔가 죽인 건 여섯 명밖에 안 돼. 왜인 줄 알아? ……나머지 한 명은 내가 죽였거든."

그의 얼굴에 기분 나쁜 웃음이 다시 떠올랐다.

"난 처음에 걔가 오병준인 줄 알았어. 근데 도망치다가 나한 테 잡힐 것 같으니까 칼을 꺼내 들더라고. 자기가 안 죽였으니까 쫓아오지 말라는 거야. 어떻게 그래, 범인이라고 확신하는데. 조심스럽게 다가갔지. 그랬더니 갑자기 칼을 휘두르면서 덤벼들더라고. 나로선 선택의 여지가 없는 상황이었어. 죽이지 않으면 내가 죽는 상황이었다고. 근데 더 우스운 건 뭔지 알아? 그 새끼 팔에 화상 자국이 없는 거야."

그는 개의치 않는다는 듯이 웃어 보였다.

"내 심정이 어땠을지 이해가 가? 미치도록 떨리는 거야, 불안해서. 진짜 가만히 서 있지도 못하겠더라고. 근데 어떡해, 벌써 일은 벌어졌는데. 나라도 살고 봐야 할 거 아냐. 그래서 현장을 조작하기 시작한 거야. 오병준이 한 것처럼."

그는 조금씩 자리를 이동하며 말을 이었다.

"다행히 형사 놈들은 곧이곧대로 믿더라고. 나도 그렇게 다 끝난 줄 알았어. 근데 잊을 수가 없는 거야. 틈만 나면 그 새끼 얼굴이 떠오르는데, 아주 죽을 맛이더라고. 그때부터 밤이고 낮이고 수사에만 몰두했지, 하루 종일. 내 시간, 내 생활 다 뒷전으로 미루고 남의 심리만 죽어라고 판 거야. ……너처럼."

"그래서 날 찾아왔군."

"얼마나 잘하는지 한번 보고 싶었거든. 나와 얼마나 닮았는지도 확인해보고 싶었고."

"어땠는데?"

"기대했던 것보다는 괜찮더라고."

"고맙네."

"고맙긴. 그래서 널 선택한 건데."

"날 무너뜨리면 네 존재가치를 인정받을 수 있으니까?"

"그것도 한몫했지."

그가 라이터를 만지작거리며 덧붙였다.

"그런데 다 하잘 것 없더라고. 남의 인정 따위는 애초에 받을 필요가 없던 거였어."

"그럼 왜 계속 죽인 거야? 실수였든 아니든, 한 번이면 족하잖아."

"마지막으로 본 유기훈의 얼굴을 기억해?"

잠시 기억을 더듬어봤다. 유기훈을 마지막으로 본 건 그가 숨을 거두기 일주일 전이었다. 접견실에서 만난 그는 체포 당시의 얼굴과 사뭇 다른 인상이었다. 핏기도 없고 표정도 없었다.

"아마 조한희의 얼굴과 같았을걸. 난 아직도 잊혀지지가 않아. 상실감만이 가득한 그 표정. 그가 말했지, 난 이제 살아갈 이유가 없다고."

생각해보니 유기훈도 같은 이야기를 했다.

놀이는 이제 끝났어.

그러고는 일주일 뒤에 독방에서 보급용 쓰레기 봉투를 엮어 목을 매달아 자살했다.

"마지막 접견이 끝날 무렵 내가 물었어, 왜 죽이느냐고. 사람 죽이는 게 그렇게 좋으냐고. 그랬더니 뭐랬는지 알아?"

그가 차아령을 쳐다보았다. 그러고는 다시 내게 시선을 돌렸다.

"죽기 전에 딱 한 명만 더 살해해봤으면 여한이 없을 거래."

그는 말을 끝내자마자 발작과도 같은 웃음을 터뜨렸다.

"그런 거야, 살인이라는 게. 한번 해본 사람은 도저히 잊을 수가 없을 만큼 좋은 거라고."

"그래서 나 형사를 죽인 거야? 이 사람 저 사람 죽이다 보니까 희열이 느껴졌어? 그래서 필요 이상으로 잔인하게 죽인 거야?"

"잘 아네. 맞아, 그런 거야. 내가 아까 애꿎은 놈 죽였을 때 엄청 떨렸다고 했지? 나도 처음엔 그게 죄의식 때문인 줄 알았어. 근데 생각해보니까 그게 아니더라고. 불안하고 초조해서 그런 게 아니라 희열이었던 거야. 금기된 선을 넘었을 때의 그 희열. 삶의 밀도가 완전히 달라지는 느낌이었다고."

"넌 미쳤어."

"너도 미쳤어."

그의 시선이 조금 아래로 향했다.

"네가 여기까지 올 수 있었던 건 날 이해했기 때문이야. 나랑 똑같기 때문이라고. 날 검거할 생각이었으면 벌써 신고했겠지. 아니면 팀원들하고 같이 오든가. 안 그래? 근데 너 혼자 왔잖아. 이유가 뭐야? 날 죽이고 싶어서 그런 거 아니야? 사람을 죽이고 싶어서 그런 게 아니냐고."

그가 팔을 뻗어 차아령을 가리켰다.

"해, 괜찮아. 너 하고 싶은 대로 해. 이렇게 좋은 기회가 어딨겠어? 어?"

그녀의 눈동자가 다시 한 번 흔들렸다. 맺혀 있던 눈물이 금방이라도 흘러내릴 것처럼 보였다. 나는 움직이지 않았다. 움직일 수도 없었다. 바로 다음 순간 무슨 일을 해야 할지조차 몰랐다. 그녀를 구해야 하는 건 알겠는데 구체적인 방법이 떠오르지 않았다. 곁눈질로 창고 내부를 살폈다. 그에게 들키지 않게 최대한 조심하며 무엇을 활용할지 모색했다. 현재로선 그 방법밖에 없었다.

"습관은 어쩔 수 없군."

하지만 녀석은 내 의도를 금방 눈치채고 말았다.

"그럼 이렇게 하지. 이 여자 풀어주는 조건으로 이 자리에서 사람 한 명 죽이는 거야. 어때? 괜찮지?"

질문과 동시에 그가 휴대폰을 꺼냈다. 통화 버튼을 누르려는데 때맞춰 자동차 엔진 소리가 들려왔다.

"제때 왔네."

라이터 뚜껑을 닫으면서 그가 말했다. 누군가 다급하게 뛰어들어오는 소리가 들렸다. 뒤를 돌아봤다. 낯익은 사내가 달려오고 있었다.

"윤재길……."

"이상화 선생님!"

창고 안으로 들어선 윤 형사가 거친 숨을 내쉬며 말했다. 그러고는 차아령과 나를 번갈아 쳐다보았다. 정확히 말하면 그녀를 묶은 밧줄과 내 손에 들린 칼을 주목한 거였다.

"이런 미친 새끼. 내 이럴 줄 알았다."

윤 형사는 곧바로 내게 경계 태세를 갖췄다. 그러면서도 녀석을 보호하려는 몸짓을 취했다.

"어디 안 다치셨어요?"

"이런 걸 원한 거냐?"

녀석을 쳐다보며 내가 말했다. 가까이 다가가려 하자 윤 형사가 재빨리 안주머니에서 총을 꺼내 들었다.

"움직이지 마!"

총구는 정확히 내게 겨냥되어 있었다.

"대체 저놈한테 무슨 얘길 들은 거야?"

"말조심해."

"너 지금 속고 있는 거야."

"제때 와줘서 고마워, 윤 형사."

녀석은 자신의 아파트에서 나와 마주했을 때처럼 어느새 표정과 목소리가 변해 있었다.

"늦어서 죄송해요. 아무 일 없었다니 다행이네요."

윤 형사는 녀석에게 등을 지고 천천히 물러섰다.

"다 확보됐어. 네놈이 한 짓, 전부 증명됐다고. 현장에서 나온 DNA도 네 거고, 별것도 아닌 사건 혼란스럽게 만든 장본인도 너야. 애초부터 다 너였어. 아무도 안 믿은 것뿐이야. 여기 계신 이상화 선생님만 빼고."

녀석이 어떤 식으로 윤 형사를 끌어들였는지 대충 짐작이 갔다.

"아직도 내가 했다고 믿는 거야?"

"아직도가 아니라 애초부터였다고, 인마!"

또 한 번 윤 형사가 고함을 질렀다. 나는 그의 눈을 똑바로 쳐다보았다.

"진정해. 진정하고 내 말 들어봐."

"헛소리 집어치우고 어서 칼 버려."

"너 지금 속고 있는 거라고."

"칼 버리라고, 새끼야!"

방아쇠를 당겼다. 날카로운 소리가 귓속 깊이 파고들었다. 시멘트가 섞인 흙바닥에 총알의 흔적이 선명하게 새겨졌다.

"지금 내가 장난치는 거 같냐? 마지막으로 경고한다. 칼 버려."

윤 형사는 진심이었다. 방아쇠를 쥐고 있는 손가락만 봐도 알 수 있었다. 조금이라도 움직이면 바로 당길 준비가 된 것처럼 잔뜩 힘이 들어가 있었다.

"칼 버리라고!"

하는 수없이 바닥에 칼을 내려놓았다. 그러면서도 말을 멈추지 않았다. 지금으로서는 끊임없이 설득하는 수밖에 없었다.

"저놈 말 믿지 마."

"손 들고 뒤로 물러서."

허나 윤 형사는 내 말을 들으려고도 하지 않았다.

"저놈이 벌인 일이야. 이거 다 저놈이 꾸민 거라고."

"빨리!"

이렇게 된 이상 어쩔 수 없었다. 시키는 대로 몇 걸음 물러섰다.

"손 뒤로 올리고 엎드려."

바닥에 엎드린 채 손을 뒤로 올렸다. 윤 형사는 뒷주머니에서 수갑을 꺼내 내 쪽으로 조심스럽게 다가왔다.

"대가리에 구멍 뚫리기 싫으면 잠자코 있어."

거리를 좁혀오는 게 느껴졌다. 이 상황을 어떻게 모면해야 할까. 가까이 다가왔을 때 잽싸게 손목을 낚아채야 할까. 그게 과연 가능하기는 할까. 만약 실패한다면 어떻게 되는 거지?

"이상화 선생님이 보고서를 보냈어. 그래서 알았어. 그동안 증거가 없어서 얼마나 찝찝했는지 몰라. 네 동료들이 그랬지, 넌 절대 그럴 사람이 아니라고. 난 처음 봤을 때부터 알고 있었어. 너만 보면 기분이 착잡한 게 뭔가 꽉 막힌 거 같더라고. 못 믿겠지? 이런 게 감이라는 거야, 강력계 형사들의 직감."

가까이 다가오는 소리에 온 신경을 집중했다. 숨을 길게 내쉬며 긴장된 기분을 가라앉히기 위해 노력했다. 내게 남겨진 기회는 단 한 번뿐이었다. 어떻게든 총을 뺏어야 했다. 최대한 빨리 일어서기 위해 몸에 힘을 주었다. 그때 갑자기 차아령이 있는 힘을 다해 신음하기 시작했다. 비명에 가까운 소리였다. 눈을 치켜떴다. 윤 형사 뒤로 칼을 든 그림자가 서서히 드리워지고 있었다.

"조심해!"

순간 날카로운 칼날이 윤 형사의 목을 베고 지나갔다. 천장을 향해 총알이 발사됐다. 순식간에 손목까지 베였다. 내가 몸을 일으키려 하자 녀석이 균형을 잃고 휘청거리는 윤 형사를 내 쪽으로 밀쳐버렸다. 그사이 녀석은 바닥에 떨어진 총을 먼저 집어 들고는 총구를 내 이마에 겨냥했다.

"감이 어떻다고? 하여튼 형사라는 새끼들은……."

칼날에 묻은 피를 닦아내면서 녀석이 말했다.

"엄살 부리지 마. 깊게 안 벴으니까."

"이 선생님…… 대체 왜……."

목을 감싸고 있던 손에 피가 묻어 나오는 걸 본 윤 형사가 숨을 몰아쉬며 말했다. 상처는 생각보다 깊지 않았다. 녀석은 바닥에 떨어진 수갑을 주워 내게 던졌다.

"채워."

"씨발, 이게 어떻게 된 거야?"

윤 형사가 나를 돌아보며 물었다.

"어서!"

녀석이 손목시계를 들여다보며 재촉했다. 나는 움직이지 않았다. 그러자 생각할 틈도 없이 윤 형사의 종아리에 총알이 날아들었다. 귀가 먹먹해질 만큼 커다란 비명이 윤 형사의 입에서 터져 나왔다.

"빨리 채워!"

종아리를 붙잡고 고통스러워하던 윤 형사가 내 손에 들린 수갑을 뺏어 들고는 자신의 두 팔에 채웠다.

"씨발, 됐지. 이런 좆같은 개새끼, 진작 알아봤어야 했는데……."

또 한 발의 총알이 날아들었다. 이번엔 윤 형사의 어깨를 뚫고 지나갔다.

"넌 너무 말이 많아."

녀석은 유유히 움직이며 바닥에 떨어진 칼을 주워 내게 던졌다.

"빨리 처리해. 너 하고 싶은 대로."

"너도 한편이었냐?"

얼굴 전체가 식은땀으로 뒤덮인 윤 형사가 내게 말했다. 그러고는 몸을 조금씩 움직여 내게서 떨어졌다.

"저 늙은이랑 다 짜고 친 거야?"

녀석이 한 발 더 쏘려고 하자 윤 형사는 급히 두 팔을 들어 올렸다.

"쏘지 마, 씨발! 쏘지 마!"

"입 다물어. 다음엔 어떻게 될지 나도 장담 못 하니까."

윤 형사는 자신이 할 수 있는 최대한의 속도로 고개를 끄덕였다.

"뭐해, 빨리 안 하고!"

녀석이 내게 말했다. 고개를 돌리자 두 손을 내밀고 바닥을 기는 윤 형사와 눈이 마주쳤다. 진심으로 나를 두려워하고 있는 게 느껴졌다.

"못 하겠어?"

녀석이 시계를 힐끔 쳐다보고는 물었다.

"좋아, 언제까지 그러고 있는지 한번 보자."

차아령에게 걸어가 그녀의 머리에 총구를 들이댔다.

"정확히 2분 줄게. 그 안에 네가 저 새끼 안 죽이면 이년은 나한테 죽는 거야."

손목시계를 들여다보며 녀석이 말했다. 윤 형사를 쳐다보았다. 그는 이 모든 걸 믿지 못하겠다는 표정으로 멍하니 멈춰 있었다.

"1분 30초."

내게 남은 가능성들이 어떤 게 있는지 생각했다. 이 상황을 모면할 수만 있다면 무슨 짓이든 하고 싶었다. 허나 단 한 가지의 가능성도 떠오르지 않았다.

"그래, 죽여라. 차라리 날 죽이라고!"

겁에 질려 있던 윤 형사가 대뜸 소리쳤다. 점점 다가오는 시간의 무게에 눌려 목소리가 격앙된 듯했다.

"기다리고 있어. 넌 쟤가 죽일 테니까."

녀석이 내게 턱짓을 했다. 윤 형사의 시선도 덩달아 내게 쏠렸다.

"1분 남았다."

윤 형사의 호흡이 갈수록 거칠어졌다. 그러면서도 내게 시선을 떼지 않았다. 무언가를 말하고 싶어 하는 눈치였다.

"50초."

윤 형사가 손가락 두 개를 몰래 치켜세운 뒤 고갯짓을 했다. 그러고는 갑자기 발버둥치기 시작했다. 흙먼지를 일으키며 몸을 이리저리 비틀어댔다.

"죽여, 날 죽이라고!"

"45초."

"비겁하게 경찰 흉내나 내는 개새끼, 미친 새끼. 퇴직한 주제에 아직도 형사 흉내나 내는 씨발새끼."

"40초."

"명예총경? 좆까는 소리 하지 마. 그동안 좆뺑이 친 게 안쓰러워서 준 거야, 이 병신아. 가족도 없는 새끼가 오갈 데 없이 빈둥빈둥 철밥통 신세나 지니까 대충 먹고 떨어지라고 준 거라고. 퇴직? 좆까, 능력 없어서 잘린 거야, 넌. 알아?"

"저 새끼 빨리 죽여!"

표정이 점점 일그러지던 녀석이 더 이상 참지 못하고 고함을
질렀다.

"좆까, 이 씹새끼야!"

윤 형사가 맞받아쳤다. 그러자 어깨에 다시 총알이 날아들
었다.

"빨리 죽이라고!"

윤 형사는 비명을 지르며 뒤로 쓰러졌다. 바닥이 금세 피로
물들었다. 모래에 새겨진 흔적들이 그의 고통을 그대로 반영하
고 있었다. 그 와중에도 윤 형사는 손가락 하나를 치켜세웠다.

"어서!"

녀석이 총구로 차아령의 머리를 세게 밀쳤다. 그녀의 눈을 쳐
다보았다. 어떠한 요구도 깃들어 있지 않았다. 자신의 목숨을
오로지 내게 맡긴 듯했다. 차라리 어떤 표현이라도 했으면 좋겠
다는 생각마저 들었다.

"20초!"

19, 18, 더 이상 시간이 없다, 15, 14, 녀석의 말대로 윤 형
사를 죽여야 할까, 11, 10, 아니면 이 상황을 가만히 지켜봐야
되나?

"빨리 해!"

8, 7, 눈을 감았다. 5, 4, 칼자루를 움켜쥐었다. 2, 1, 그리고
…….

달려들었다. 녀석에게 곧장 달려들었다. 그러자 날카롭고 자극적인 충격이 갑작스레 옆구리를 뚫고 지나갔다. 뒤늦게 찾아온 총성이 귓가에 내내 울려댔다.

"마지막으로 일 분 준다."

다리가 풀렸다. 복부에서 피가 흐르는 게 느껴졌다. 상처를 움켜쥐었다. 손바닥 사이에 피가 차올랐다. 다리에 온 신경을 곤두세웠다. 아직 움직일 수 있을까. 제대로 움직일 수 있을까.

"30초!"

몸을 일으켰다. 한 걸음 한 걸음 집중해서 앞으로 나아갔다.

"20초!"

아직 걸을 만하다. 이대로라면 움직일 수 있다.

"10초!"

녀석을 쳐다봤다. 당황한 기색이 역력했다.

"오지 마. 그냥 죽여!"

녀석이 소리쳤다. 표정이 일그러졌다. 걸음을 멈추지 않았다. 총구가 나를 향했다. 계속 걸었다. 끝을 보는 방법은 이것뿐이었다.

"죽이란 말이야!"

순간 방아쇠를 당겼다.

눈을 감았다.

공이가 부딪히는 메마른 소리가 들렸다.

빗소리가 차올랐다.

침묵 위에 빗소리만이 차올랐다.

그 외에는 아무 소리도 들리지 않았다.

눈을 떴다.

윤 형사가 맞았다. 그가 손가락 하나를 세운 게 맞았다.

내 옆구리에 쏜 총알이 마지막이었던 것이다.

"이래도 내 감이 틀리냐? 이 개 같은 새끼야!"

윤 형사가 힘겹게 웃으며 말했다. 녀석은 놀란 표정으로 의미 없이 계속 방아쇠를 당겨댔다.

"이러지 마, 이러지 마."

뒤로 물러서는 녀석에게 조금씩 다가갔다. 당황하는 기색이 역력했다. 이제 정말 선택을 해야 할 시간이다.

"네가 말했잖아, 반드시 한 명은 죽여야 된다고."

내 말에 녀석의 눈빛이 흔들리기 시작했다.

"괜히 분위기 잡지 마. 어차피 넌 못 찔러."

애써 태연한 척 그가 말했다. 칼집을 쥔 손에 힘이 들어갔다. 거리가 가까워질수록 안절부절못하는 녀석의 반응이 온전히 느껴졌다. 그는 겁먹고 있었다. 손에 들고 있던 총을 내게 던지고 뒤로 물러났다. 그러면서도 바닥에 떨어진 물건들을 잡히는 대로 집어던졌다. 아무 말 없이 따라갔다. 한 걸음씩 내딛을 때마다 손바닥에서 식은땀이 배어 나왔다. 정말 이대로 찔러야 하는 걸까. 다른 방법은 없는 걸까. 왜 이 방법 말고는 아무것도 떠오르지 않는 거지?

그런 생각에 빠져 있는데 녀석이 휘두른 무언가가 눈앞으로 날아들었다. 피할 시간이 없었다. 머리 한쪽이 푹 파여 들어가는 게 느껴졌다. 곧이어 따뜻한 피가 흘러내리기 시작했다. 눈앞이 붉게 물들었다. 아픔은 느껴지지 않았다. 오히려 있던 감각마저 스르르 빠져나가 복잡하던 머릿속이 단번에 정리되는 기분이었다. 그에게 다가갔다. 벽돌을 쥐고 있는 그의 손이 떨리는 게 보였다. 다시 한 번 휘둘렀다. 이번에는 궤도가 훤히 보일 만큼 느리게 느껴졌다.

빗소리가 멎은 건 그때였다. 녀석의 복부에 칼을 찔러 넣는 순간 모든 소리가 감쪽같이 사라졌다. 녀석의 숨결이, 감정이, 심장 박동이, 피의 흐름만이 칼을 타고 전해질 뿐이었다. 힘을 주어 칼을 빼냈다. 피가 역류하는 소리에 그의 비명이 섞여들었다. 크고 작은 핏방울들이 바닥에 후드득 떨어졌다. 풀린 다리를 주체하지 못한 그는 땅에 주저앉고 말았다. 이윽고 땅을 기었다. 그 모습을 가만히 내려다보며 뒤따라갔다. 그러다 발목을 붙잡고 인대를 잘랐다. 녀석의 비명이 창고 전체에 울려 퍼졌다.

"그만해!"

윤 형사가 소리쳤다. 멀리서, 아주 멀리서 들려오는 목소리 같았다. 신경 쓰지 않고 반대편 인대마저 잘라버렸다.

"이제 됐잖아, 그만해!"

녀석이 살려달라고 애원했다. 칼날을 밑으로 세워 허벅지를 내려찍었다. 옆구리를 내려찍었다. 또 한 번 내려찍었다.

"살려줘. 살려줘, 제발."

피비린내가 코끝을 자극했다. 칼집으로 녀석의 얼굴을 내려쳤다. 한 번, 또 한 번 내려쳤다. 공격을 가할 때마다, 녀석이 살려달라고 애걸할 때마다 속도감이 붙었다. 난생처음 느껴보는 고양감이 몸속 깊은 곳에서부터 솟구쳤다. 멈출 수가 없었다. 멈출 필요성도 느껴지지 않았다.

"그만하라고, 인마!"

계속 내려쳤다. 녀석의 얼굴이 뭉개져갔다. 광대가 무너지는 게 느껴졌다. 피부가 찢어지는 게 느껴졌다. 때릴 때마다 변형되던 얼굴 위로 피가 솟아났다. 내 주먹에, 쥐고 있는 칼집에 피가 묻어 나왔다. 이가 부러지는 게 느껴졌다. 입술이 터지는 게 느껴졌다. 알 수 없는 희열이 온몸을 감쌌다. 녀석의 버둥대는 다리가, 피비린내가, 심지어 붉게 물든 바닥이 자꾸만 나를 부추겼다.

문득 원한을 품은 면식범들이 왜 그토록 피해자의 얼굴을 가격했는지 이해가 됐다. 그들은 멈출 수가 없었던 거다. 가하면 가할수록, 내려치면 내려칠수록 솟구치는 감정을 자제할 수가 없었던 거다. 그래서 다른 사람들까지 죽이게 된 걸까? 이 느낌을 잊을 수가 없어서? 그 사람도 마찬가지였을까? 내 어머니를, 자신의 동료들을, 그리고 나까지 죽이려 했던 이유가 이 감정 때문인 걸까?

생각이 그곳에 닿자 손이 움직여지지 않았다. 녀석의 숨이 끊어지지 않았는데도 더 이상 내려칠 수가 없었다. 나 역시 같은 사람이 될까 봐 두려운 건가? 그 사람처럼 되고 싶지 않아서 이러는 걸까?

"최 형사, 제발 그만해."

윤 형사의 목소리가 들려왔다. 차아령의 신음소리도 섞여 있었다. 이들에게 나는 지금 어떻게 비쳐지고 있을까. 나를 죽이려 했던 그 사람의 얼굴을 보는 느낌일까. 아니면, 애초부터 나는 그런 얼굴이었던 걸까. 이미, 그런 얼굴이었던 걸까…….

갑자기 목에서 비명이 터져 나왔다. 붉게 물든 시야가 투명하게 흔들리더니 이내 눈물이 되어 흘러내렸다. 피로가 몰려왔다. 가만히 있어도 힘이 빠지고 지쳐갔다. 이제 그만할 때가 된 듯했다. 그걸 몸이 먼저 알고 반응한 것 같았다. 팔을 떨어뜨렸다. 피를 토하는 녀석을 뒤로하고 차아령에게 다가갔다. 그녀의 눈에서도 눈물이 흘러내리고 있었다. 더 이상 흘러내릴 눈물도 없을 텐데, 그녀는 여전히 울고 있었다.

나는 아무 말 없이 뒤로 돌아가 밧줄을 자르기 시작했다. 그 때, 어디선가 청명한 금속성 소리가 들려왔다.

"피해!"

윤 형사가 격앙된 목소리로 말했다. 고개를 들었다. 아직 의식이 끊이지 않은 녀석의 손에 불붙은 라이터가 들려 있었다.

"내가 그랬지, 망설이면 후회한다고."

그러고는 길게 늘어진 휘발유 위에 라이터를 집어던졌다. 순식간에 점화된 불길이 이쪽으로 타고 넘어왔다. 칼로 밧줄을 잘 랐다. 살이 베이는데도 그냥 마구 잘라냈다. 줄이 끊겼다. 그녀를 잡아당겼다. 하지만 어느새 달려든 불길이 발끝부터 타오르기 시작했다. 재빨리 그녀를 감싸 안고 바닥을 뒹굴었다. 비명소리가 높아졌다. 코트를 벗어 다시 감싸 안았다. 상체가 타들어가는 느낌이었지만 피하지 않았다. 그녀와 나 사이에 피어오른 불길을 어떻게든 끄고 싶었다. 제발 이번 한 번만이라도 끄고 싶었다.

얼마나 지났는지 명확히 기억나지 않는다. 아마 짧은 순간이었을 거다. 그녀의 비명소리가 잦아들었을 때, 경련과도 같은 움직임이 모두 멈췄을 때 비로소 불길은 멎어 있었다. 그런데 내 안에서 다시금 타오르는 감정은 도무지 멎게 할 수 없었다.

"뭐하는 거야, 인마!"

녀석을 향해 걸어갔다.

죽여야 한다. 반드시 죽여야 한다. 내 손으로 반드시 죽이고
만다.

"그래, 죽여. 죽일 테면 죽여봐!"

그의 멱살을 붙잡았다. 목에 칼을 들이댔다. 손에 힘을 주었
다. 긋기만 하면 된다. 긋기만 하면 이 모든 게 끝나는 거다.

"그만해요!"

차아령의 목소리가 들려왔다. 뒤돌아보니 바닥에 쓰러진 채
나를 쳐다보고 있었다.

"제발 그만해요, 제발……."

"억울하지도 않아, 넌?"

흔들리는 음성으로 내가 물었다. 그녀는 같은 말만 되뇌었다.

"그냥, 그만해요……."

녀석이 웃기 시작했다. 정확히 말하면 웃음과 울음이 섞인 기
묘한 소리를 입 밖으로 끊임없이 내뱉는 거였다. 그는 어딘가를
멍하니 바라보며 한참을 웃었다. 그리고 이렇게 말했다.

"죽이는 건 어려운 게 아니야. 사는 게 힘든 거지."

비가 멈췄다. 며칠 만인지 모르겠다. 블라인드 밖으로 보이는 바깥 풍경이 새삼스럽게 느껴질 정도였다. 하지만 창문 틈으로 스며 들어오는 바람은 여전히 습기를 머금고 있었다. 이슬비라도 내리는 걸까, 어쩌면 그런지도 몰랐다.

불 꺼진 병실에 누워 있는 사람은 나 혼자뿐이었다. 어디선가 새근거리는 숨소리가 들려오는 듯해서 이리저리 둘러봐도 역시나 혼자뿐이었다. 그런 내 다리 위로, 이불 위로, 심지어 바닥에까지 푸르스름한 달빛이 아련하게 비쳐들었다. 청백색으로 빛나는 바닥에 얇고 밝은 불빛이 가로질러 나타날 때까지 나는 그 광경을 무심히 바라보고 있었다. 그러다 눈을 감았다.

"쉿, 조용히 해요."

문이 열렸다. 축축한 기운이 희미하게 느껴졌다. 이윽고 겉옷이 은은하게 젖은 사람들이 들어왔다.

"깜깜해서 아무것도 안 보여."

"조용히 좀 하라니까요."

오진환 선배와 김 형사였다. 그들은 최대한 낮은 성량으로 대화를 주고받으며 조용히 내 쪽으로 다가왔다.

"아직 자나 보네."

"괜히 깨우지 말고 돌아가요."

그들은 무언가를 협탁 위에 조심스럽게 내려놓았다. 그러고는 나를 몇 초간 가만히 응시하더니 이내 돌아섰다. 멀어져가는 그들의 발소리를 들으면서 지금이라도 말을 걸어볼까 생각했지만 끝내 부르지 않았다. 협탁 위에는 반으로 접혀진 편지와 신분증이 가지런히 놓여 있었다.

원학 선배 손톱에서 발견된 피부 조직은 범인 게 맞아요. 그는 아직 중환자실에 있지만 치료가 끝나자마자 송치될 예정이에요. 윤 형사는 빠른 회복력을 보이고 있구요. 수사과장님께는 팀장님이 잘 말씀드려 놨으니까 복귀하는 데는 아무런 문제가 없을 거예요.

빨리 일어나세요. 그리고 돌아오세요. 모두 기다리고 있으니까요.

나는 그 편지를 읽고 또 읽었다. 비록 짧은 내용이었지만 어디에도 차아령에 관한 이야기는 언급되어 있지 않았다. 다시 반으로 접어 협탁 위에 내려놓았다. 휴대폰을 집어 들고 그녀의 번호를 검색했다. 통화 버튼 위에 손가락을 올렸다. 하지만 누르지 못했다. 어쩐지 이 번호는 영영 누르지 못할 것만 같았다.

창밖을 내다보았다. 이슬비가 맞았다. 이슬비가 바람에 뿌옇게 흩날리고 있었다. 비를 따라 서울의 야경도 함께 흔들렸다. 그 모습을 바라보면서 김 형사가 남기고 간 신분증을 손에 쥐었다. 그러자 내 가슴이 조용하게 뛰고 있는 게 느껴졌다. 신분증을 지갑 안에 집어넣었다. 그리고 다시 돌아가야겠다고 마음먹었다. 왜냐하면,

나는 아직 나와 마주할 자신이 없기 때문이다.

우리 삶과 매우 밀접한 이야기

범죄 전문 기자로 활동하던 시절, 내 업무는 주로 살인사건에 관한 취재였다. 몇 시간 동안 진술녹화실에 담당 형사와 마주앉아 사건에 관련된 이야기만을 주고받았다. 책상 위에 펼쳐진 사체 사진과 현장 사진이 내게는 매번 강렬하게 다가왔다. 그 이미지들은 너무도 선명해서 내 생활 전체에 고스란히 스며들어 모든 생각을 자꾸만 불길하게 이끌었다. 홀로 계신 어머니를 생각할 때도, 여동생이 늦게 귀가할 때도 마음이 편치 않았다. 범죄의 가능성들이 계속해서 머릿속을 맴돌아 불안하고 초조해질 따름이었다. 그만큼 범죄는 내 생활과 지나치게 밀접해 있었다.

이 년여의 시간이 흘러 기자 생활을 그만둔 뒤로는 내 또래의 소설가나 소설가를 지망하는 사람들이 흔히 겪는 경제적 어려움을 해결하느라 정신없이 시간을 보냈다. 그러다 문득 하나의 의문이 떠올랐다. 내 주위에 존재하던 그 붉은 잔상들은 대체 어디로 사라져버린 것일까.

현재 나는 범죄의 위험성에서 완전히 자유롭게 생활하고 있다. 물론 그것이 내 착각이라는 것쯤은 잘 알고 있다. 범죄는 지금도 우리 곁에서 끊임없이 일어나고 있다는 것쯤은 누구보다 더 잘 알고 있다. 하지만 그게 전부다. 실제 내 생활에는 어느덧 피해자의 아픔과 형사들의 노고와 범죄자의 섬뜩한 눈빛이 사라져버렸다. 이는 대부분의 독자들도 마찬가지일 거라고 생각한다.

그럼에도 범죄는 우리 곁에서 끊임없이 일어나고 있다. 피해자는 억울하게 숨을 거두고 유가족은 오열하고 범죄자는 다음 범행을 계획한다. 형사들은 매번 이러한 일을 전담하느라 뜬 눈으로 밤을 지새운다. 적어도 그들에게는 절대 잊히지 않을 끔찍한 일들이 연속해서 발생하고 있는 것이다.

나는 그런 이야기를 소설로 남기고 싶었다. 지우려 해도 결코 지워지지 않는, 모두가 쉬쉬하지만 실제로는 우리 삶과 매우 밀접한 이야기를. 그리고 그 일을 겪으며 살아가는 사람들의 역경을 가능한 한 사실적으로 묘사해 조금이나마 그들의 심정을 함께 이해할 수 있도록 돕는 이야기를.

소설을 쓰는 과정에서 부족한 지식은 표창원 교수의 저서와 수사연구사에서 발간한 책들, 그리고 일선 형사들의 도움을 받아 작성했다. 지면을 빌려 그 분들께 다시 한 번 감사의 말을 전한다.

신재형

흔한 일들

1판 1쇄 인쇄 | 2011년 5월 20일
1판 1쇄 발행 | 2011년 5월 27일

지은이 신재형
펴낸이 김기옥

영업·마케팅 이봉주, 김형식, 박진모
지원 고광현, 임민진

디자인 공중정원 박진범 | **인쇄** 서정문화인쇄사 | **제본** 서정바인텍

펴낸곳 한스미디어(한즈미디어(주))
주소 121-839 서울시 마포구 서교동 392-34 상원빌딩 5층
전화 02-707-0337 | **팩스** 02-707-0198 | **홈페이지** www.hansmedia.com
출판신고번호 제313-2003-227호 | **신고일자** 2003년 6월 25일

ISBN 978-89-5975-336-9 03810